M.C. BEATON

Hamish Macbeth riskiert Kopf und Kragen

Weitere Titel der Autorin:

Hamish-Macbeth-Reihe

Hamish Macbeth fischt im Trüben | Hamish Macbeth geht auf die Pirsch | Hamish Macbeth und das Skelett im Moor | Hamish Macbeth spuckt Gift und Galle | Hamish Macbeth und das tote Flittchen | Hamish Macbeth ist reif für die Insel | Hamish Macbeth und der tote Witzbold | Hamish Macbeth hat ein Date mit dem Tod | Hamish Macbeth riecht Ärger | Hamish Macbeth lässt sich nicht um den Finger wickeln

Agatha-Raisin-Reihe

Agatha Raisin und der tote Richter | Agatha Raisin und der tote Tierarzt | Agatha Raisin und die tote Gärtnerin | Agatha Raisin und die Tote im Feld | Agatha Raisin und der tote Ehemann | Agatha Raisin und die tote Urlauberin | Agatha Raisin und der Tote im Wasser | Agatha Raisin und der tote Friseur | Agatha Raisin und die tote Hexe | Agatha Raisin und der tote Gutsherr | Agatha Raisin und die tote Geliebte | Agatha Raisin und die ertrunkene Braut | Agatha Raisin und der tote Kaplan | Agatha Raisin und das Geisterhaus | Agatha Raisin und der tote Auftragskiller | Agatha Raisin und der tote Göttergatte | Agatha Raisin und die Tote am Strand | Agatha Raisin und die tote Witwe

Über die Autorin

M.C. Beaton ist eines der zahlreichen Pseudonyme der schottischen Autorin Marion Chesney. Nachdem sie lange Zeit als Theaterkritikerin und Journalistin für verschiedene britische Zeitungen tätig war, beschloss sie, sich ganz der Schriftstellerei zu widmen. Mit ihren Krimi-Reihen um die englische Detektivin Agatha Raisin und den schottischen Dorfpolizisten Hamish Macbeth feierte sie große Erfolge in über 17 Ländern. Sie starb Ende 2019 im Alter von 83 Jahren.

M.C. BEATON

Hamish Macbeth

Hamish riskiert Kopf und Kragen

Kriminalroman

Aus dem Englischen von
Sabine Schilasky

lübbe

Dieser Titel ist auch als Hörbuch und E-Book erschienen

Die Bastei Lübbe AG verfolgt eine nachhaltige Buchproduktion. Wir verwenden Papiere aus nachhaltiger Forstwirtschaft und verzichten darauf, Bücher einzeln in Folie zu verpacken. Wir stellen unsere Bücher in Deutschland und Europa (EU) her und arbeiten mit den Druckereien kontinuierlich an einer positiven Ökobilanz.

FSC
www.fsc.org
MIX
Papier aus verantwortungsvollen Quellen
FSC® C014496

Vollständige Taschenbuchausgabe

Deutsche Erstausgabe

Titel der englischen Originalausgabe: »Death of Nag«
Dieses Werk wurde vermittelt durch die Literarische Agentur
Thomas Schlück GmbH, 30161 Hannover.

Textredaktion: Dorothee Cabras, Grevenbroich
Titelillustration: © Arndt Drechsler, Leipzig
Umschlaggestaltung: Kirstin Osenau
Satz: two-up, Düsseldorf
Gesetzt aus der Garamond
Druck und Verarbeitung: GGP Media GmbH, Pößneck
Printed in Germany
ISBN 978-3-404-18544-3

3 5 4 2

Sie finden uns im Internet unter luebbe.de
Bitte beachten Sie auch: lesejury.de

Erstes Kapitel

Oh, welche Schmach! –
Der Skandal, der unglaubliche Niedergang!
Sir Max Beerbohm

Hamish Macbeth erwachte zu einem neuen Tag. Sein Hund Towser lag schnarchend auf seinen Füßen, und Sonnenlicht fiel durch den Spalt zwischen den Vorhängen herein. Im Büro der Polizeiwache schrillte das Telefon, dann sprang der Anrufbeantworter an. Hamish sollte aufstehen und nachsehen, was los war. Es war seine Pflicht als Police Constable im Dorf Lochdubh und der näheren Umgebung der Grafschaft Sutherland. Doch Hamish wollte sich nur die Decke über den Kopf ziehen und wieder einschlafen.

Ihm fiel kein einziger Grund ein, aus dem Bett zu steigen und sich dem Tag zu stellen.

Bis zu seiner Degradierung vom Sergeant zurück zum Constable und der gelösten Verlobung mit Priscilla Halburton-Smythe, der Tochter eines hiesigen Hoteliers, war Hamish sehr beliebt gewesen. Und er hatte die glücklichen Umstände für selbstverständlich gehalten. Doch irgendwie ging das Gerücht, er hätte Priscilla grausam abserviert, die sowieso viel zu gut für ihn gewesen war, und so kam es, dass er bei seinen Streifengängen nichts als vorwurfsvolle Blicke sah.

Obwohl auch Chief Superintendent Peter Daviot wegen der geplatzten Verlobung wütend gewesen war, war Hamish nicht deswegen degradiert worden. Er hatte einen Mordfall aufgeklärt, indem er eine Leiche präsentiert hatte, die er für das Opfer hielt, um ein Geständnis zu provozieren. Es hatte funktioniert, auch wenn es die falsche Leiche gewesen war.

Wie sich herausstellte, handelte es sich um ein hervorragend erhaltenes Exemplar eines frühen Kelten, was der Polizei den Vorwurf eintrug, ein Haufen ungehobelter Idioten zu sein, der sich nicht einmal schämte, so mit einem kostbaren Fund umzugehen. Also musste jemand bestraft werden, und natürlich war dieser Jemand Hamish Macbeth.

Hamish war kein ehrgeiziger Mann. Tatsächlich war er mit seinem Los als gewöhnlicher Police Constable recht zufrieden. Nur der Missmut der Dorfbewohner setzte ihm zu. Bevor er in Ungnade gefallen war, war er gern schnorrend und plaudernd durchs Dorf geschlendert.

Jetzt schien keiner mehr mit ihm reden zu wollen; zumindest wirkte es so auf sein finsteres Gemüt. Wäre Priscilla noch geblieben und hätte für jedermann sichtbar zu ihm gehalten, stünde er nicht als Schuft da. Aber sie war für einen längeren Besuch zu Freunden nach Gloucestershire gereist. Und für die Leute hier bedeutete es, Hamish hätte sie in die »Fremde« getrieben, wo sie ihr gebrochenes Herz kurieren musste. Hamish hingegen war beachtenswert wenig erschüttert über das Ende ihrer Romanze.

Mrs. Halburton-Smythe machte es um nichts besser, denn wann immer Hamishs Name fiel, murmelte sie kopfschüttelnd: »Arme Priscilla!« Jedoch galt es eher ihrer einsetzenden Furcht, ihre kühle, distanzierte Tochter würde überhaupt nie heiraten.

Stöhnend quälte Hamish sich aus dem Bett. Towser grummelte, sprang auf den Boden und tapste in die Küche.

Hamish zog die Vorhänge auf. Von der Polizeiwache hatte man direkten Blick auf Loch Lochdubh, den Meeresarm, dessen Wasser an diesem Morgen so ruhig dalag wie eine Glasscheibe.

Nachdem Hamish sich gewaschen und angezogen hatte, ging er durch ins Büro. Die Nachricht auf dem Anrufbeantworter war aus der Zentrale in Strathbane und erinnerte ihn daran, dass er noch keinen Bericht zu einem Einbruch in einem kleinen Hotel an der Strecke nach Drum eingereicht hatte. Hamish schlurfte in die Küche, wo er sich ein Frühstück richtete, das aus Brot und Käse bestand, weil er vergessen hatte, den Ofen anzufeuern. Priscilla hatte für die Wache einen nagelneuen Elektroherd angeschafft, aber Hamish hatte ihn, kindisch wie er war, zurückgeschickt.

Er fütterte Towser und stand unentschlossen auf einem Bein da, was an einen grübelnden Reiher an einem Teich erinnerte. Depressionen waren ihm bisher fremd gewesen, und er musste etwas unternehmen, egal was, um sie zu lindern. Er könnte anfangen, den Bericht zu tippen. Andererseits musste Towser raus.

Wieder klingelte das Telefon, also verließ Hamish hastig die Wache, dicht gefolgt von Towser, und machte sich im heißen Morgensonnenschein auf den Weg ans Wasser. Es war tatsächlich heiß, was für Nordschottland äußerst ungewöhnlich war. Hamish schob seine spitze Polizeimütze auf dem feuerroten Haar nach hinten und sah Unheil in Gestalt der Currie-Schwestern Jessie und Nessie nahen. Die beiden Dorfjungfern hielten ihm dauernd vor, ein herzloser Weiberheld zu sein.

Hamish tippte sich an die Mütze. »Schönen guten Morgen.«

»Ist er für manche. Ist er für manche«, antwortete Jessie, die die enervierende Angewohnheit hatte, alles zu wiederholen. »Aber anderen wurde das Herz gebrochen.«

Hamish passierte die beiden. Verdruss und Selbstmitleid rangen in seiner Brust. Einmal hatte er den Currie-Schwestern aus einer gefährlichen Bredouille geholfen und für sie sogar Beweise vernichtet. Verdammt, er hatte schon einer Menge Leuten in diesem Dorf geholfen! Warum redete man ihm nun Schuldgefühle ein?

Seine Gedanken schweiften zu Angela Brodie ab, der Frau des Arztes. *Sie* hatte sich nicht gegen ihn gewandt. Und so bog er auf den kurzen Weg ein, der nach oben zum Haus des Doktors führte, ging zur Hintertür und klopfte an.

Angela öffnete. Ihre Hunde sprangen ihr um die Füße und kläfften. Sie strich sich das dünne Haar aus dem Gesicht und sagte zerstreut: »Ah, Hamish, wie nett! Kommen Sie rein und trinken Sie einen Kaffee.«

In der Küche hob sie Bücherstapel vom Tisch, um Hamish Platz zu machen, und deponierte sie auf dem Boden.

»Mir ist, als hätten wir schon ewig nicht mehr geplaudert«, bemerkte Angela munter. »Haben Sie von Priscilla gehört?«

Hamish, der sich eben auf einem Küchenstuhl niederlassen wollte, richtete sich wieder auf. »Wenn Sie jetzt auch noch anfangen …«, begann er mürrisch.

»Setzen Sie sich hin«, sagte Angela erschrocken. »Womit anfangen?«

Langsam ließ Hamish sich nieder. »Sie sind die Einzige gewesen, die nicht von Priscilla redet«, antwortete er, wobei es klang, als kämen im Namen seiner Ex-Verlobten drei »R« hintereinander vor. Hamishs Highland-Akzent wurde ausgeprägter, wenn er wütend oder aufgeregt war.

»Oh, verstehe.« Angela schenkte ihm einen Becher Kaffee ein und schob ihn über den Tisch. »Ich habe nur nach Priscilla gefragt, weil ich dachte, Sie beide sind noch befreundet.«

»Sind wir auch!«, sagte Hamish. »Aber das sollte man nicht glauben, wenn man diesen Haufen in Lochdubh hört. So, wie die reden, meint man fast, ich wäre irgendein viktorianischer Schwerenöter!«

»Das gibt sich wieder«, beruhigte Angela ihn. »Solches

Gerede verbreitet sich wie ein Infekt in diesen Dörfern. Mrs. Wellington hat es in die Welt gesetzt.« Mrs. Wellington war die Pfarrersfrau. »Sie fing an damit, dass Sie ein nutzloser Frauenheld wären und so. Sie wissen ja, wie sie ist. Aber Sie haben sich das selbst eingebrockt!«

»Wie?«

»Sie hat zufällig gehört, wie Sie sie zum Vergnügen der Pfadfinder sehr gut nachgeäfft haben.«

»Ah.«

»Deswegen hat sie aus Groll gegen Sie Gerüchte verbreitet, und Groll ist hochgradig ansteckend. Mich hat übrigens schon immer fasziniert, wie beispielsweise ein Querulant es schafft, dass eine ganze Fabrikbelegschaft streikt, und das so lange, bis die Firma in die Knie geht und alle ihre Jobs verlieren. Abgesehen davon laufen Sie ziemlich bedrückt herum, was die Gerüchte noch befeuert. Sie wirken, als wären sie schuldig.«

»Ich bin etwas down«, gestand Hamish. »Ja, ich habe auf einmal eine Abneigung gegen Lochdubh und alle hier.«

»Hamish! Sie lieben diesen Ort!«

»Im Moment nicht, nein.«

»Sie haben doch sicher noch Urlaub zu bekommen, oder nicht? Verreisen Sie einfach. Sie könnten eine Pauschalreise nach Spanien buchen. Oder einen von diesen All-inclusive-Urlauben in Griechenland.«

»Ich überlege es mir«, sagte Hamish finster. »Vielleicht mache ich ein paar Tage Urlaub irgendwo in Schottland, wenn das Wetter schon mal gut ist.«

Angela stand auf und begann, in einem Stapel alter Zeitschriften auf einem Küchenstuhl zu kramen. Aus dem angelte sie eine farbige Sonntagsbeilage heraus. »Wie wäre es hiermit?«, fragte sie blätternd. »Skag. Kennen Sie Skag?«

»Das ist drüben am Moray Firth. Ich bin noch nicht da gewesen, aber ich war in Forres, was ganz in der Nähe ist.« Er betrachtete die Farbfotos. Es sah aus wie ein Badeort in Cornwall mit langen weißen Sandstränden und einem hübschen Dorf mit Hafen. Es gab eine Seite mit Werbeanzeigen von Hotels und Pensionen in Skag. »Ich nehme das mit, wenn ich darf, Angela.«

»Behalten Sie es«, antwortete die Arztfrau. »Ein Stück Altpapier weniger. Ich bringe es nie übers Herz, Zeitschriften wegzuwerfen oder sie auch nur ins Wartezimmer der Praxis zu bringen.«

»Was ist der neueste Tratsch?«, fragte Hamish.

Angela trank von ihrem Kaffee und wirkte so gedankenverloren wie immer. Dann stellte sie den Becher wieder hin. »Tja, der saftigste – sieht man von Ihnen ab – ist Jessie Currie.«

»Was ist mit ihr?«

»Angus Macdonald, der Seher, hat ihr erzählt, sie wäre noch vor Jahresende verheiratet.«

Hamishs braune Augen blitzten amüsiert. »Das hat sie ihm nicht geglaubt, oder?«

»Sie sagt Nein, doch seitdem mustert sie die Männer im Dorf auffallend aufmerksam, und Nessie hat Angst, dass sie allein zurückbleibt.«

»Und wer soll der Charmeur sein, der Jessie dahinschmelzen lässt?«

»Angus hat nur verraten, dass es ein geschiedener Fischer ist.«

»Wir haben hier keine geschiedenen Fischer!«

»Das habe ich Jessie auch erklärt, und ihre Reaktion war: ›Ja, *noch* nicht.‹«

»Da muss sie schon eine Menge Dusel haben«, meinte Hamish. »Eine vertrocknete alte Jungfer wie sie.«

»Hamish, das ist grausam!«

»Ach, na, sie soll sich eben um ihren eigenen Kram kümmern statt um den anderer Leute.«

»Ich denke wirklich, Sie müssen mal raus. Willie Lamont erzählte neulich, dass Sie sich im Restaurant immerzu beschweren.«

Willie Lamont, Hamish früherer Untergebener, hatte die Polizei verlassen und eine junge Verwandte des italienischen Restaurantbesitzers geheiratet. Seither arbeitete er in dem Lokal weit mehr als jemals in seiner Zeit als Police Constable.

»Die Portionen werden kleiner und kleiner und die Preise höher.«

»Trotzdem passt Nörgeln nicht zu Ihnen. Ich wette, wenn Sie erst eine Pause von uns hatten, sind Sie hinterher froh, wieder herzukommen und uns zu sehen.«

Hamish stand auf. »Mal schauen. Danke für den Kaffee, Angela.«

Er ging am Wasser entlang und hockte sich auf die Hafenmauer. Towser legte sich seufzend hin, und Hamish blätterte in der bunten Beilage. Dort inserierte eine Pension namens *The Friendly House:*

Nur einen Steinwurf vom Strand entfernt mit Blick aufs Meer, traditionelle Küche. Besonders niedrige Preise für Halbpension im Juli …

Hamish ließ das Magazin sinken und blickte über das Dorf. Es war größtenteils im georgianischen Stil gehalten, hauptsächlich innerhalb eines Jahres von einem der Herzöge von Sutherland errichtet, um die Fischerei anzukurbeln, mit kleinen, weiß getünchten Häusern, die zum Loch ausgerichtet waren.

Hamish kannte jeden im Dorf, von den Leuten, die schon ihr Leben lang hier wohnten, wie die Currie-Schwestern, bis hin zu denen, die erst kürzlich hergezogen waren. Nach seiner Unterhaltung mit Angela Brodie fühlte er sich besser, viel besser. Er hatte die Dinge verzerrt gesehen und sich eingeredet, dass alle gegen ihn wären.

Und so kam es, dass er Mrs. Maclean, der Frau von Archie, dem Fischer, die mit einem schweren Einkaufskorb nahte, freundlich zulächelte.

»Faul wie immer?«, fragte Mrs. Maclean. Sie war eine verbissene Hausfrau, nie ohne Schürze unterwegs, und roch stets streng nach Seife und Desinfektionsmittel. Ihr Haar war mit Lockenwicklern aufgedreht und von einem Kopftuch bedeckt.

»Ich genieße den Tag«, entgegnete Hamish versöhnlich.

»Wie Sie irgendwas genießen können, wenn sich das arme Mädchen unten in England die Augen aus dem Kopf heult, ist mir unbegreiflich!«

Hamish betrachtete sie nachdenklich, und ein boshaftes Funkeln erschien in seinen Augen. »Priscilla heult sich nicht die Augen aus dem Kopf, aber das wird eine arme Fischersfrau bald tun.«

»Wie meinen Sie das?«

Hamish hüpfte von der Mauer, rollte die Zeitungsbeilage auf und steckte sie in die Hosentasche. »Na, Angus Macdonald hat Jessie Currie erzählt, dass sie noch vor Jahresende heiraten wird, und zwar einen Fischer, einen *geschiedenen* Fischer. Wie geht es Archie dieser Tage?«

»Dem geht es bestens«, antwortete Mrs. Maclean, die sich verstohlen umblickte, als erwartete sie, ihren Mann in der Nähe zu sehen. Im Dorf war allgemein bekannt, dass Archie, wenn er nicht zum Fischen draußen war, seine Frau tunlichst mied, damit sie ihn nicht »zu Tode schrubbte«, wie er es ausdrückte. »Und überhaupt ist das alles Unsinn«, sagte sie. »Jessie Currie! Allein die Vorstellung!«

Und dann tauchte zu Hamishs Entzücken Archie in der Ferne auf. Auf Höhe des Currie-Cottages blieb er stehen, weil Jessie ihm etwas über die Hecke zurief, und unterhielt sich mit ihr.

»Da drüben ist ja Ihr Mann«, bemerkte Hamish vergnügt, »und plaudert mit Jessie.«

Mrs. Maclean starrte in die Richtung, in die Hamish

zeigte, und stieß einen kurzen Schrei aus, bevor sie loslief. Doch Archie sah sie kommen, ließ Jessie stehen und verschwand blitzschnell einen der Wege hinauf.

Hamish schlenderte zurück zur Wache, rief in Strathbane an und sagte, er wolle drei Wochen Urlaub nehmen. Es wurde ohne Umschweife genehmigt. Der Fluch seines Lebens, Detective Chief Inspector Blair, war in Glasgow, und es hatte seit Monaten keinerlei Straftaten in der Gegend gegeben. Daher wurde beschlossen, dass Sergeant Macgregor aus Cnothan Hamishs Bezirk mit übernehmen sollte. Hamish durfte ab dem Wochenende seinen Urlaub antreten.

Als Nächstes rief er in der Pension in Skag an, wo man ihm zu seiner Freude mitteilte, dass sie wegen einer Stornierung noch ein Zimmer in der Zeit frei hätten, die er wünschte, und Hunde erlaubt seien.

So glücklich wie schon länger nicht mehr machte Hamish sich auf, die Versorgung seiner Schafe, Hühner und Enten zu arrangieren, beschloss jedoch, dem Seher einen Besuch abzustatten und ihn zu fragen, was in ihn gefahren war, Jessie derart zum Narren zu halten.

Angus Macdonald, ein großer, verknitterter Mann, der etwas von einem weniger bedeutsamen Propheten hatte, blickte links und rechts an Hamish vorbei nach einem Mitbringsel, ehe er ihn ins Haus ließ. Die Dorfbewohner brachten ihm gewöhnlich eine Flasche Whisky oder einen Kuchen mit.

»Nein, ich habe nichts für Sie dabei«, sagte Hamish

und folgte ihm in das kleine Wohnzimmer. »Ich will Ihre Dienste nicht, sondern möchte wissen, was Ihnen einfällt, Jessie zu erzählen, dass sie einen geschiedenen Fischer heiraten wird.«

»Ich hab's gesehen«, antwortete Angus beleidigt. »Ich denke mir nichts aus.«

»Kommen Sie schon! Jessie!«

»Na, das habe ich gesehen.«

»Mit solch einem Quatsch fangen Gerüchte an.«

»Das hoffen Sie vielleicht, Hamish.«

»Warum sollte ich?«

»Dann hören die Leute auf, über Sie und Ihr Mädchen zu tratschen.«

»Ich denke, Sie sind ein alter Schwindler«, erwiderte Hamish. »Ich habe schon immer gedacht, dass Sie ein Betrüger sind.«

»Sie haben bloß miese Laune, weil Sie glauben, keiner mag Sie. Ah, da kommt Mrs. Wellington!«

Erschrocken sprang Hamish auf. Er flitzte los und eilte den Hügel hinunter, scheinbar taub für den dröhnenden Gruß der Pfarrersfrau.

»Dieser Mann!«, sagte die trotz der Hitze in Tweed gewandete Mrs. Wellington, als sie sich in einen von Angus' Sesseln plumpsen ließ. »Ich kann es kaum erwarten, dass er verschwindet.«

»Will er irgendwo hin?«, fragte Angus.

»Eben habe ich Mrs. Brodie getroffen, und sie hat erzählt, dass Hamish überlegt, nach Skag zu verreisen.«

»Aha«, murmelte Angus. »Also, was kann ich für Sie tun, Mrs. Wellington?«

»Diese Geschichte mit Jessie Currie. Das kann nicht wahr sein.« Sie blickte ihn prüfend an. »Es sei denn, Sie haben etwas gehört.«

»Ich *sehe* Dinge«, entgegnete Angus.

»Und Sie hören mehr Klatsch als jeder andere hier«, beharrte Mrs. Wellington streng. »Ich habe Ihnen einen meiner Obstkuchen mitgebracht. Steht drüben auf dem Tresen. Also, Mr. Patel vom Laden hat mir erzählt, dass er beobachtet hat, wie Archie sich mit Jessie Currie unterhalten hat, und als er seine Frau vom anderen Uferende kommen sah, ist er weggelaufen.«

»Ich sage nichts«, erwiderte Angus bedeutungsschwanger. »Aber trinken wir einen Tee und probieren den Kuchen.«

Früh am Samstagmorgen hängte Hamish Macbeth ein Schild an die Tür zur Polizeiwache, man möge sich mit allen Fragen an Sergeant Macgregor in Cnothan wenden. Er schloss den Land Rover der Polizei in der Garage ein, legte Towser die Leine an und nahm seinen Koffer auf. Dann begann das Telefon in der Wache zu klingeln. Er beschloss ranzugehen, weil er hoffte, dass ihm jemand aus dem Dorf einen schönen Urlaub wünschen wollte.

Doch der Seher war am anderen Ende der Leitung. »Ich an Ihrer Stelle würde nicht nach Skag fahren.«

Tatsächlich überkam Hamish ein abergläubisches Unbehagen. »Warum nicht?«, fragte er.

»Ich sehe Tod. Ich sehe Tod und Ärger für Sie, Hamish Macbeth.«

»Für Ihren Mist habe ich keine Zeit«, schimpfte Hamish und knallte den Hörer auf.

Am anderen Ende lauschte Angus dem Klicken und lächelte. Hatte Hamish Macbeth ihn einen »Betrüger« genannt? Na, das dürfte ihm zu denken geben!

Hamish verließ die Wache und wanderte zum Hafen, um den Bus nach Bonar Bridge zu nehmen. Von dort würde er einen weiteren Omnibus nach Inverness besteigen und danach weitere Busse bis Skag.

Dieser Bus war wie üblich zu spät, zwanzig Minuten, um genau zu sein. Und Hamish war der einzige Fahrgast. Er dachte oft, dass der Fahrer, Peter Dunwiddy, absichtlich zu spät losfuhr, um einen Vorwand zu haben, das Tempolimit zu überschreiten, sogar mit einem Polizisten an Bord. Hamish hielt sich fest, und Towser machte sich auf dem Boden ganz flach, als der Bus aus Lochdubh brauste und kreischend die Haarnadelkurven gen Bonar Bridge nahm.

Hamish hatte erwartet, eine gewisse Erleichterung zu verspüren, weil er Lochdubh und dessen Bewohner hinter sich ließ. Stattdessen war er auf eine nagende Art traurig. Passend zu seiner Stimmung war es ein grauer Tag, der alle Farben in der Landschaft verwässerte wie auf einem japanischen Druck. Hamish hoffte, dass das schöne Wetter zurückkehrte. Vielleicht hätte er nicht so engstirnig darauf beharren sollen, unbedingt in Schottland Urlaub zu machen. Wann gab es hier jemals eine Garantie für Sonne und Wasser, das warm genug war, um darin zu schwimmen?

Als er das Dorf Skag erreichte, war er so müde, als wäre er zu Fuß hergekommen. Er erkundigte sich nach dem Weg zum *Friendly House* und marschierte los. Es befand sich außerhalb des Ortes und nicht direkt am Strand, sondern hinter einer Reihe von Sanddünen, die wiederum eine Viertelmeile von der Nordsee entfernt waren.

Es handelte sich um eine alte viktorianische Villa, deren Holzbalkone und blauen Fensterläden vage an Schweizer Chalets erinnerten. Hamish sah auf seine Uhr. Halb sechs. Abendessen gab es um sechs.

Er betrat eine dämmrige Diele, in der auf einem Beistelltisch eine Auswahl von Tourismusbroschüren neben einer großen Messingschale mit verstaubtem Pampasgras auslag. Außerdem standen ein Sessel und eine Reihe von Gummistiefeln bereit. Hamish drückte einen Klingelknopf an der Wand, und im Hintergrund wurde eine Tür geöffnet.

Ein korpulenter Mann kam auf ihn zu. Er hatte blondes Haar, leuchtend blaue Augen und seltsam porzellanartig glänzende Haut. Hamish schätzte, dass er in den Fünfzigern war. »Sie müssen Mr. Macbeth sein«, sagte er fröhlich. »Rogers, Harry Rogers. Sie werden feststellen, dass wir hier eine glückliche Familie sind. Kommen Sie mit nach oben, dann zeige ich Ihnen und dem Hundchen Ihr Zimmer.«

Das Pensionszimmer bot keinen modernen Luxus wie ein Telefon oder einen Fernseher. Aber das Bett sah bequem aus, und durchs Fenster konnte Hamish die graue Linie der

Nordsee erkennen. »Das Bad ist am Ende des Flurs, und wie Sie sehen, gibt es ein Waschbecken hier in der Ecke. Der Tee wird um sechs serviert. Ja, wir halten hier nichts von diesem Dinner-Unsinn. Guter, altmodischer High Tea!«

Hamish dankte ihm, und Mr. Rogers ging. Müde von der langen Wanderung stieg Towser aufs Bett und schloss die Augen. Hamish packte rasch aus, holte eine Schale hervor, die er mit Wasser für den Hund füllte, und eine Dose Hundefutter, einen Dosenöffner und eine weitere Schale. In Letztere schüttete er das Hundefutter und stellte sie neben Towsers Wasser auf den Boden.

Der verwöhnte Hund mochte kein Dosenfutter. Aber im Urlaub muss er damit vorliebnehmen, dachte Hamish. Natürlich könnte er ihm eventuell etwas Kochschinken als Leckerli kaufen. Den fraß Towser sehr gern. Hamish zog sich eine Jeans und ein kariertes Hemd an, überlegte kurz, ob er eine Krawatte umbinden sollte, entschied sich jedoch dagegen und ging nach unten. Dort trat er durch eine Tür mit der Aufschrift *Esszimmer*.

Eine kleine, spitzgesichtige Frau, die sich als Mrs. Rogers entpuppte, begrüßte ihn. »Mr. Macbeth, Ihr Tisch ist hier ... bei Miss Felicity Gunnery.«

Hamish nickte Miss Gunnery zu und nahm Platz. Die anderen Gäste saßen bereits. Mr. Rogers erschien und machte alle miteinander bekannt. Mit seinem geübten Polizistenverstand merkte Hamish sich gleich alle Namen und prägte sich das Aussehen der einzelnen Gäste ein.

Miss Gunnery ihm gegenüber war die Art Erscheinung,

die man selbst heutzutage noch »alte Jungfer« nannte. Sie hatte strenge Züge, trug eine Goldrandbrille und hatte den Mund so dauerverkniffen, dass er lippenlos wirkte. Trotz des schwülwarmen Tages trug sie ein grünes Tweed-Kostüm mit weißer Bluse.

Am Nebentisch saß ein Ehepaar, Mr. und Mrs. Harris, beide mittleren Alters. Sie hatte eine ordentlich frisierte Dauerwelle, kühle Gesichtszüge und trug einen Wollpullover und eine Strickjacke zu einem schwarzen Rock. Ihr Mann war mit einem Hemd, das er oben aufgeknöpft hatte, einer modischen schwarzen Lederjacke und Jeans bekleidet – ein Outfit, wie es müde Geschäftsleute gern wählten, wenn sie sich auf die Suche nach ihrer verblassenden Jugend begaben. Er hatte graues Haar, einen starren Blick und eine große Nase.

Es folgten Mr. und Mrs. Brett mit ihren drei Kindern, Heather, Callum und Fiona, sieben, vier und drei Jahre alt. Alle wirkten gutmütig und nicht übermäßig intelligent. Mrs. Brett war künstlich rothaarig, hatte ein kleines Gesicht und nachgemalte Augenbrauen. Entweder waren sie gezupft, was dieser Tage kaum noch modern war, wie Hamish wusste, oder ausgefallen. Oder sie war so geboren worden. Sie hatte die Brauen zu einem Bogen gemalt, sodass sie permanent verwundert aussah.

Am Fenstertisch saßen zwei junge Frauen namens Tracey Fink und Cheryl Gamble aus Glasgow. Beide hatten ihrem Haar mittels Chemikalien einen »sonnengebleichten« Look verliehen und dürften unter den dicken Make-up-Schichten sehr blass sein. Sie waren identisch gekleidet: schwarzweiß gestreifte Pullis und schwarze Hosen zu schmutzigen Turnschuhen.

Hinten in der Ecke saß ein Mann, dem die Ehre zuteilwurde, einen Tisch für sich zu haben. Er hieß Mr. Andrew Biggar, hatte ein sonnengebräuntes Gesicht und dichtes braunes Haar mit grauen Strähnen, wache braune Augen und einen breiten Mund, dessen Form nach er humorvoll sein musste.

High Tea, die schottische Mahlzeit, die kaum noch irgendwo serviert wurde, bestand aus einem Hauptgericht, üblicherweise kalter Braten, Salat und Pommes frites, zu dem man Tee trank. In der Mitte eines jeden Tisches befand sich eine Etagere, auf deren unterer Ebene dünn mit Butter bestrichene Weißbrotscheiben lagen. Auf der zweiten Ebene waren Scones und Teekuchen drapiert, und ganz oben folgten kleine Kuchen mit Sprühsahne und grellbunter Glasur.

»Herrlicher Tag«, sagte Hamish zu Miss Gunnery, um Konversation zu machen. Jeder Tag in Schottland, an dem es nicht eiskalt war und in Strömen goss, galt als »herrlich«.

Sie blickte streng durch ihre Brille zu ihm. »Ist es? Ich finde es feucht und bedeckt.«

Hamish schwieg wieder und wünschte, er wäre nicht hergekommen. Doch Mr. Harris, der Mann mit der modischen Lederjacke, übertönte deutlich die Gespräche an den anderen Tischen, und Hamish horchte hin.

»Tja, dieser Urlaub war deine Idee, Doris«, sagte er.

»Ich habe bloß festgestellt, dass der Tee ein kleines bisschen dünn ist«, entgegnete seine Frau.

»Du hast an allem was auszusetzen, das ist dein Problem«, erwiderte Mr. Harris. »Würdest du mehr Sport treiben und weniger über deinen Bauch nachdenken, könntest du so fit sein wie ich.«

»Ich habe doch nur gesagt ...«

»Du hast gesagt ... Du hast gesagt ...«, ätzte er und schaute sich im Raum um. »Frauen, was? Dauernd am Nörgeln.«

»Bob, *bitte*«, flüsterte seine Frau.

»Bitte was?«

»Das weißt du.« Ängstlich sah sie zu den anderen Tischen. »Alle hören zu.«

»Sollen sie doch. Mich plagen deine kleinen Vorortängste nicht, meine Liebe.« Er verstellte die Stimme zu einem hohen Falsett. »Was sollen die Nachbarn denken?«

Und so ging es immer weiter.

Die schweigsame Miss Gunnery, die von sich behauptete, »ihre Meinung gemeinhin für sich zu behalten«, fühlte sich genötigt, den Mund zu öffnen und zu dem großen, schlaksigen Rotschopf ihr gegenüber zu sagen: »Der Mann ist ein Scheusal.«

»Ja, von der übelsten Sorte«, stimmte Hamish ihr zu, und als er lächelte, taute Miss Gunnery noch mehr auf und fügte hinzu:

»Mrs. Harris hat aber recht. Der Tee ist furchtbar schwach, der Schinken besteht größtenteils aus Fett, und diese Kuchen sehen schrecklich aus. Ich weiß ja, dass diese Pension billig ist …«

»Vielleicht gibt es einen Fish-and-Chips-Laden im Dorf«, sagte Hamish hoffnungsvoll. »Da könnte ich später mal hingehen. Mein Hund mag Fish and Chips.«

»Oh, Sie haben einen Hund? Welche Rasse?«

»Towser ist eine Mischung aus allen Rassen.«

Miss Gunnery wirkte amüsiert. »Towser! Ich hätte nicht gedacht, dass jemand heute noch einen Hund Towser nennt – oder Rover.«

»Angefangen hatte es eigentlich als Witz«, gestand Hamish. »Und dann blieb der Name an dem armen Tier hängen.«

»Was machen Sie beruflich, Mr. Macbeth?«

Das Scheusal war vorübergehend verstummt, und es herrschte Stille im Esszimmer. »Ich bin im Öffentlichen Dienst«, antwortete Hamish. Er erzählte ungern, dass er Polizist war, weil es die meisten Menschen abschreckte. Und diese Antwort war seiner Erfahrung nach langweilig genug, dass niemand nachhakte, bei welcher Behörde er war.

»Ich bin Lehrerin im Vorruhestand«, erklärte Miss Gunnery. »Vorher war ich noch nie in Skag. Es kam mir wie eine gute Gelegenheit vor, einen günstigen Urlaub zu machen.«

»Wann sind Sie angekommen?«

»Heute, wie die anderen auch. Wir sind alle neue Gäste.«

Mr. Rogers und seine Frau wuselten zwischen den Tischen umher und räumten Teller ab, sobald es so aussah, als hätte jemand aufgegessen.

»Im Salon gegenüber steht ein Fernseher«, verkündete Mr. Rogers. Seine Frau sortierte vorsichtig die ungegessenen Kuchen in eine große Plastikbox. Hamish vermutete – ganz richtig, wie sich herausstellen sollte –, dass sie die nächsten Tage wieder serviert würden, bis sie alle aufgegessen oder hart geworden waren.

Die Gesellschaft begab sich ins Wohnzimmer. Bob Harris hatte es vorerst aufgegeben, mit seiner Frau zu schimpfen, aber Andrew Biggar beging den Fehler, Doris Harris zu fragen, was sie gern sehen würde.

»Gleich kommt *Coronation Street*«, antwortete Doris schüchtern. »Das würde ich mir gern anschauen, falls es niemandem etwas ausmacht.«

Sogleich übertönte sie die Stimme ihres Mannes: »War ja klar, dass du allen deine Vorliebe für Soaps aufzwingst. Wie du dir diesen Mist ansehen kannst, werde ich nie verstehen.«

Hamish ging zum Fernseher, suchte den Kanal, auf dem *Coronation Street* lief, und drehte die Lautstärke höher. »Ich mag die Serie auch«, behauptete er und lächelte Doris an. »Die sehe ich immer.«

Er setzte sich neben Miss Gunnery. Ihm entging nicht, dass das Ekel während der gesamten Folge die Figuren der Serie verhöhnte. Seufzend blickte Hamish sich um. Die Sessel standen in einem Halbkreis zum Fernseher ausgerichtet. Der Kamin war von zwei elektrischen Heizgeräten blockiert. Zerlesene Taschenbücher, die zweifellos einmal früheren Gästen gehört hatten, füllten zwei Bücherregale.

Die Rogers' waren wahrscheinlich zu geizig, selbst Ferienlektüre zu kaufen.

Die Sesselpolster waren mit einem kratzigen Stoff bespannt, der Teppich war abgewetzt und mit verblichenen gelben Blumen gemustert. Es hingen einige trübsinnige Bilder an den Wänden: Highland-Rinder im Highland-Nebel und eine Fotografie einer grimmigen viktorianischen Dame, die vorwurfsvoll auf alle herabblickte. Bestimmt die ursprüngliche Besitzerin, dachte Hamish.

Als die Sendung endete, die er nur Mrs. Harris zuliebe bis zum Schluss angeschaut hatte, sagte er zu Miss Gunnery: »Ich spaziere mit meinem Hund durchs Dorf und sehe mal, ob es hier irgendwo Fish and Chips gibt. Möchten Sie mitkommen?«

»Fish and Chips esse ich nicht«, antwortete sie hochnäsig.

Die Reizbarkeit, die er seit Monaten empfand, trat wieder an die Oberfläche. »Ah, Sie ziehen diesen erstklassigen Fraß vor, den wir zum Abendessen hatten?«

Da war eine Note von Verachtung in seiner Highland-Stimme, und Miss Gunnery wurde rot. »Ach was, ich bin nur albern.« Sie richtete sich auf. »Ich würde gern spazieren gehen.«

Hamish ging nach oben, um Towser zu holen, doch als er zurück in die Diele kam, wartete dort nicht bloß Miss Gunnery auf ihn, sondern der Rest der Gesellschaft, mit Ausnahme des Ehepaares Harris.

Es kam kein »Wir möchten mitkommen, falls es recht ist« oder Ähnliches, sondern sie reihten sich schlicht hinter dem Polizisten und seinem Hund ein wie artige Kinder.

Mr. Brett brach als Erster das Schweigen. »›Nur einen Steinwurf vom Strand entfernt‹«, rief er aus. »Da braucht man aber einen verteufelt starken Arm, einen Stein so weit zu werfen.«

»Sind Sie sicher, dass es hier eine Chips-Bude gibt, Jimmy?«, fragte Cheryl. Sie kam aus Glasgow, wo so ziemlich jeder Jimmy heißen musste, hörte man die Einheimischen reden.

»Weiß ich nicht«, antwortete Hamish. »Vielleicht auch einen Pub, der Essen anbietet.«

»Ich bin schon halb verhungert«, gestand Tracey und bückte sich zu Towser. »Ich könnte ein Pferd zwischen zwei Brotlastern verdrücken.«

Cheryl schlug ihr spielerisch auf den Rücken, und beide Mädchen kicherten.

»Ein Jammer, dass die kleine Mrs. Harris nicht mitkommen konnte«, bemerkte Andrew Biggar. »Ich glaube nicht, dass sie viel Spaß im Leben hat. Sind Sie zufällig in der Armee, Mr. Macbeth?«

»Hamish. Ich heiße Hamish. Nein, Andrew. Im Öffentlichen Dienst. Wie kommen Sie darauf?«

»Als ich Sie das erste Mal gesehen habe, hatte ich den Eindruck, dass Sie sonst eine Uniform tragen. Da habe ich mich wohl geirrt. Ich war selbst in der Armee, leider in den Ruhestand gezwungen worden.«

»Oh, diese schrecklichen Kürzungen«, sagte Miss Gunnery mitfühlend.

»Da haben Sie recht«, stimmte Mrs. Brett zu, die, wie sich herausstellte, mit Vornamen June hieß. »Dieser Harris gehört erschossen.«

»Das kannst du laut sagen«, pflichtete Dermott Brett, ihr Mann, ihr bei, was June umgehend tat, woraufhin das Paar in brüllendes Gelächter über den eigenen Witz ausbrach.

»Ich weiß nicht, ob ich diesen Urlaub ertrage«, raunte Miss Gunnery Hamish zu.

»Ach«, sagte Hamish, der sich allmählich besser fühlte, »die anderen sind doch ganz nett, und es geht nichts über ein gemeinsames Feindbild, um Leute zusammenzubringen.« Innerlich krümmte er sich, weil er daran denken musste, dass genau dieser Effekt ihn aus Lochdubh vertrieben hatte.

»Harris, meinen Sie?«, fragte Miss Gunnery. »Aber mit seiner lauten Stimme kann man ihn schlecht überhören, und dies ist ein kleiner Ort.«

Sie erreichten das Dorf Skag. Es bestand aus einer Reihe von teils reetgedeckten Häusern auf einer Landzunge. Zur einen Seite verlief der Fluss Skag, auf der anderen erstreckte sich die Nordsee. Die Hauptstraße war mit Kopfstein gepflastert, die kleinen Seitenstraßen hingegen waren unbefestigt, und der weiße Sand blies überallhin und tanzte in kleinen Wirbeln im zunehmenden Wind.

»Es wird frischer«, bemerkte Hamish. »Sehen Sie mal, ein bisschen blauer Himmel!«

Sie wanderten zum Hafen und blieben am Rand stehen. Die Flut kam, und das Wasser sog gierig an den Holzbohlen unter ihnen. Große Seegrasbüschel hoben und senkten sich mit den Wellen. Über ihnen zogen die grauen Wolken ab, bis heller Sonnenschein erstrahlte.

Hamish schnupperte in die Luft. »Ich rieche Fish and Chips. Es kommt von dort drüben.«

Die anderen machten sich mit ihm auf den Weg, und sie fanden eine kleine Imbissbude. Hamish schlug vor, dass sie ihr Essen mit an den Strand nahmen und dort aßen.

Mit ihren Päckchen in den Händen trotteten sie zur anderen Seite des Hafens, wo Segelboote in einem kleinen Becken vertäut waren und der Wind in den Segeltuchbündeln und Persennings summte und knatterte. Ein schäbiges Café mit Blick auf den Segelhafen war geöffnet, allerdings leer, und die bunten Lichter eines Spielautomaten blinkten im dämmrigen Innern.

Ein Weg führte hinter das Café, vorbei an verrostenden Autos und Kühlschränken, alten Sofas und kaputten Tischen, zu einer Schieferanhöhe und wieder nach unten, wo der Schiefer aufhörte und ein langer weißer Sandstrand begann.

»Sie verwöhnen den Hund«, sagte Miss Gunnery, als Hamish eine großzügige Fischportion auf einem Pappteller vor Towser auf den Sand stellte.

Hamish antwortete nicht. Ihm war bewusst, dass er seinen Hund verwöhnte, trotzdem schätzte er es nicht, von anderen darauf hingewiesen zu werden.

»Warum heiratet eine Frau wie Doris solch einen Idioten?«, fragte Andrew Biggar.

June Brett knuffte ihrem rundlichen Mann in die Rippen. »Bevor man sie heiratet, sind sie alle Heilige, und dann kommt die Bestie zum Vorschein.«

Dermott Brett knurrte sie an, und seine Frau kreischte vor Vergnügen. Gesichter können täuschen, dachte Hamish. Wenn sie nicht sprach, wirkte June kleinlich und verbissen, doch kaum sagte sie etwas, verwandelte sie sich in eine freundliche Frau. Die Brett-Kinder bauten unten am Wasser Strandburgen. Sie benahmen sich auffallend gut. Heather, die Siebenjährige, passte auf ihren kleinen Bruder auf und gab acht, dass Fiona nicht ins Wasser tapste. Lange Streifen von weißem Sand schlängelten sich über die festere, feuchte Oberfläche, und dann erklang ein unheimliches Brummen.

»Was ist das?«, rief Cheryl, die sich sofort an Tracey klammerte.

»Singender Sand«, antwortete Hamish. »Jetzt erinnere ich mich, dass ich von dem hier gehört habe. Ich hatte es nur wieder vergessen.«

»Das ist schaurig«, bemerkte Miss Gunnery. »Überhaupt ist hier alles ein bisschen seltsam. In dieser Jahreszeit wird es nachts nicht dunkel, stimmt's, Hamish?«

Er schüttelte den Kopf und stellte fest, dass er es hier auch unheimlich fand. Der Schieferhügel hinter dem Strand und das flache Gebiet dahinter gaben ihm das Gefühl, vom Rest der Welt abgeschnitten zu sein. Ihm fielen die Worte des Sehers wieder ein, und er erschauderte, doch sein gesunder Menschenverstand übernahm gleich wieder. Angus hatte Gerüchte über seinen Urlaub gehört und Tod und Ärger erfunden, um Hamish heimzuzahlen, dass er ihn einen Betrüger genannt hatte.

Miss Gunnery sammelte sorgsam das Fish-and-Chips-Papier von allen ein, als Hamish hörte, wie Dermott Brett sagte: »Er ist schlimmer geworden.«

»Wer?«, fragte Andrew, der träge im Sand nach Muscheln suchte.

»Bob Harris.«

»Sie kennen ihn?«, wollte Hamish wissen.

»Ja, er war letztes Jahr auch hier.«

Miss Gunnery hielt mitten im Papiersammeln inne. »Soll das heißen, dass Sie schon hier waren und allen Ernstes *wiedergekommen* sind?«

»Neue Betreiber«, erklärte Dermott Brett. »Vorher haben zwei alte Damen das Haus geführt. Sie haben sehr gutes Essen gemacht, aber ihre Preise waren ziemlich hoch für eine Pension. Wir wollten nicht wieder herkommen, weil es mit drei Kindern eine ordentliche Summe war. Dann hat June die Anzeige mit den günstigeren Preisen gesehen. Von neuen Betreibern stand da nichts.«

»Was ist aus den alten Frauen geworden, denen die Pension gehört hat?«, fragte der allzeit neugierige Hamish.

»Das waren die Blane-Schwestern. Rogers hat gesagt, sie haben sich ein kleineres Haus in Skag gekauft. Vielleicht besuche ich sie mal, falls ich sie finde.«

»Und Harris ist dieses Jahr schlimmer als letztes?«, hakte Hamish nach.

»Vergangenes Jahr war er schon übel genug, aber eher so anfallsweise. Da hat er nicht die ganze Zeit gezetert. Kann sein, dass er sich bis morgen eingekriegt hat. Doris Harris wollte mit uns kommen, doch er hat geschimpft, als Sie oben waren, um Ihren Hund zu holen. Sie solle kein gutes Geld für Fish and Chips verplempern, wenn sie bereits gegessen habe.«

Ein entzücktes Kreischen kam von den Brett-Kindern. Heather hatte die dreijährige Fiona auf Towsers Rücken gesetzt. Der Mischling stand geduldig da, wirkte verdutzt und schaute hilfesuchend zu seinem Herrn.

»Lasst ihn«, rief Hamish. Heather hob Fiona brav wieder von Towsers Rücken, und der Hund kam den Strand heraufgelaufen, um sich hechelnd zu Hamishs Füßen hinzulegen.

»Es wird Zeit, die Kinder zu Bett zu bringen«, sagte June. »Sie haben den ganzen Tag im Zug gesessen.«

»Kommen Sie von weit her?«, fragte Hamish.

»Aus London.«

Dermott stand auf und klopfte sich den Sand von der Hose. Dann ging er zu den Kindern und schwang die Jüngste auf seine Schultern. June lief ihm entgegen, und die Familie machte sich auf den Heimweg in Richtung Pension.

»Eine nette Familie«, bemerkte Miss Gunnery, die von einem Mülleimer auf der anderen Seite des Schieferhügels zurückkam, in den sie die Verpackungen geworfen hatte. »Vielleicht sollten wir auch zurückgehen.«

»Wie sieht es mit dem Nachtleben in Skag aus?«, kicherte Cheryl. »Tracey und ich hätten gern was zu trinken.«

»Wie alt sind Sie?«, fragte Miss Gunnery streng.

Cheryl warf ihr langes blondes Haar über die Schulter. »Alt genug«, erklärte sie. Dann sah sie Hamish an und klimperte mit den stark geschminkten Wimpern. »Jo, alt genug für alles, was, Tracey?«

»Und ob, verdammt«, antwortete sie in einer furchtbaren Imitation eines amerikanischen Akzents. »Latschen wir mal zum Pub.«

»Hier gibt es garantiert nur Bier in Flaschen«, sagte Andrew, »aber ich bin bereit, es mal auszuprobieren. Wie ist es mit Ihnen, Hamish?«

»Solange sie Towser reinlassen.«

»Der ist mit seinem Köter verheiratet!«, rief Cheryl lachend.

Hamishs langes Gesicht wurde tiefrot. Er schämte sich, weil er so sehr an Towser hing – und manchmal auch für Towsers zotteliges gelbes Fell.

»Ich denke, ein Drink ist genau das, was wir alle brauchen«, versicherte Andrew rasch. »Kommen Sie, Hamish.«

Plötzlich war Hamish Macbeth nach Schmollen zumute.

Doch Miss Gunnery sagte: »Ich habe den Pub nahe am Hafen gesehen. Er wirkte ganz hübsch. Ja, ich denke, ich gehe auch mit.« Sie hakte sich mit einem Arm bei Hamish ein, als er aufstand, und die kleine Gruppe zog los.

Es war wirklich ein hübscher Pub mit Reetdach und Blumenkübeln vor der Tür – eher wie ein englisches Wirtshaus. Drinnen jedoch war alles aus Plastik und so schäbig wie in den miesesten schottischen Spelunken. Eine Jukebox plärrte in der Ecke, und ein pickliger junger Mann stand am Spielautomaten. Mit offenem Mund bediente er monoton den Hebel und warf Münzen ein.

Hamish hatte draußen einen Tisch und Stühle gesehen und schlug vor, dass sie dort ihre Drinks nahmen. Cheryl und Tracey wählten Cola-Rum, Miss Gunnery Gin Tonic, Andrew eine Flasche Bier und Hamish einen Whisky und eine Schale Wasser für Towser.

»Morgen ist hier ein Jahrmarkt mit Karnevalsumzug«, sagte Hamish. »Mit Buden und allem. Es war an der Wand im Pub angeschlagen.«

»Ich habe gar keine Festwiese gesehen«, entgegnete Andrew.

»Werden Sie morgen«, versicherte Hamish ihm, weil er sich mit den Schaustellern in den Highlands auskannte. »Sie kommen nachts, wie eine Armee im Mittelalter, und am nächsten Tag haben sie alles fertig.«

Sie tranken aus und wanderten langsam zur Pension zurück. Cheryl und Tracey hatten beschlossen, um Hamishs Beachtung zu wetteifern. Deshalb hakten sie sich rechts und links von ihm ein, während Miss Gunnery und Andrew hinter ihnen gingen.

In der Pension suchte Hamish sich ein paar Taschenbücher aus den Regalen im Salon aus und ging nach oben in sein Zimmer.

Nun stellte er fest, dass er direkt neben Bob und Doris Harris wohnte. Bob Harris' Stimme war mal mehr, mal weniger laut zu hören, hier und da von einem kleinen Wimmern seiner Frau akzentuiert.

Hamish fragte sich, ob er nebenan klopfen und dem Mann sagen sollte, er solle die Klappe halten. Doch als Polizist hatte er oft genug erlebt, wie unsinnig es war, sich in Beziehungsprobleme einzumischen. Doris würde wahrscheinlich auf ihn losgehen und von ihm verlangen, ihren Mann in Ruhe zu lassen.

Zumindest redete der faule Hamish Macbeth sich das ein.

Zweites Kapitel

Ein unangenehmes Naturell mildert sich nie mit dem Alter, und eine scharfe Zunge ist das einzige Schneidewerkzeug, das bei stetem Gebrauch immer schärfer wird.

Washington Irving

Hamish stand früh auf und machte mit Towser einen Spaziergang durch die einsamen Dünen vor der Pension. Der Tag war grau, warm und diesig. Irgendwo tutete ein Nebelhorn wie ein verirrtes Meeresgeschöpf. Die Gnitzen, jene verhassten schottischen Mücken, von denen er in seiner Naivität angenommen hatte, sie mit der Westküste hinter sich gelassen zu haben, waren in Schwärmen unterwegs. Automatisch griff Hamish nach dem Stift mit dem Antimückenmittel in seiner Hemdtasche, aber da war keiner. Ihm fiel ein, dass er einen in seinem Koffer hatte.

Er kehrte zu seinem Zimmer zurück, zog den Koffer unter dem Bett hervor und klappte den Deckel auf. Sofort erkannte er, dass er durchwühlt worden war. Nicht, dass irgendwas durcheinander wäre; es war eher ein *Geruch* oder ein Gefühl, dass jemand die Sachen durchgesehen hatte.

Viel war nicht in dem Koffer, weil Hamish fast alles ausgepackt hatte. Er fand den Mückenstift hinten in einem Seitenfach. Ansonsten waren da noch einige Bücher und Pullover, die er noch nicht in die Kommode gelegt hatte, und, oh nein, sein Dienstausweis, sein Notizbuch und ein Paar Handschellen.

Hamish hockte sich zurück auf die Fersen und ging im Geiste alle Gäste durch. Als er mit Towser aufgebrochen war, hatte er seine Zimmertür nicht abgeschlossen. Rogers? War es pure Neugierde? Er könnte sich lautstark beschweren, hatte jedoch keinen echten Beweis. Also angelte er die Kofferschlüssel aus einem anderen Seitenfach, verschloss den Koffer und schob ihn zurück unters Bett. Es war sinnlos, jetzt irgendwas zu unternehmen. Jemand in diesem Hotel wusste nun, dass er Polizist war. Er würde die Reaktionen der anderen heute genau beobachten.

Das einzig Gute am Frühstück war Bob Harris' säuerliches Schweigen. Das Essen war schrecklich: gebratener Haggis und wässriges Rührei, harte, trockene Brötchen mit Margarine und so dünnflüssiger Marmelade, dass man meinen könnte, sie wäre mit Wasser verlängert worden.

»Ich gehe zu dem Karnevalsumzug«, sagte Hamish zu Miss Gunnery. »Möchten Sie mit?«

Ehe sie antworten konnte, rief Dermott Brett rüber:

»Gehen Sie zum Karnevalsumzug? Wir kommen auch mit, Hamish, mit den Kindern.«

Und so – zu Miss Gunnerys Enttäuschung, die Menschengruppen nicht leiden konnte, wie sie Hamish zugeflüstert hatte – schlossen sich auch alle anderen an, abermals ohne das Ehepaar Harris.

Sie waren erst ein kleines Stück in Richtung Skag gegangen, als sie hinter sich eilige Schritte hörten und sich umdrehten. Doris Harris kam ihnen nachgelaufen. Ihr Gesicht war gerötet.

»Bob will nicht mit«, sagte sie atemlos.

Als sie weitergingen, ertappten sich alle dabei, wie sie nach neuen Gesprächsthemen suchten, denn ihr bisheriges Hauptthema war gewesen, was für ein Mistkerl Bob Harris doch war. Hamishs Mückenstift wurde immer kleiner, weil alle ihn sich reihum ausliehen. Und immer wieder klatschten Hände nach den stechenden Gnitzen.

»Hoffen wir, sie lassen uns in Frieden, wenn wir auf dem Jahrmarkt sind«, sagte Hamish.

Ein dünner Nieselregen setzte ein.

Finstere Stimmung legte sich über die Gruppe. Hamish wollte die anderen um Doris' willen aufheitern. Ihr Leben mit Bob war fraglos schon elend genug, da sollte sie dieses bisschen Freiheit genießen. Er schaute hinauf zum Himmel und wollte das Wetter mittels Telepathie ändern. Eine leichte Brise strich über seine Wange. »Hat jemand den Wetterbericht gehört?«, fragte er.

»Es könnte später sonnig werden«, antwortete Andrew.

Die Kinder fingen aufgeregt zu plappern an, denn nun waren die Buden und Karussells auf einem Feld außerhalb von Skag zu sehen.

Hamish blickte auf seine Uhr. »Zuerst gibt es eine Art Umzug durchs Dorf. Gehen wir uns den ansehen.«

Der Regen hatte zugenommen, als sie sich alle zusammendrängten, um eine Reihe dürftiger Festwagen vorüberziehen zu sehen. Eine schottische Bank hatte eine traditionelle Jazzband hinten auf einem Lastwagen, was die Stimmung für den Moment, in dem sie vorbeizog, aufhellte. Die anderen Wagen waren zumeist von Kindern gestaltet: nassen Kindern, denen im Regen Theaterschminke über das Gesicht rann. Danach folgte die Krönung in Gestalt der Karnevalskönigin, eines außergewöhnlich hässlichen kleinen Mädchens.

Wie Hamish erfuhr, war es die Tochter des Wirtes des Pubs, der eine große Geldsumme für den Karneval gespendet hatte. Das erklärte die Wahl.

Alle gingen mit Hamish zur Festwiese und blickten hin und wieder hoffnungsvoll zu ihm, als wäre er ihr Fremdenführer.

»Ich hab's«, meinte er. »Fahren wir mit dem Autoscooter. Wie ist es mit Ihnen, Miss Gunnery?«

»Das ist 'n Mutterkomplex, ist doch logisch«, murmelte Cheryl beleidigt und sah Tracey vielsagend an, doch Hamish ignorierte die Bemerkung geflissentlich. Und dann, als sie sich gegenseitig mit den kleinen Wagen anrempelten – Doris mit Andrew, Hamish mit Miss Gunnery, Cheryl und Tracey kreischend in einem Wagen, von dem aus sie die hiesige Männerauswahl beäugten, und Dermott und June mit ihrer Jüngsten auf dem Schoß, während die anderen Kinder in einem eigenen Wagen saßen –, vollführte das Wetter eine seiner Blitzwendungen. Abermals rollten die grauen Wolken hinaus aufs Meer, als würde ein Vorhang in einem Theater zurückgezogen.

Nach der Fahrt mit dem Autoscooter kaufte Hamish Zuckerwatte für die Kinder und sah sich nach mehr Vergnügungen um. Er war entschlossen, »seine« kleine Gruppe bei Laune zu halten, denn er merkte, wie seine eigene entspannte Zufriedenheit ein wenig durchschimmerte, und wollte sie nicht verlieren. Als Nächstes kam die Geisterbahn, und er fand es spaßig, die so zugeknöpfte Miss Gunnery neben sich im Wagen wie verrückt kreischen zu hören.

Hinterher blickte sie ihn reumütig an. »Es passiert nicht oft, dass ich so die Beherrschung verliere.«

Hamish betrachtete die Frau mit dem strengen Haarknoten. »Sollten Sie aber. Es ist hübsch anzusehen.«

Miss Gunnery schenkte ihm einen solch warmherzigen Blick, dass er nervös zurückwich. Doch kaum hielt er ein wenig Abstand zu Miss Gunnery, brachen Cheryls und Traceys ungeteilte Aufmerksamkeit über ihn herein, also kehrte er zu der Lehrerin zurück.

Er führte die Gruppe weiter zu den anderen Fahrgeschäften auf dem Jahrmarkt, bis Dermott Brett sagte, die Kinder würden müde, und es wäre fast Zeit fürs Abendessen. Mittags hatten sie Hotdogs, Zuckerwatte und Schokoriegel gegessen, und der Gedanke an das Mahl, das sie voraussichtlich erwartete, dämpfte ihren Appetit noch mehr.

Die Brett-Kinder begannen, sich fürchterliche Speisen auszudenken, von frittierten Schnecken bis hin zu gerösteten Babys, bis sie vor lauter Kichern nicht mehr konnten. Doris lachte. Sie wirkte wie ausgewechselt. Hamish dachte, dass sie als junge Frau wahrscheinlich recht hübsch gewesen war. Andrew Biggar ging neben ihr und schien entzückt von ihrer Gesellschaft zu sein.

Verstohlen beobachtete Hamish die beiden und war mit einem Mal beunruhigt. Ihm war, als sähe er die Zutaten zu einem Desaster: unterdrückte Ehefrau, fieser Ehemann, sanfter und anständiger Mann – mischte man die zusammen, kam was heraus? »Mord«, sagte eine Stimme in Hamishs Kopf.

Er schüttelte sich, um den Gedanken zu vertreiben. Eheleute nörgelten immerfort aneinander herum, und das kreuz und quer auf den britischen Inseln. Doch sie ermordeten sich nicht gegenseitig – oder zumindest nicht alle.

Das Hauptgericht beim Abendessen war eine gemischte Grillplatte: eine kleine Bratwurst, eine Niere, eine Tomate und die unvermeidlichen Pommes frites. Bob Harris war anwesend, und er war betrunken. Sogar so sehr, dass seine Stimme auf ein beinahe unverständliches, jammerndes Gemurmel reduziert war. Hamish konnte knapp ausmachen, dass er sich beklagte, weil Doris sich ihm allen Ernstes widersetzt hatte und zum Jahrmarkt gegangen war.

Nach dem Essen stand sie auf und sagte leise, sie sei müde und wolle früh zu Bett gehen. Alle erwarteten, dass Bob Harris sich ihr anschließen würde, aber er folgte ihnen in den Salon. Nach der entsetzlichen Mahlzeit war er gerade nüchtern genug, um auf die Gruppe loszugehen. Sein erstes Ziel war Andrew Biggar.

»Ihr Soldaten seid doch alle gleich«, höhnte er. »Ihr geht bloß in die Armee, weil ihr als Zivilisten nicht klarkommt. Ihr braucht Leute, die euch sagen, was ihr tun sollt.«

Andrew, der sich ein Buch genommen hatte, senkte es und erwiderte ruhig: »Seien Sie einfach still.«

Die siebenjährige Heather lachte nervös, worauf Bob den glasigen Blick auf das Kind richtete. »Dein Problem ist, dass du verwöhnt bist!«

»Hey, das reicht«, sagte Dermott. »Warum gehen Sie nicht nach oben und schlafen Ihren Rausch aus?«

»Ich vertrage einiges«, widersprach Bob. »Und sparen Sie sich bei mir Ihre Überheblichkeit. Ich könnte denen allen hier das eine oder andere über Sie erzählen und …«

»Ich bringe die Kinder nach oben ins Bett«, rief June. Sie nahm die Kleinste auf den Arm und ging. Heather und Callum eilten ihr nach.

»Sie sind einer der widerlichsten Männer, die mir je begegnet sind«, erklärte Miss Gunnery.

»Na, viele können es ja nicht sein, die Sie mal rangelassen haben, falls überhaupt«, spottete Bob. »Sie erinnern mich an eine alte, vertrocknete Französischlehrerin, die ich früher hatte. Sie …«

Er stieß einen Schmerzensschrei aus. Hamish Macbeth hatte ihm den Arm auf den Rücken gedreht. »Ab ins Bett«, sagte Hamish höflich. Er brachte ihn zur Tür, schob ihn in die Diele und knallte ihm die Salontür vor der Nase zu.

»Das wäre erledigt«, meinte Hamish, den Dermott, Andrew, Miss Gunnery, Cheryl und Tracey voller Ehrfurcht ansahen. Er blickte zum Fenster. »Die Sonne scheint noch. Jemand Lust auf eine Runde Schwimmen?«

»Ich denke, das würde mir gefallen«, antwortete Miss Gunnery zur Überraschung aller.

»Warten Sie ab, was wir an Badezeug mithaben«, rief Cheryl.

Leise sagte Andrew: »Ich frage mich, ob Doris gern mitkommen würde.«

»Stören wir sie lieber nicht«, antwortete Hamish rasch.

Doch als sie alle – Miss Gunnery, Hamish, Cheryl, Tracey und Andrew Biggar – in der Diele versammelt waren, kam Doris mit einem großen Strandlaken über dem Arm die Treppe hinunter.

»Bob schläft«, erklärte sie. »Andrew hat ihn durch die Tür schnarchen gehört und angeklopft, um mir zu erzählen, wo Sie hinwollen.«

Hamish sah unbehaglich zu Andrew und Doris. Die beiden gaben ein solch passendes Paar ab, dass ihm nichts Gutes schwante.

Die Gruppe wanderte über die Dünen vor der Pension und die Schiefererhebung, die sich die gesamte Strecke vom Hafen zum Strand entlangzog, hinunter zu dem weißen

Sandstreifen. Die Sonne war für schottische Verhältnisse sehr warm.

Alle trugen ihre Badesachen unter der Kleidung. Tracey und Cheryl enthüllten Tanga-Bikinis, die reichlich Haut freigaben, so weiß wie ein Haibauch. Miss Gunnery hatte einen sittsamen Badeanzug angezogen. Sie war überraschend schlank und von sportlicher Statur mit langen Beinen. Doris, ebenfalls in einem Badeanzug, lief mit Andrew hinunter zum Wasser, tauchte hinein und schrie auf. »Es ist *eiskalt!*«, rief sie den anderen zu.

Hamish war es gewohnt, in kalten Highland-Bächen und Lochs zu schwimmen, weshalb er das Wasser der Nordsee recht erträglich fand. Doch die anderen gaben ziemlich schnell auf, um sich in ihre Strandlaken zu hüllen, und als Hamish zurück zum Strand kam, blickten ihn alle erwartungsvoll an.

»Der Jahrmarkt ist noch da«, sagte er, »es sei denn, Sie haben genug von ihm.«

Seine Idee wurde begeistert aufgenommen, also gingen sie zurück in die Pension, um sich umzuziehen. Doris hatte eine Strandtasche dabei, und ein wenig errötend fragte sie Miss Gunnery, ob sie sich in deren Zimmer umkleiden dürfe, »... um Bob nicht zu stören«.

Hamish wurde aufs Neue unwohl, als Miss Gunnery zustimmte. Er hatte das Gefühl, sie würden sich alle verschwören, eine hochgradig gefährliche Romanze zwischen Doris und Andrew Biggar zu fördern.

Die Bretts saßen im Salon. Sie wirkten betrübt, als sie

hörten, dass die anderen auf den Jahrmarkt gingen, wollten aber lieber bei den Kindern bleiben.

Hamish verfluchte mal wieder Bob Harris, als sie sich auf den Weg machten. Normalerweise wären sie eine typische britische Urlaubergruppe gewesen, zurückhaltend, distanziert und misstrauisch einander gegenüber. Doch die gemeinsame Abneigung gegen das Scheusal hatte sie alle sehr schnell zusammengeschweißt. Was nett gewesen wäre, wäre da nicht dieses scheue Leuchten auf Doris' Gesicht, wenn sie Andrew ansah.

Auf einmal sehnte Hamish sich nach Priscilla Halburton-Smythes kühler Einschätzung der Situation. Doch seine ehemalige Verlobte war in England. Vor ihrer Abreise schien sie sich in seiner Gesellschaft sehr wohl und entspannt zu fühlen. Was immer sie einst für ihn empfunden haben mochte – und er fragte sich oft, was das gewesen war –, existierte nicht mehr.

Und was bringt mich dazu, mit dieser komischen Truppe Urlaub zu machen?, fragte sich Hamish Macbeth. Unwillkürlich bückte er sich, um Towser zu streicheln, weil es ihn stets erdete, doch er hatte den Hund ja in der Pension gelassen.

Als sie sich Skag näherten, kam Wind auf, der den weißen Sand zum Singen brachte und über sie hinwegblies, sodass sie froh waren, als sie den Schutz der Buden und Karussells erreichten. Hamish wartete, bis alle in eines der Fahrgeschäfte eingestiegen waren, dann schlich er sich davon, um ein wenig von Skag zu sehen und etwas Zeit für sich zu haben. Er wanderte von der Festwiese weg, hörte die dudelnde Karussellmusik hinter sich verebben, bis sie nur noch hin und wieder in Fetzen vom Wind zu ihm getragen wurde.

Hamish spazierte durch die engen Straßen, wo das eine oder andere größere Fenster vorn in einem Cottage daran erinnerte, dass dort mal ein Geschäft gewesen war – vor den Tagen der preiswerten Supermärkte an den Rändern der größeren Städte. Einige Cottages waren reetgedeckt, was merkwürdig für Schottland war. Hier waren einst nur die Schwarzhäuser mit Heide gedeckt gewesen, jene Bauten ohne Schornstein, die heute nur noch als historische Gebäude in Heimatmuseen erhalten wurden. So alt waren die Häuser hier ganz sicher nicht. Bestenfalls aus den späten Jahren von Königin Viktoria.

Er entdeckte ein Gebäude mit einem Schild, das es als Museum auswies, und ging hinein, um sich umzuschauen.

Offensichtlich hatte es schon ein Dorf auf der Landzunge zwischen dem Fluss Skag und der Nordsee gegeben, solange sich jemand erinnern konnte. In den 1880er-Jahren allerdings hatten wochenlanger Starkregen, Stürme und Fluten den Fluss übertreten lassen, bis er sich in einer besonders heftigen Flut mit dem Meer vereint und das gesamte Dorf bedeckt hatte. Es blieb über Wochen versunken, bevor sich das Wasser wieder zurückzog. Zehn Jahre später, nachdem das Dorf wiederaufgebaut worden war und florierte, tobten Stürme aus Skandinavien über die Nordsee, peitschten den weißen Sand auf und vergruben den Ort darunter. Man schaufelte die Häuser wieder frei und pflanzte Bäume und Schneidesegge auf der anderen Seite des Flusses, auf der sich über Meilen eine schottische Sahara aus weißen Sanddünen erstreckte. Auf die Weise sollte verhindert werden, dass sich der Sand abermals bewegte.

Hamish kaufte ein kleines Buch über die Dorfgeschichte und ging, ohne sich eines der Exponate in den Glasvitrinen angesehen zu haben. Die engen, unbefestigten Straßen waren verlassen, und dünne Sandfäden schlängelten sich wie Fühler einer fremden Kreatur über die Oberflächen. Das Problem in schottischen Dörfern wie diesem ist, dachte Hamish, dass alles Gemeinschaftsleben ausgeblutet ist. Die Einheimischen beschuldigten oft die Hinzugezogenen, das Dorfleben ruiniert zu haben, aber letztlich waren es die Autos gewesen, die selbst die alten Leute zu Nomaden gemacht hatten. Die Zeit ließ sich nicht wieder zurückdrehen.

Hamish kam der Gedanke, dass er dem weitverbreiteten Trugschluss aufsaß, früher wäre alles besser gewesen. Vor nicht allzu langer Zeit dürfte Skag eine abgeschiedene Fischergemeinschaft wie viele andere gewesen sein, eingeschworen, dunkel und verschwiegen. Doch in dem Bemühen, Armut und Elend zu entkommen, waren die jungen Leute aus den ruhigen schottischen Dörfern weggezogen und wurden von Zugezogenen aus dem Süden ersetzt, die behaupteten, »Lebensqualität« zu suchen. Allerdings besaß Skag mit dem rauschenden Fluss und dem wispernden weißen Sand in den Straßen einen seltsamen, schaurigen Charme.

Ein Laden hatte noch geöffnet, den ein Asiat betrieb. Ein schottischer Ladenbesitzer schloss zur Teezeit, egal, wie schlecht das Geschäft lief. In diesem Laden gab es Zeitungen, Süßigkeiten, Postkarten, Spielwaren und eine eigenartige Auswahl an Haushaltswaren. Nebenan war eine Boutique, *Paris Fashion*, in deren Fenster zwei Abendkleider hingen, die von einhundertzwanzig auf fünfundachtzig Pfund herabgesetzt waren. Hamish fragte sich, ob sie jemals verkauft würden.

Es gab zwei Kirchen, eine der Free Church of Scotland, eine der Church of Scotland. Ein Plakat vor Letzterer flatterte halb zerrissen im Wind. Darauf stand:

Das Leben ist zerbrechlich. Schütze es mit Gebet.

Als Hamish sich von dem Plakat wegdrehte, sah er Bob Harris. Er kam aus einem Haus am Ende der Hauptstraße, und sein Gang verriet, dass er immer noch betrunken war. Sein Gesicht war gerötet, und er lächelte triumphierend. Er hat eben jemandem das Leben zur Hölle gemacht, dachte Hamish. Wer mochte dort wohnen? Plötzlich wollte er nichts mehr über Bob Harris wissen oder auf wen der Mann es abgesehen haben könnte. Deshalb ging Hamish zum Hafen, hockte sich auf einen Poller und blickte hinunter ins Wasser.

Von einer Minute zur anderen verstummte der Wind, und alles war sehr still und ruhig. Hamish überlegte, dass es am Tidenwechsel liegen musste. Dieses Phänomen hatte er schon früher bemerkt. Direkt zum Übergang der Tide hielt die Natur den Atem an – kein Vogelzwitschern, alles schien in Wartestellung zu sein. Und dann, als hätte jemand einen Schalter umgelegt, setzte es sich wieder in Bewegung.

Hamish stand auf und entschied, direkt zur Pension zurückzugehen, sich ein paar Taschenbücher einzupacken und einen Strandspaziergang mit Towser zu unternehmen. Gelegentlich fragte er sich, wer seinen Koffer durchsucht hatte, tippte aber auf Rogers, dessen Motiv sicher nichts weiter als simple Neugier gewesen war.

Sein Gewissen meldete sich, weil er nicht zu den anderen zurückkehrte, doch dann ermahnte er sich streng, dass er nicht für sie verantwortlich war und sie kaum kannte. Außerdem war er nicht im Dienst. Falls Bob Harris wieder seine Frau herunterputzte, wäre es nicht Hamishs Sache. Und mit diesen tröstlichen Gedanken eilte er nach Hause, holte Towser und die Bücher und machte sich auf den Weg am Strand entlang, weg von Skag.

Er fand eine gemütliche Einbuchtung in den Dünen, in die er sich mit Towser zu seinen Füßen hinsetzte, um zu lesen. Es würde nicht richtig dunkel werden. Ab circa ein Uhr nachts würde lediglich für rund zwei Stunden ein perlmuttartiges Zwielicht herrschen.

Er las einen amerikanischen Krimi über einen harten Cop. Letzterer schien seine Ermittlungserfolge vor allem dadurch zu erzielen, dass er Geständnisse aus Verdächtigen rausprügelte. Hamish malte sich aus, was für ein Skandal es wäre und welche Folgen es hätte, sollte er so etwas hier in

Schottland versuchen. Die Geschichte endete zufriedenstellend damit, dass der Detective die Bösen in einem Lagerhaus verbrannte und ihm der Bürgermeister vor jubelndem Publikum auf den Rathausstufen einen Tapferkeitsorden verlieh.

Amerika muss ein fantastisches Land sein, dachte Hamish voller Ironie, wenn irgendwas hiervon der Realität entsprach. Er malte sich aus, wie es für ihn hier in den Highlands laufen würde. Seine Vorgesetzten würden ihn in die Zentrale zitieren und zunächst einmal wissen wollen, warum er die Bösewichte allein überwältigt hatte, anstatt Verstärkung zu rufen, und was ihm einfiele, drei Streifenwagen zu schrotten. Danach würde man ihm sagen, dass ihn die Besitzer des Lagerhauses befragen würden, nebst deren Versicherungsleuten, denen er würde erklären müssen, warum er Waren im Wert von Milliarden niedergebrannt hatte. Natürlich hätte man ihn zuvor noch angewiesen, den Bericht in dreifacher Ausfertigung zu tippen.

Mit einem zufriedenen Seufzer stand Hamish auf, streckte sich und trottete über den Strand zurück zur Pension.

Er hatte sich darauf gefreut, das andere Buch zu lesen, aber nebenan brüllte Bob Harris seine Frau an, und sie weinte. Hamish zerriss ein Papiertaschentuch und knüllte die Fetzen zu kleinen Kugeln zusammen, die er sich in die Ohren steckte. Anschließend zog er sich die Decke über den Kopf und schlief ein.

Hamish war fest entschlossen, den nächsten Tag für sich zu bleiben, aber als er zum Frühstück kam, blickten ihn alle erwartungsvoll an. Vor allem Doris' traurige Miene stimmte ihn um. Schlagartig war ihm gleich, ob sie sich in Andrew verliebte oder nicht. Sollte sie doch ein klein bisschen Glück in ihrem ansonsten elenden Leben genießen, an das sie sich künftig erinnern könnte!

»Was machen wir denn heute, Hamish?«, rief Cheryl ihm zu.

»Ich hätte gedacht, ihr habt langsam die Nase voll von verdammten Staatsdienern«, knurrte Bob Harris. »Pingelige kleine Sesselpupser sind das.«

Hamish ignorierte ihn. »Ich war gestern Abend unten am Hafen und habe gesehen, dass man sich ein Boot und Angelausrüstung leihen kann. Hat jemand Lust zu angeln?«

Alle waren dafür, ausgenommen Bob, der höhnte: »Angeln ist was für Idioten.«

Dermott Brett wollte mit dem Auto nach Skag fahren, weil die Kinder nicht schon müde vom Marsch sein sollten, bevor der Tag angefangen hatte.

»Nehmen Sie Towser mit?«, fragte Heather.

»Ja, er mag Boote«, antwortete Hamish.

Miss Gunnery wollte ebenfalls ihren Wagen nehmen und bot Hamish an, mit ihr zu fahren. Sie runzelte die Stirn, als Cheryl und Tracey sie baten, sie mitzunehmen, sagte aber zähneknirschend zu. Andrew und Doris blieben stumm. Hamish spürte, dass Doris auf etwas wartete. Sie hoffte gewiss, sich davonstehlen zu können.

Trotzdem war er überrascht, als sie sich alle am Hafen trafen und er feststellte, dass Doris in Andrews Wagen mitgefahren war.

»Wo ist Bob?«, wollte Dermott wissen.

»Er will nicht mit«, antwortete Doris knapp.

Sie gingen zu einer Hütte weiter hinten am Hafen, wo ihnen ein angesäuerter Mann zusicherte, ihnen Angelsachen zu geben und sie auf die Nordsee rauszufahren. Sie teilten sich die Kosten. Es handelte sich um ein großes, offenes Boot mit einem Außenbordmotor. Der Tag war grau und windstill, sodass das Wasser glatt und ölig dalag.

Der Bootseigner, Jamie MacPherson, stattete sie mit alten Schwimmwesten aus und fand sogar einige, die klein genug für die Kinder waren. Den Hund wollte er zunächst nicht mitnehmen, begriff indes schnell, dass die ganze Gruppe absagen würde, sollte Towser nicht an Bord gelassen werden.

Sie stiegen eine von Seetang glitschige Leiter hinunter von dem Anleger ins Boot. Hamish mochte Jamie nicht, musste aber zugeben, dass der Mann gut in seinem Job war. Für Heather und Callum hatte er kleine Angelruten und einen Stock mit Schnur und gebogenem Haken am Ende für die Kleinste, Fiona. Sie tuckerten hinaus auf die Nordsee, bis das Boot anhielt und alle ihre Angeln auswarfen. Es gab mehrere Fehlalarme. Doris fing ein Büschel Seegras und June Brett einen alten Schuh.

Der Tag verlief diesig und träge, dann sagte Heather auf einmal: »Jemand sollte Mr. Harris umbringen.«

»Vorsichtig, junges Fräulein«, schalt ihre Mutter sie streng und blickte entschuldigend zu Doris.

»Eine Menge Leute wollen Bob ermorden«, erwiderte die. »Nehmen Sie es dem Kind nicht übel.«

»Warum haben Sie ihn geheiratet?«, fragte Heather mit ihrer glockenhellen Stimme.

»Menschen verändern sich«, antwortete Doris seufzend.

»Es ist nicht so einfach, jemanden umzubringen«, ergänzte Hamish und fragte sich, ob einer von ihnen verraten könnte, dass er oder sie es war, der seinen Koffer durchsucht und herausgefunden hatte, welchem Beruf er nachging.

Andrew lachte und stellte Hamish die Frage, vor der ihm grauste: »In welcher Behörde sind Sie, Hamish?«

»Agrar und Fisch«, antwortete Hamish, womit er das Ministerium für Agrarwirtschaft und Fischerei meinte.

»Ist da jemand, den Sie gern umbringen würden?«

»Oh ja.« Hamish dachte an den Fluch seines Lebens, Detective Chief Inspector Blair. »So ein Glasgower Fettsack, dessen Muttersprache Unflätig ist.«

»Ich denke, die besten Morde werden von jemandem verübt, der das Opfer nicht kennt«, bemerkte Miss Gunnery.

»So was wie einen guten Mord gibt es nicht«, widersprach Hamish. Und das sehr gerollte R in »Mord« ließ keinen Zweifel daran, dass er sich ärgerte. »Es ist nichts Gutes daran, einem anderen Menschen das Leben zu nehmen.«

»Na, dieser Kotzbrocken Bob Harris kann meinetwegen ruhig tot sein«, rief Tracey.

»Sagen Sie solche Sachen bitte nicht in Doris' Gegenwart«, wies Andrew sie zurecht.

»Die wäre doch genauso froh, den los zu sein«, konterte Cheryl.

»In einem Buch, das wir in der Schule gelesen haben, wird das gemeine Mädchen in der Förderklasse mit einem seltenen Gift aus Südafrika umgebracht«, erzählte Heather.

»In Skag findet man keine seltenen südafrikanischen Gifte«, erklärte Hamish. »Morde werden gewöhnlich aus Wut verübt, sind düster und schlicht – ein Schlag auf den Kopf, ein Stoß eine Treppe hinunter, ein elektrischer Heizer, der in eine Badewanne geworfen wird.«

»Wäre er mitgekommen, hätten wir ihn ins Wasser schubsen und sagen können, dass es ein Unfall war!«, schlug Heather vor.

»Und was ist mit Mr. MacPherson?« Hamish zeigte mit dem Daumen zu dem mürrischen Mann an der Pinne.

»Dem müssten wir Schweigegeld bezahlen«, antwortete Heather erstaunlich scharfsinnig für ihr Alter. Woher sie das Wort »Schweigegeld« kannte, war Hamish ein Rätsel.

Ihre Mutter befahl ihr, still zu sein, doch die Fische bissen nicht an, und irgendwie wollte das Thema, Bob Harris zu ermorden, nicht seinen Reiz verlieren. Miss Gunnery brachte alle zum Lachen mit dem Hinweis, das Essen in der Pension sei schlecht genug, jeden zu töten. Hierauf begann eine eifrige Diskussion über unterschiedliche Vergiftungstechniken – von Glasscherben im Pudding bis hin zu Arsen im Tee.

Hamish war erleichtert, als sie in einen Makrelenschwarm trieben und freudige Schreie über den Fangerfolg sämtliche Mordgedanken aus den Köpfen der Gruppe verdrängten. Auf dem Rückweg zum Hafen erklärte Hamish sich bereit, in der Pension anzurufen und den Rogers' zu sagen, er würde den Gästen abends die gefangenen Makrelen braten. Anschließend aßen sie Sandwiches im Pub, bevor sie ihren Fang heimbrachten.

Hamish hatte herausgefunden, dass abends eine Tanzveranstaltung im Gemeindesaal der Church of Scotland stattfand, und schlug vor hinzugehen. Dermott erklärte sich bereit, bei den Kindern zu bleiben, damit June einen freien Abend hatte. Die beiden schienen eine ideale Ehe zu führen.

Hamish hatte nicht damit gerechnet, dass Doris sie begleiten könnte, doch Bob Harris fehlte beim Abendessen. Die Gruppe lachte, scherzte, aß gebratene Makrelen und wählte Hamish zum Koch des Jahres.

Hinterher trafen sie sich im Salon, wo sie absprachen, wer mit wem fahren würde. Cheryl und Tracey trugen beide sehr kurze schwarze Lederröcke, enorm hohe Schuhe und enge, tief ausgeschnittene Tops. Das blonde Haar hatten sie toupiert, sodass es wild nach oben stand.

Miss Gunnery war eine Überraschung: Sie hatte ihre Brille nicht angezogen, und das braune Haar fiel ihr weich und wellig über die Schultern. Sie trug eine schlichte weiße Bluse zu einem schwarzen Rock und Pumps; insgesamt wirkte sie viel weniger streng, allerdings auch verletzlich.

June war umwerfend in einem grellpinken Chiffonkleid

mit Spaghettiträgern, zu dem sie eine Kette mit unechten Diamanten angelegt hatte. Doris Harris hatte sich ihr Haar ausgekämmt und ein schwarzes Kleid angezogen. Sie hatte eine sehr gute Figur, und Hamish bemerkte finster, dass es Andrew Biggar nicht entging.

Miss Gunnery bat Hamish, ihren Wagen zu fahren, weil sie ohne Brille praktisch blind war. Cheryl und Tracey kamen mit ihnen.

Hamish hatte einen typischen schottischen Tanzabend mit den klassischen Volkstänzen erwartet. Tatsächlich entpuppte es sich als eine Disco voller dünner, schlecht ernährter Teenager, die offenbar mit Brot und Tiefkühlkost aufgewachsen waren.

»So kann ich nicht tanzen«, sagte Miss Gunnery. »Die bewegen sich ja wie die Derwische.«

»Ach, zappeln Sie einfach ein bisschen rum«, schlug Hamish ihr freundlich vor. »Schauen Sie, so.«

Er warf die schlaksigen, langen Gliedmaßen mal in diese, mal in jene Richtung, und da seine Bewegungen rein gar nichts mit dem Takt der Musik zu tun zu haben schienen, wagten sich die anderen bald zu ihm auf die Tanzfläche. Wenn Hamish sich so zum Affen machen konnte, konnten sie es auch.

Es wurde ein lustiger Abend, und die Teenager, die sie ansprachen, wirkten wie durchschnittliche, nette junge Leute. Einer flüsterte Hamish sogar zu: »Hey, Mac, draußen haben wir was zu trinken.« Froh, dass manche alte Highland-Tradition überlebt hatte, folgte Hamish ihm ins Freie zu einer

Gruppe von Jugendlichen. Einer reichte ihm eine Scotch-Flasche, und Hamish nahm einen kräftigen Schluck.

»Wie schön, dass es noch junge Leute in den Dörfern gibt«, sagte er. »Ich dachte, ihr wärt abends alle in der Stadt.«

»Wir haben hier unseren Spaß«, entgegnete einer und bewies es, indem er sich einen Joint ansteckte. »Lust auf eine Mieze, Opa?«

Hamish war in den Dreißigern, beachtete aber weder das »Opa« noch den Cannabis-Geruch. Er war im Urlaub, und solange niemand jemanden vor seinen Augen abschlachtete, hatte er nicht vor, sich als Polizist zu erkennen zu geben, ehe er nicht wieder zu Hause war.

»Ich bin mit einer Gruppe hier«, antwortete er freundlich.

»Ach, die«, sagte der Junge abfällig. »Ich rede von Schnecken, zum Stich kommen.«

»Oh.« Hamish dämmerte es. »Du meinst einen Puff?«

»Ja, Maggie Simpsons, gleich am Ende der Hauptstraße.«

Prompt fragte Hamish sich, ob es das Haus sein könnte, aus dem er Bob Harris hatte kommen sehen. »Heute nicht«, erwiderte er. Er ging hinüber zum Pub, kaufte eine Halbliterflasche Scotch und kehrte mit ihr zurück, um sie herumzureichen. Wie er erfuhr, hatte keiner der jungen Leute Arbeit. Sie alle träumten davon, nach London oder Glasgow zu gehen. Ihre öden Tage verschönerten sie sich mit Trinken, Kiffen und Videos. Und dennoch schienen sie ein netter Haufen zu sein.

Hamish ging wieder in den Gemeindesaal und schaute begeistert zu, wie Miss Gunnery mit einem dünnen Jungen ganz in Leder tanzte. Wie ihre Brille und ihre Haarnadeln hatte sie offenbar auch ihre Hemmungen in der Pension gelassen, denn ihr Tanzen konnte es allemal mit dem der jungen Leute hier aufnehmen. In einer dunklen Ecke des Saals saßen Doris und Andrew dicht nebeneinander und waren ins Gespräch vertieft.

Hamish forderte June Brett auf, die behauptete, sie könne »diesen modernen Kram« nicht ausstehen, und darauf bestand, dass sie einen Foxtrott zum Disco-Rhythmus tanzten.

Insgesamt war Hamish ein wenig stolz auf sich. Er wusste, dass seine Bemühungen, dies zu einem schönen Urlaub zu machen, Früchte trugen, selbst für Cheryl und Tracey, die wie Störche auf ihren hohen Absätzen über die Tanzfläche staksten. Ihre Gesichter leuchteten unter dem totenweißen Make-up und dem lila Lidschatten.

Niemals wäre Hamish auf die Idee gekommen, dass dies ihr letzter vergnügter gemeinsamer Abend sein sollte und er selbst noch heute Nacht etwas tun würde, mit dem er eine Reihe von Ereignissen in Gang setzte, die letztlich in Mord gipfelten.

Drittes Kapitel

Kämpfen ist stets ein Fehler, Freund Eric,
Und das schon seit Homers Zeiten …
Adam Lindsay Gordon

Bei ihrer Rückkehr zur Pension bemerkte Hamish, wie Doris nervös zu einem der oberen Fenster schaute. Licht schien heraus ins seltsame Zwielicht des nördlichen Sommers. Das ist ihr Zimmer, dachte Hamish, direkt neben meinem.

Drinnen wünschte er allen eine gute Nacht, ging nach oben und holte Towser, um mit ihm einen Spaziergang am Strand zu unternehmen. Sobald er in sein Zimmer zurückkam, hörte er Bob Harris' Stimme laut und klar.

»Was fällt dir ein, dich wie eine Nutte aufzudonnern? Geh dir den Dreck aus dem Gesicht waschen! Du siehst aus wie ein Flittchen. Ein Tanzabend in einem Kirchensaal? Hast du den Verstand verloren? Ich verstehe wirklich nicht, wieso ich mich mit dir abgebe. Du machst mich krank.

Läufst rum und willst Männer bezirzen, nur dass dich keiner beachtet. Du bist nichtssagend, immer schon gewesen. Weiß der Himmel, warum ich dich geheiratet habe!«

Doris wimmerte und begann dann zu weinen.

Das Scheusal machte weiter. »Klar denkst du, dieser Biggar interessiert sich für dich, aber der macht bloß einen auf Offizier und Gentleman. War nie verheiratet, tippe ich. Hat zu viel Spaß mit den Jungs, wenn du mich fragst.«

Jetzt erklang Doris' Stimme, schrill vor Empörung. »Er ist nicht schwul! Du bist *furchtbar!*«

Es folgten ein Klatschen und ein Schmerzensschrei von Doris.

Ohne nachzudenken, lief Hamish nach nebenan und hämmerte an die Tür. Bob Harris, dessen Gesicht tief gerötet war vom Trinken, öffnete.

»Was wollen Sie?«, fauchte er.

»Jetzt hören Sie mal zu! Ich hätte gerne eine friedliche Nacht, und wenn Sie nicht aufhören, Ihre Frau wüst zu beschimpfen, bringe ich Sie um, Sie Schwein!« Der gewöhnlich sanftmütige Hamish hörte seine Worte durch das stille, *lauschende* Haus hallen.

»Sie Pfeife von einem langen Lulatsch?« Bob Harris schwang die Faust nach Hamish, der sie mühelos abfing und ihm einen Hieb direkt auf die Nase verpasste.

»Halten Sie einfach die Klappe!«, rief Hamish.

Er ging in sein Zimmer zurück und knallte die Tür zu.

Eine fast unheimliche Stille senkte sich über die Pension. Hamish zuckte mit den Schultern. Hoffentlich hatte er das Ekel für den Rest des Urlaubs zum Schweigen gebracht!

Die Bewohner des *Friendly House* erwachten zu einem neuen Tag. Mr. Rogers genoss seine erste Tasse Kaffee und sagte zu seiner Frau: »Hast du den Aufruhr letzte Nacht mitbekommen?«

»Ja«, antwortete sie. »Ich habe gehört, wie dieser Macbeth gedroht hat, Harris umzubringen.«

»Jemand müsste den wirklich abmurksen.« Mr. Rogers rührte missmutig in seinem Kaffee. Es war eine neue Sorte, deutlich billiger als alle anderen auf dem Markt, schmeckte aber leider auch, als wäre er aus Löwenzahnwurzeln statt aus Bohnen gewonnen. »Weißt du, was er gestern Abend zu mir gesagt hat, ehe seine Frau und die anderen zurück waren?«

Mrs. Rogers schwieg. Sie hatte jedes Wort gehört, doch das zuzugeben würde ihren Mann nur wütend machen. Wie die meisten Männer mit schlechtem Gedächtnis betrachtete Mr. Rogers das Erinnerungsvermögen aller anderen im Allgemeinen und das seiner Frau im Besonderen als mangelhaft.

»Er hat gesagt: ›Ich melde Ihren Laden beim Fremdenverkehrsamt als billige Kaschemme. Das Essen ist eine Zumutung.‹ Glaubt man das? Eine Frechheit! Wir bieten hier die günstigste Unterkunft in Schottland zu dieser Jahreszeit. Was erwartet er denn? Champagner und Kaviar?«

»Du kannst es nicht verhindern«, gab Mrs. Rogers zurück.

Ihr Mann rührte energischer um. »Ach nein? Das werden wir ja sehen.«

»War das Hamish auf dem Kriegspfad?«, fragte June ihren Mann Dermott, während sie Fiona anzog.

»Ja, und er hat gesagt, dass er Bob umbringt. Danach hat er ihm, glaube ich, eine verpasst.«

»Ich kann mir nicht vorstellen, dass Hamish jemanden schlägt. Wahrscheinlich hast du gehört, wie dieser Mistkerl Doris geschlagen hat.«

»Hamish hat gesagt, dass er ihn umbringt.«

»Keine schlechte Idee. Weißt du, was Bob angedroht hat?«

Dermott trat ans Fenster und blickte nach draußen. Sorgenfalten gruben sich in sein rundes Gesicht. »Das würde er nicht ernsthaft machen, June. Oder?«

»Weiß ich nicht. Wie sollen wir es verhindern?«

»Vielleicht bringt Hamish ihn um.« Dermott lachte kurz. »Damit wären all unsere Probleme gelöst.«

Miss Gunnery, Andrew, Cheryl und Tracey waren die Ersten im Frühstücksraum. Cheryls Augen funkelten vor Aufregung. »Boah, was sagt ihr zu dem letzte Nacht?«

»Mir hat das Tanzen Spaß gemacht«, antwortete Miss Gunnery, während sie ihre Papierserviette ausschlug und mit einem Stirnrunzeln feststellte, dass es dieselbe war, die sie bereits seit ihrer Ankunft benutzte. Die Rogers' erwarteten doch gewiss nicht, dass sie eine ganze Woche lang mit ein und derselben Serviette auskam?

»Wir meinen doch nicht das Tanzen, ne, Tracey?«, entgegnete Cheryl. »Wir meinen Hamish. Haben Sie den Zoff nicht gehört?«

»Ich belausche grundsätzlich keine Unterhaltungen anderer«, erklärte Miss Gunnery würdevoll.

»Die war ja wohl nicht zu überhören«, erwiderte Tracey. »Erst faltet Bob seine Doris zusammen und brüllt auch noch, dass Andrew eine Schwuchtel ist. Dann befiehlt Hamish ihm, still zu sein, und das Nächste, was ich mitkriege, ist, wie Hamish ihm sagt, dass er ihn umbringt, und zum Schluss kommt so ein Klatschen.«

»Mich verblüfft, dass jemand wie Bob Harris überhaupt so alt geworden ist«, bemerkte Miss Gunnery. »Mr. Macbeth ist ein Gentleman, und ohne Frage wurde er provoziert. Meinen Sie nicht auch, Mr. Biggar?«

Andrew blickte von dem Buch auf, in dem er las. »Dieser Harris langweilt mich«, antwortete er knapp. »Aber, ja, er sollte eingeschläfert werden.«

Alle verstummten, als Bob Harris allein hereinkam. Cheryl und Tracey starrten gebannt auf seine geschwollene Nase. Dann erschien Hamish, rief ein munteres »Guten Morgen« in die Runde und setzte sich auf seinen Platz.

Er wollte eine Unterhaltung mit Miss Gunnery anfangen – hauptsächlich um Bobs wütende Blicke zu ignorieren –, da betraten zwei Polizisten den Raum. Hinter ihnen kam Doris herein und setzte sich lautlos auf ihren Stuhl.

»Mr. Harris?«, fragte der erste Polizist und schaute sich um.

»Der bin ich«, antwortete Bob patzig.

»Ich bin Police Constable Paul Crick, und dies ist Police Constable Peter Emett. Haben Sie heute Morgen auf der Wache angerufen?«

»Ja.« Bob Harris stand auf. »Ich will den Mann da anzeigen, Hamish Macbeth, wegen Körperverletzung.«

»Wer von Ihnen ist Mr. Macbeth?«

Hamish erhob sich ebenfalls.

»Nun«, sagte Paul Crick, »wenn uns die beiden Herren bitte nach draußen begleiten wollen …«

»Sie können den Salon benutzen«, bot Mr. Rogers an.

»Erzählen Sie uns, was passiert ist«, forderte Crick sie auf, nachdem er die Salontür vor Mr. Rogers' Nase geschlossen hatte. »Fangen wir von vorne an. Ihr Name ist Mr. Robert Harris, richtig?«

»Ja.«

»Ihre Adresse?«

»Elmlea, South Bewdley Road, Evesham.«

»Ah, das wäre in Worcestershire.«

»Korrekt.«

»Beruf?«

»Vertreter für Doppelverglasungen.«

Crick wandte sich Hamish zu, der nun sagen müsste, dass er Polizist war. Wahrscheinlich würden sie ihn mit auf die Wache nehmen. Allein der Gedanke, dass sich einer von ihnen einer Ordnungswidrigkeit schuldig gemacht hatte, reichte zumeist, dass sie ihn deutlich strenger behandeln würden als jeden einfachen Zivilisten.

Die Tür ging auf, und Doris und Miss Gunnery standen da. »Sie dürfen nicht auf meinen Mann hören«, erklärte Doris. »Hamish hat in Notwehr gehandelt. Mein Mann hat ihn angegriffen.«

»Du Schlampe!«, brüllte Bob Harris.

»Ich habe alles gehört, wie die anderen auch«, sagte Miss Gunnery. »Mr. Harris hat uns alle wach gehalten, so wie er seine Frau angeschrien hat.«

Crick blickte zu Hamish. »Stimmt das?«

»Er hat versucht, mich zu schlagen«, antwortete Hamish. »Ja, ich habe mich verteidigt.« Er wusste, dass es wahr war. Und es hatte ihm eine wohlige Befriedigung beschert, als seine Faust auf Bobs Nase gelandet war.

Crick klappte seinen Notizblock zu und wandte sich zu Bob. »Bevor Sie diese Beschwerde weiterverfolgen, Sir, möchte ich Sie darauf hinweisen, dass Sie nicht sehr weit damit kommen, sollte Ihre Frau vor dem Amtsrichter aussagen, dass es Ihre Schuld war.«

»Und der Rest von uns«, fügte Miss Gunnery hinzu.

»Zum Teufel mit euch allen!«, schrie Bob. »Ihr schottischen Polizisten seid so verflucht faul, ihr wollt einfach nicht ermitteln!«

»Passen Sie lieber auf, was Sie sagen, Sir«, warnte ihn Crick. »Wollen Sie Anzeige erstatten oder nicht?«

»Pah, vergessen Sie es!« Grob drängte Bob sich an seiner Frau und Miss Gunnery vorbei aus dem Salon.

Crick und Emett drehten sich zu Hamish um. Die beiden sahen sich bemerkenswert ähnlich, waren beide recht klein für Polizisten und hatten aschblondes Haar und blassgraue Augen. »Seien Sie künftig nicht ganz so fix mit den Fäusten dabei, Mr. Macbeth«, riet Crick ihm.

Damit gingen sie.

»Das war sehr nett von Ihnen«, sagte Hamish zu Doris, »doch er wird es Ihnen nie verzeihen.«

»Nein, wird er nicht.« Sie war den Tränen nahe. »Und er kann es auf die lange Liste all der anderen Sachen setzen, die er mir nie verzeihen wird … Unter anderem, dass ich atme.«

Schluchzend vergrub sie das Gesicht an Miss Gunnerys schmaler Schulter.

Hamish eilte aus dem Salon. Er war die Leute in der Pension leid und hatte Heimweh nach Lochdubh. Anstatt in den Frühstücksraum zu gehen, holte er Towser und machte sich auf den Weg zum Strand, wo er missmutig Steine ins Wasser schleuderte.

Schließlich kehrte er zurück. Als er sich dem Haus näherte, sah er Doris Harris in Richtung Dorf laufen. Und in der Pension war alles still. Kein Geräusch. Hamish brachte Towser aufs Zimmer, wo er ihm frisches Wasser und Futter hinstellte, bevor er wieder ausging, diesmal nach Skag. Dabei hielt er Ausschau nach den anderen Feriengästen, die er möglichst meiden wollte.

Vor einem müffelnden Laden mit Secondhandwaren, die kein Antiquitätenhändler wollen würde, befand sich ein Holzaufsteller mit Taschenbüchern. Hamish suchte sich ein paar aus und schlenderte aus dem Dorf zu einem Grashügel an der Flussbiegung. Dort setzte er sich hin, lehnte den Rücken an die sonnengewärmte Wand eines Schuppens und begann zu lesen, um sich von seinem Unbehagen abzulenken. Es gab allen Grund zu befürchten, dass in der Pension bei so viel hochexplosivem Material etwas Schreckliches geschehen würde.

Der Tag war sonnig und angenehm, und Hamish konzentrierte sich so sehr auf seine Lektüre, dass er bis zur Abendessenszeit zwei Bücher ausgelesen hatte. Da er wenig Lust hatte, zu einem abscheulichen Essen in die Pension zu gehen, kaufte er sich Fish and Chips und aß sie auf dem Anleger. Kaum entspannte er sich, fiel ihm sein Hund ein, und ihm wurde klar, dass er dringend zurück und mit Towser spazieren gehen sollte.

Er knüllte das Papier zusammen, warf es in einen Mülleimer und schlenderte am Rand des Anlegers entlang, wo er hinunter zum abfließenden Wasser blickte. Der Anleger ragte an der niedrigsten Stelle des Flusses Skag hinaus in die Nordsee. Die Ebbe kam schnell, und bei niedrigstem Stand fiel das äußere Ende trocken, weil der Fluss dann zwischen Sandbänken ins Meer mündete.

Es war ein herrlicher, ruhiger Spätnachmittag mit einem perlweißen Himmel. Kinderstimmen klangen durch die ruhige Luft, und über allem kreisten träge die Möwen.

Dann jedoch wanderten Hamishs Gedanken wieder zu Bob Harris, und er fühlte, wie sich sein Unbehagen aufs Neue einstellte.

Erst recht, als er über den Rand des Anlegers schaute und ihm ein verzerrtes Gesicht entgegenstarrte. Er hatte an Bob Harris gedacht und ihn verflucht. Deshalb glaubte er zunächst, dieser furchtbare Mann hätte sich seiner Vorstellungskraft zu sehr eingeprägt. Doch als das Wasser weiter sank, sah Hamish strähniges Haar wie Seegras auf und ab schwappen und blasse, vorstehende Augen zornentbrannt zu ihm aufblicken.

Hamish stieg die Leiter vom Steg nach unten und zog die Leiche aus dem Wasser. Obwohl er verzweifelt alle Wiederbelebungsmaßnahmen versuchte, wusste er, dass es sinnlos war. Bob Harris war mausetot, und das wahrscheinlich schon seit einigen Stunden.

Ein Mann spähte über den Anleger und rief etwas. Hamish sagte ihm, er solle die Polizei verständigen.

Vorsichtig drehte Hamish den Toten um und strich das nasse Haar auseinander. Jemand hatte Bob einen üblen Schlag auf den Hinterkopf versetzt. Hamish hockte sich auf den nassen Sand und schaute blind zum abfließenden Wasser.

Es bestand gewiss keine Hoffnung, dass Bob sich betrunken hatte und versehentlich ins Wasser gestürzt war. Dies hier war Mord. Dennoch *könnte* ich mich irren, dachte Hamish plötzlich. Vielleicht war Bob gefallen und hatte sich an irgendetwas den Kopf angeschlagen. Nur gab es hier keine Felsen und keine Spur von Blut auf der Pier oder dem Anleger. Natürlich hing es davon ab, um welche Zeit Bob ins Wasser gestürzt war. Bei Flut hätte er durchaus mit dem Kopf an einen Teil der Unterkonstruktion des Anlegers stoßen können, und dann wäre alles Blut und Haar inzwischen fortgespült.

Hamish hörte das Geheul einer Polizeisirene nahen. Nun hatte er keine Chance mehr, seinen Beruf für sich zu behalten.

Bald war er von Polizisten umringt, kurz darauf auch von Spurensicherern, und schließlich traf Detective Inspector Sandy Deacon ein: ein kleiner Mann mit misstrauischem Blick und einem Gesicht, das an ein Frettchen erinnerte. Geduldig beantwortete Hamish Fragen zum Fund der Leiche und berichtete, was er über Bob Harris wusste, was sehr wenig war. Ja, er war der Mann, der Harris in Notwehr geschlagen hatte.

»Ein eigenartiges Verhalten für einen Police Constable«, konstatierte Deacon säuerlich.

Hamish bat um Erlaubnis, in die Pension zu gehen, weil sein Hund ausgeführt werden musste.

»Nein, dürfen Sie nicht, Junge«, antwortete Deacon. »Polizist hin oder her, Sie sind unser Hauptverdächtiger!«

Deacon kam aus der nächstgrößeren Stadt, Dungarton, und hatte während eines Telefonats mit Superintendent Daviot erfahren, dass Hamish Macbeth nicht nur unlängst vom Sergeant zum Constable degradiert worden war, sondern auch noch seine Verlobung mit einer vornehmen und wunderschönen jungen Lady gelöst hatte, was höchst sonderbar war.

Und so saß Hamish da und sorgte sich. Ein Büro in der Dorfwache war der Mordermittlung als sein »Gefängnis« überlassen worden. Hier musste er bleiben und weiterhin ruhig die Fragen beantworten, mit denen ihn Deacon und ein Detective Sergeant namens Johnny Clay bombardierten. Wieder und wieder erzählte er, dass er den Tag allein verbracht hatte und, nein, keine Zeugen nennen konnte.

Der vorläufige Bericht des Pathologen ergab, dass Bob Harris auf den Kopf geschlagen worden war, vermutlich mit einem Stück Treibholz, denn man hatte Splitter von Holz mit hohem Meersalzanteil in seiner Kopfwunde gefunden. Zuletzt war Harris von dem Mann gesehen worden, der die Pensionsgruppe zum Angeln rausgefahren hatte. Da hatte Bob Harris am Ende des Anlegers gestanden und hinaus aufs Wasser geschaut. Vorher war er im hiesigen Pub gewesen, wo er sich vor den Augen anderer Pubbesucher heftig betrunken hatte. Der Bootsbesitzer Jamie MacPherson hatte der Polizei auch die interessante Information gegeben, dass alle Gäste aus dem *Friendly House* während des Angelausflugs munter Bobs Ermordung geplant hatten.

Hamish bemühte sich, ruhig zu bleiben. Es war befremdlich und frustrierend zu erleben, wie man sich auf der falschen Seite des Gesetzes fühlte. Und er sorgte sich um Towser, denn bei allen Fehlern, die sein Mischling haben mochte, war er ein sauberes Tier und litt zweifellos lieber Qualen, als im Zimmer sein Geschäft zu verrichten.

Hamish hatte vor einiger Zeit das Rauchen aufgegeben, wünschte sich jetzt aber sehnlichst eine Zigarette. Als er schon glaubte, sie wollten ihn die ganze Nacht auf der Wache festhalten, steckte Crick den Kopf zur Tür herein und bat Deacon kurz nach draußen.

Sandy Deacon schaltete das Aufnahmegerät aus und ging. Clay, der Detective Sergeant, betrachtete Hamish stoisch. Wieder wurde die Tür geöffnet, und Deacon sagte sehr verdrossen: »Raus hier, Macbeth. Und wenn Sie das nächste Mal den guten Namen einer Dame verteidigen wollen, vergeuden Sie damit bitte keine wertvolle Polizeizeit!«

Staunend über seine Entlassung verließ Hamish den Raum. Er erkannte Miss Gunnery gar nicht gleich, die mit Towser vor der Tür auf ihn wartete.

Sie trug ein schickes Kleid und sehr hohe Schuhe, und ihr Haar war wieder offen wie am Abend zuvor bei der Tanzveranstaltung. Obendrein war sie stark geschminkt.

»Was ist passiert?«, fragte Hamish. »Was machen Sie hier?«

»Ach, komm schon, Liebling«, säuselte sie auf eine für ihre Verhältnisse höchst untypische Art. »Towser will Gassi gehen.«

Hamish wollte sich zum Ausgang der Wache wenden, doch sie flüsterte: »Nein, hinten raus. Vorne ist die Presse, und ich parke hinter dem Gebäude.«

Ein Polizist hielt ihnen eine Tür auf, durch die sie einen

kurzen Korridor hinunter auf einen kleinen Hinterhof gelangten. »Ins Auto«, drängte Miss Gunnery. »Ich erzähle Ihnen auf der Fahrt alles.«

Sie fuhr sehr schnell vom Hof. Kamerablitze blendeten sie fast, und Reporter hämmerten an die Scheiben, doch sobald sie auf der Straße waren, sagte sie: »Die sind auch vor der Pension.«

»Warum durfte ich so schnell wieder gehen?«, fragte Hamish.

»Ich weiß, dass Sie es nicht waren, und als sie mich befragten, erfuhr ich, dass der Mord mitten am Nachmittag begangen wurde, also habe ich ... jetzt werden Sie bitte nicht böse ... ihnen erzählt, dass ich den Nachmittag mit Ihnen im Bett verbracht habe.«

»Oh mein Gott!«, rief Hamish. »Das war nicht nötig, überhaupt nicht! Die hätten mich weiter befragt, doch am Ende hätten sie gar nichts gegen mich in der Hand gehabt und mich gehen lassen müssen.«

»Ich dachte, Sie freuen sich«, erwiderte sie kleinlaut. »Sie ... Sie verraten doch nicht, dass ich gelogen habe?«

»Nein, werde ich nicht. Aber machen Sie so was nie wieder. Wie sind Sie an Towser gekommen?«

»Ich habe mir den Ersatzschlüssel von Mr. Rogers geliehen.«

»Die anderen werden doch wissen, dass Sie nicht mit mir zusammen waren!«

»Nein, die waren alle irgendwo unterwegs, sogar die Rogers'. Als sie zurückkamen, war die Polizei schon da. Und während ich gewartet habe, dass sie mich befragen, habe ich mir den Schlüssel besorgt und den armen Towser rausgelassen.«

»Das haben die Ihnen erlaubt?«

»Ich habe nicht um Erlaubnis gebeten. Als ich zurückgekommen bin, haben sie gerade Andrew Fragen gestellt. Und als ich an der Reihe war, habe ich gesagt, ich würde ihnen erzählen, wo ich gewesen bin, wenn sie mir erzählen, wo Sie sind. Doris, die sie vorher befragt hatten, hatte mir erzählt, dass Sie die Leiche gefunden hatten. Mir haben die Polizisten gesagt, Sie würden ›bei den Ermittlungen helfen‹. Ich wurde panisch, weil Bob ja erst morgens die Polizei gerufen hatte, und dachte, die würden Sie verhaften. Deshalb habe ich mir schnell die Lüge ausgedacht. Hoffentlich kommt nichts von der Mordermittlung in die Zeitung, sonst verlieren Sie noch Ihre Anstellung im Öffentlichen Dienst.«

»Ich bin nicht im Öffentlichen Dienst. Ich bin Polizist aus Lochdubh in Sutherland, ein Wachtmeister in einem kleinen Dorf.«

Sie hielt den Wagen ein Stück von der Pension entfernt an und wandte sich ihm zu. Die Lichter vom Armaturenbrett spiegelten sich in ihrer Brille, die sie zum Fahren aufgesetzt hatte. »Sie sind *was?*«

»Ein Polizist.«

»Aber Sie sind ganz anders als alle Polizisten, die ich kenne.«

»Kennen Sie denn viele?«

»Nein, doch …«

»Uns gibt es in allen möglichen Größen und Ausführungen.«

»Dann wäre es gar nicht nötig gewesen, dass ich lüge?«

»Nun ja, ich bin Polizist und momentan nicht sehr beliebt bei meinen Vorgesetzten, also hätten sie mich vielleicht die ganze Nacht dabehalten. Trotzdem ist Ehrlichkeit immer das beste Vorgehen bei einer Polizeiermittlung«, erklärte Hamish. Er verdrängte die Erinnerungen an die vielen Male, die er selbst eher sparsam mit der Wahrheit gewesen war.

Miss Gunnery legte den Gang ein und fuhr weiter. »Die Presse ist vor dem Haus«, bemerkte sie, als eine kleine Gruppe im Scheinwerferlicht auftauchte.

»Größtenteils Lokalreporter«, erwiderte Hamish.

»Woran erkennen Sie das?«

»An ihrer Kleidung. Los geht's. Sagen Sie einfach möglichst nett: ›Kein Kommentar.‹«

Sie liefen zwischen den Presseleuten hindurch. Vor der Tür hielt der Polizist Emett Wache. Er trat zur Seite, um sie ins Haus zu lassen, wobei er Hamish mit kühlem Blick musterte.

Sie sahen in den Salon, aber der Rest der Gäste war offensichtlich auf den Zimmern.

Auf einmal war Hamish müde. Was für ein Urlaub! Er wünschte Miss Gunnery eine gute Nacht und schloss erleichtert seine Zimmertür.

Er setzte sich aufs Bett und begann, sich die Schuhe auszuziehen. Und in dem Moment, mit einem halb ausgezogenen Schuh, wurde ihm klar, dass Miss Gunnery ihm zwar ein wasserdichtes Alibi verschafft hatte, er ihr jedoch auch, indem er ihre Lüge akzeptiert hatte und mitspielte.

Und er war überzeugt, dass jemand aus der Pension Bob Harris ermordet hatte.

Als er am nächsten Morgen ins Esszimmer kam, saßen Cheryl und Tracey stark geschminkt und in ihren kurzen Lederröcken und den knappen Tops dort.

»Wollen Sie zu einer Party?«, fragte Hamish.

Cheryl zuckte mit den Schultern. »Der Polizist sagt, wir sollen nicht mit der Presse reden, doch Tracey und ich möchten, dass unser Foto in den Zeitungen erscheint. Sobald wir gefrühstückt haben, gehen wir da raus.«

In diesem Augenblick kam Andrew ins Zimmer. Er hatte dunkle Schatten unter den Augen, als hätte er schlecht geschlafen. Kaum hatte er Platz genommen, erschien Doris. Sie schaute sich mit leerem Blick im Raum um, zögerte kurz und setzte sich dann zu Andrew an den Tisch. Danach trat die Brett-Familie ein; die drei Kinder wirkten sehr still.

»Sie sind Polizist«, sagte Dermott, der an Hamishs Tisch stehen blieb. Es war eine Feststellung, keine Frage. »Das hat mir dieser Crick erzählt«, fuhr er fort. »Und was wollen Sie jetzt machen?«

»Ich bin im Urlaub«, antwortete Hamish, »und ich bin selbst noch verdächtig, also mische ich mich nicht ein.«

Mr. und Mrs. Rogers brachten Teller mit gebratenem Haggis und wässrigen Eiern herein.

»Ist Ihnen mal der Gedanke gekommen, dass es einer von uns gewesen sein könnte?«, fragte Dermott.

Mrs. Rogers ließ die drei Teller, die sie trug, mit einem Knall fallen.

»Natürlich war das mein erster Gedanke«, gab Hamish zu. »Doch überlegen Sie mal: Wer von uns hier hätte einen Grund gehabt, Bob Harris zu ermorden?«

Alle Blicke richteten sich auf Doris.

»Ja, ich weiß, dass die Frau die Hauptverdächtige ist, aber kann sich jemand ernsthaft vorstellen, dass Doris jemanden umbringt?«

Andrew sagte streng: »Hören Sie auf, Hamish. Doris hat schon genug zu ertragen, ohne sich das anhören zu müssen.«

Hamish und Dermott murmelten eine Entschuldigung, und Dermott Brett setzte sich zu June und den Kindern. Mrs. Rogers beeilte sich, den Schmutz aufzuwischen.

»Einige von Ihnen werden ohne Haggis auskommen müssen«, erklärte Mr. Rogers.

»Ich denke, wir können alle ein anständiges Frühstück vertragen.« Hamish stand auf. »Ich kümmere mich darum.«

»Keiner darf heute Morgen in die Küche«, rief Mrs. Rogers und versperrte die Tür.

»Oh doch, denn es ist nötig«, erwiderte Miss Gunnery. »Kommen Sie, Hamish, ich helfe Ihnen.«

Unter dem energischen Protest von Mr. und Mrs. Rogers räumten sie die bereits servierten Teller ab und gingen in die Küche, wo sie alles in den Müll warfen. Hamish nahm einen Topf, trug ihn zur Spüle und wusch ihn gründlich aus. Dann begann er, Rührei zu machen, während Miss Gunnery einen Stapel Toast vorbereitete.

Das Frühstück wurde zum besten des Urlaubs erklärt, und niemand achtete auf Mr. Rogers' Ansprache, sie alle müssten für die zusätzlichen Eier bezahlen.

»Schalten Sie das Radio ein«, bat Dermott. »Hören wir mal die Nachrichten.«

Hamish sah zu Doris. »Meinen Sie, das halten Sie aus?«

Sie nickte. Andrew streckte einen Arm über den Tisch und drückte ihre Hand.

Hamish schaltete das altmodische Radio in der Ecke ein. Knisternd ging der Ton rechtzeitig zu den Neun-Uhr-Nachrichten an.

»Die Polizei hat menschliche Überreste von drei Personen im Garten eines Hauses in der Tanwill Road in Perth entdeckt«, sagte der Sprecher. *»Das Haus gehört einem Bauunternehmer namens Frank Duffy. Der Bereich wurde abgesperrt, und die Polizei bittet die Öffentlichkeit, sich von dem Grundstück fernzuhalten. Bisher ist nichts Näheres bekannt. Ein Terror-Anschlag auf den Flughafen Heathrow konnte verhindert werden, als …«* Und so ging es weiter, ohne dass Bob Harris mit einem Wort erwähnt wurde.

»Hat die hiesige Polizei die Presse gebeten, nichts zu bringen?«, fragte Dermott.

Hamish schaltete das Radio aus und setzte sich wieder hin. »Ein Mann, der niedergeschlagen und ins Wasser gestoßen wird, ist nichts im Vergleich zu diesen Morden in

Perth. Der einzige Grund, weshalb gestern so viel Presse hier war, ist der, dass sonst nicht viel los gewesen ist. Wenigstens bedeutet es, dass wir heute unsere Ruhe haben.«

»Was?« Cheryl und Tracey starrten Hamish so entsetzt an, dass es schon fast komisch war. »Was ist mit uns? Wir wollen, dass unser Foto in den Zeitungen abgedruckt wird!« Cheryl lief ans Fenster und sah hinaus. »Gar keiner!«, rief sie empört. »Und wir sind extra früh aufgestanden, um uns fertig zu machen.«

»Ich denke, wir vergessen unsere Manieren«, sagte Miss Gunnery. »Doris, ich bin sicher, dass Sie unser aller aufrichtiges Mitgefühl haben.« Hierauf war überall recht beschämtes Gemurmel zu hören. Und doch fiel es ihnen merklich schwer, Doris zu bemitleiden. Sie war nun frei von einem schrecklichen Ehemann.

»Ein Streifenwagen kommt«, bemerkte Cheryl, die immer noch aus dem Fenster schaute.

Wenig später wurde die Tür geöffnet, und Deacon trat ein. »Tracey Fink und Cheryl Gamble«, erklärte er, »ich muss Sie bitten, mit mir auf die Wache zu kommen.«

»Das können Sie uns nicht anhängen«, entgegnete Cheryl im Jargon amerikanischer Kriminalserien.

»Sie wurden von einigen der Burschen auf dem Tanzabend gehört, wie Sie sagten, Sie würden gern jemanden kaltmachen und sehen, wie es sich anfühlt«, entgegnete Deacon. »Kommen Sie. Sie haben einiges zu erklären.« Er sah zu Hamish. »Mit Ihnen bin ich noch lange nicht fertig. Keiner verlässt Skag ohne meine Erlaubnis.«

Cheryl und Tracey beteuerten weiter ihre Unschuld, als sie nach draußen geführt wurden.

»Ich denke, uns wäre allen wohler miteinander, wenn wir uns zusammensetzen und einander erzählen, wo wir gestern Nachmittag waren. Bob Harris wurde um zwei Uhr von Jamie MacPherson auf dem Anleger gesehen, und der Fischer hat ausgesagt, als er eine halbe Stunde später wieder hinsah, war Harris nicht mehr da. Also, gehen wir in den Salon und schildern einander, wo wir alle zu der Zeit waren.«

»Und *ich* denke, Doris hat schon mehr als genug ausgehalten«, erwiderte Andrew.

»Verstehst du denn nicht, dass wir es wissen müssen?«, widersprach Doris leise. »Mir macht es nichts aus.«

Und so gingen sie in den Salon und setzten sich in den Halbkreis vor dem Fernseher.

»Vielleicht fangen wir mit Doris an, damit sie es hinter sich hat«, schlug Hamish vor.

Matt beschrieb Doris ihren Tag. »Ich habe gewusst, dass Bob außer sich war, weil ich Hamish in Schutz genommen hatte. Und ich hatte Angst, weil ich mich noch nie gegen ihn behauptet hatte. Deshalb bin ich weggelaufen. Nicht nach Skag, sondern in die andere Richtung, am leeren Strand entlang. Ich bin meilenweit gegangen. Ich hatte nichts zu Mittag gegessen, und als ich umkehrte, hatte ich solchen Hunger, dass ich dachte, sogar das Essen in der Pension könnte erträglich sein. Mir war klar, dass ich Bob irgendwann wieder gegenübertreten musste, und auf einmal wollte ich es hinter mich bringen. Es ist zwecklos, nach Zeugen zu fragen, denn es gibt keine. Ich bin keiner Menschenseele begegnet.«

»Dann mache ich mal weiter«, beschloss Andrew. »Ich bin Doris gefolgt, dachte jedoch, sie könnte nach Skag gegangen sein. Mittags habe ich mir in einem Laden ein Würstchen in Brotteig und einen Orangensaft gekauft und draußen gegessen und getrunken. Ich wollte nicht hierher zurückkommen, weil ich etwas Zeit für mich brauchte. Der Ladenbesitzer müsste sich an mich erinnern, allerdings war das vor dem Mord. Ich war nicht in der Nähe des Anlegers.

Langsam fange ich an, diesen Ort zu hassen. Ich bin nur hier, weil es billig ist. Nach meiner Entlassung aus der Armee habe ich eine Menge Geld an eine blöde Geschäftsidee verloren. Jedenfalls habe ich mich gestern gefragt, was ich eigentlich in einer schäbigen Pension in der schottischen Wildnis mache. Ich habe Harris gehasst. Ich bin froh, dass er tot ist, doch ich habe ihn nicht umgebracht. Es müssen mich noch mehr Leute gesehen haben, abgesehen von dem Ladenbesitzer.

Nachmittags bin ich ein Stück aus Skag hinaus in Richtung Stadt gewandert. Auf der Straße sind Autos an mir vorbeigefahren, aber da ich nicht wusste, dass ein Mord stattgefunden hatte, habe ich mir die Nummernschilder nicht gemerkt. Und weil die meisten Leute in Skag von Sozialhilfe leben, schätze ich, dass alle, die nicht auf dem Jahrmarkt waren, zu Hause vor dem Fernseher gesessen und sich Soaps angesehen haben. Das ist alles, was ich zu sagen habe.«

Hamish sah Dermott Brett an. »Waren Sie gestern alle zusammen?«

»Ja, wir waren in Skag, haben Sachen für ein Picknick gekauft und sind mit den Kindern an den Strand gegangen«, antwortete Dermott. »Gleich in der Nähe der Pension. Da waren wir den ganzen Tag.«

Hamish entging nicht, dass die Kinder sehr still dasaßen und June konzentriert auf den Fußboden blickte. Er lügt, dachte Hamish. Doch anstatt es laut auszusprechen, fragte er: »Hat Sie jemand gesehen?«

»Mr. Rogers könnte uns gesehen haben. Er ist kurz nach Mittag aus dem Haus gekommen, in seinen Wagen gestiegen und in Richtung Skag gefahren. Ich habe ihn durch mein Fernglas gesehen.«

»Miss Gunnery?«

»Anscheinend war mein Tag genauso ruhig wie der von Ihnen allen«, erklärte die Lehrerin. »Nach dem Mittag bin ich zu Fuß nach Skag gegangen. Mir war langweilig, und ich dachte, ich treffe jemanden von Ihnen im Dorf. Ich habe mich ein bisschen umgesehen und bin wieder zur Pension zurückgekehrt. Hier habe ich in meinem Zimmer ein Buch gelesen. Als Sie nicht wiederkamen, Hamish, habe ich den Schlüssel zu Ihrem Zimmer geholt und einen Spaziergang mit Towser gemacht.«

Offensichtlich hat die Polizei den anderen nichts von Miss Gunnerys Märchen erzählt, dass sie mit mir geschlafen hat, dachte Hamish. Auf einmal sehnte er sich nach seiner Polizeiwache und seinem Telefon. Einer dieser Menschen hatte Bob Harris ermordet, und da seine Frau es nicht gewesen war, könnte es einen Hinweis in der Vergangenheit der anderen geben.

Abrupt stand er auf. Er wollte für sich sein. Natürlich mussten Mr. und Mrs. Rogers noch gefragt werden, wie sie den gestrigen Nachmittag verbracht hatten, aber das konnte warten. »Wie es aussieht, hat keiner von uns ein anständiges Alibi«, bemerkte er. »Ich gehe spazieren.«

»Ich begleite Sie.« Miss Gunnery stand ebenfalls auf.

»Diesmal nicht. Ich möchte nachdenken.«

»Setzen Sie sich, Hamish«, sagte Andrew streng. »Wir haben Ihre Geschichte noch nicht gehört.«

»Verzeihung.« Hamish wurde verlegen. »Ich habe vergessen, dass ich nicht im Dienst bin. Ich war nach Skag gegangen. Dort habe ich mir ein paar Bücher gekauft und sie den Tag über in einer Einbuchtung in den Dünen hinter Skag gelesen. Ich weiß nicht, ob mich jemand gesehen hat. Die Leute hier wissen nicht, wer wir sind, und hätten kaum einen von uns weiter beachtet. Sie konnten ja nicht ahnen, dass sich ein Mord ereignen würde.

Um die Abendessenszeit habe ich mir am Imbiss Fish and Chips gekauft und sie auf dem Anleger gegessen. Auf dem Rückweg über den Anleger habe ich ins Wasser gesehen, und da habe ich Harris entdeckt. Ich habe versucht, ihn wiederzubeleben, obwohl ich mir ziemlich sicher war, dass es keinen Sinn mehr hatte. Tut mir leid, Doris.«

»Aber warum hält die Polizei Sie für einen Verdächtigen, wenn Sie selbst Polizist sind?«, fragte Dermott. »Und nachdem Sie versucht haben, den Mann zu retten?«

»Bei der Befragung hat Deacon mir erzählt, dass sie glauben, ich hätte die Leiche aus dem Wasser gezogen, um mögliche Spuren zu verwischen, und dann versucht, Harris zu reanimieren, um von mir abzulenken. Ich gehe mir jetzt die Füße vertreten. Mal sehen, ob mir etwas einfällt.«

Hamish holte Towser und verließ die Pension.

»Wo wollen Sie hin?«, fragte Crick, der Emett als Wachposten vor dem Haus abgelöst hatte. »Wir sind noch nicht fertig mit Ihnen.«

»Ich komme ja wieder«, antwortete Hamish. »Ich gehe bloß ein bisschen mit meinem Hund an den Strand.«

»Aber nicht zu weit«, befahl Crick mürrisch.

Traurig wanderte Hamish los. Die hiesige Polizei hatte nicht nur herausgefunden, dass er degradiert worden war, sondern glaubte obendrein, dass er respektable ledige Frauen verführte. Selbst der geschminkten Miss Gunnery war deutlich anzusehen, wer sie war: eine pensionierte, unverheiratete Lehrerin.

Towser sprang hinter ihm her, als Hamish am Strand entlangwanderte. Rosa Muschelschalen glitzerten im weißen Sand, und der Wind hatte wieder zugenommen. Die Wellen waren blau und schwarz mit weißen Schaumkämmen. Ein Büschel von der Sonne geschwärztes Seegras wehte gegen Hamishs Beine.

Er hockte sich in den Sand und dachte über den Fall

nach. Nach derzeitigem Stand war Doris die Einzige, die ein Motiv hatte. Sie könnte die Tat in der Hitze des Moments begangen haben. Da war Bob, der ins Wasser blickte. Ein Stück Treibholz, das zufällig in der Nähe lag. Ein schneller Schlag auf den Kopf in einem Anfall von Zorn, und der Mord war geschehen. Aber Doris machte keinen impulsiven Eindruck. Hamish war sicher, dass sie zu viel über die Tat nachdenken würde, um sie auszuführen. Sie würde fürchten, er könnte sich umdrehen, ehe sie zugeschlagen hatte, und über die Folgen nachgrübeln.

Andererseits kannte Hamish die Frau nicht sehr gut. Was, wenn sie sich zum ersten Mal im Leben verliebt hatte, in Andrew Biggar? Was, wenn die beiden den Mord gemeinsam geplant hatten? Und was sollte Hamish bezüglich des falschen Alibis unternehmen, das Miss Gunnery ihm gegeben hatte?

Er hatte zugelassen, dass sie die Polizei belog. Doch wenn er ihnen erzählte, dass sie gelogen hatte, könnte sie wegen Behinderung der Polizei belangt werden. Und wo er schon mal beim Lügen war: Dermott hatte ganz sicher die Unwahrheit gesagt. Den Kindern war befohlen worden, nichts zu erzählen. Doch warum in aller Welt sollte Dermott einen Vertreter für Doppelverglasung ermorden wollen? Moment mal. Sie waren sich vorher schon begegnet. Dermott war schon einmal in der Pension gewesen, als Bob Harris sich auch dort aufgehalten hatte.

Damals war sie von zwei Frauen geführt worden, den … Blane-Schwestern, ja, so hießen sie. Sie hatten sich in einem

Haus in Skag zur Ruhe gesetzt. Hamish würde Towser zurückbringen und Crick sagen, dass er zum Mittagessen in den Ort ging. Und vielleicht könnte er bei der Wache vorbeischauen und versuchen zu erfahren, wie weit sie mit Cheryl und Tracey waren. Er glaubte keine Sekunde, dass die beiden um des Nervenkitzels willen gemordet hatten. Trotzdem könnte es eine gute Idee sein nachzuforschen, ob eine von ihnen vorbestraft war.

Unterdessen saß Priscilla Halburton-Smythe im Frühstückssalon auf dem Familienanwesen einer alten Schulfreundin außerhalb von Chipping Norton in Gloucestershire. Sie genoss ein ausgiebiges spätes Frühstück.

Nachdem sie die *Times* und den *Daily Telegraph* gelesen hatte, nahm sie den *Daily Bugle* auf, blätterte langsam die Seiten um und hielt inne, als ihr Hamish Macbeth von dem Blatt entgegenblickte. Sein Foto prangte unter der Schlagzeile *MANN ERSCHLAGEN UND INS WASSER GEWORFEN*. Priscilla las aufmerksam. Unter dem Foto stand lediglich:

Mr. Hamish Macbeth und Miss Felicity Gunnery verlassen die Polizeiwache in Skag, wo sie der Polizei bei ihren Ermittlungen geholfen haben.

In dem Artikel waren die Gäste in der Pension aufgeführt, und unter ihnen tauchten wieder die Namen Hamish Macbeth und Miss Gunnery auf. Der Kamerablitz war gnädig zu der stark geschminkten Miss Gunnery gewesen.

Für Priscilla war die Sache sonnenklar: Hamish war mit dieser Felicity Gunnery nach Skag in den Urlaub gereist. Und sie, Priscilla hatte auch noch an ihn gedacht und sich gefragt, was er wohl tat und wie es ihm ging!

Viertes Kapitel

Oh, du Dämon Alkohol, du grausamer Zerstörer,
Du Fluch der Gesellschaft und ihr größter Verheerer.
Was hast du der Gesellschaft getan, fragst du mich?
Ich sage dir, Dämon, die größten Übel gehen auf dich.

William McGonagall

Nachdem er Towser in die Pension gebracht und Miss Gunnery gebeten hatte, mit dem Hund rauszugehen, sollte er bis zum späten Nachmittag nicht zurück sein, machte Hamish sich auf den Weg ins Dorf. Er musste die Blane-Schwestern suchen und jemanden bei der hiesigen Polizei finden, mit dem er sich anfreunden könnte. Die Frage war, ob so jemand existierte. Fraglos hatte sich auf der Wache herumgesprochen, dass er ein Frauenheld, ein gescheiterter Polizist und ein Verdächtiger war.

Er ging zur Post – oder vielmehr zu dem Postschalter hinten im Dorfladen – und fragte nach dem Wählerverzeichnis. Rasch wanderte er mit dem Finger die Liste der Namen ab, bis er *Blane* gefunden hatte. Die Schwestern wohnten in der Glebe Street, nahe der Church of Scotland.

Wenig später stand Hamish dort vor einem der reetgedeckten Cottages, die sich wie alte, zottelige Tiere am Ende der Glebe Street zusammendrängten. Möwen kreisten schreiend über ihm. Hamish betätigte den Messingklopfer und wartete. Nach einer Weile hörte er schlurfende Schritte. Dann öffnete eine alte Frau und blickte zu Hamish auf. Ihr Gesicht ließ ihn unwillkürlich an eine Kröte denken.

»Was wollen Sie? Ich kaufe nichts.«

»Und ich verkaufe nichts«, erwiderte er freundlich und lächelte sie an. »Sie sind eine der Misses Blane, nicht wahr?«

»Ich bin Elizabeth Blane. Es gibt nur noch eine von uns. Nancy ist letzten Monat gestorben.«

»Mein Beileid. Ich wollte Sie nach dem *Friendly House* fragen.«

Ihre Augen hinter den dicken Brillengläsern blitzten. »Die ruinieren es, oder? Gut! Kommen Sie rein.«

Er folgte ihr in ein dunkles Wohnzimmer. Sie war eine gedrungene Frau mit schütterem grauen Haar und gelblicher Haut. Beim Gehen stützte sie sich auf einen Stock. Und sie fuhr sich immer wieder mit der Zunge über die blassen, vollen Lippen, was erst recht an eine Kröte auf der Suche nach einer saftigen Fliege erinnerte.

»Mord«, stellte sie zufrieden fest. »Ich wusste gleich, dass sie es verderben. Aber das ist besser, als ich gehofft hatte.«

Hamish setzte sich ihr gegenüber hin und fragte sich, warum sie sich nicht erkundigte, wer er war und warum er zu ihr kam.

»Weshalb haben Sie gedacht, dass die Rogers' es ruinieren würden?«

»Nancy und ich haben ein gutes Haus geführt, gutes Essen, hübsche Zimmer. Wir haben versucht, den Rogers' beizubringen, wie wir die Dinge gehandhabt haben. Doch Harry Rogers meinte, er könnte ein Vermögen machen, wenn er die Preise und die Kosten senkt, der Narr. Ein unverschämter Kerl ist das.«

»Warum haben Sie dann an ihn verkauft?«

»Weil sonst keiner die Pension wollte. Und wir wurden zu alt für die viele Arbeit. Also ist Harris tot. Tja, das überrascht mich nicht. Ich schätze, Brett hat ihn erledigt.«

»Dermott Brett? Warum denn er?«

»Ach, wegen der Szene im letzten Jahr. Ja, wir haben das Haus geführt wie ein Uhrwerk, Nancy und ich. Von meinen Scones redet bis heute ganz Skag. Haben Sie von meinen Scones gehört?«

»Noch nicht. Was für eine Szene?«

»Bretts Ehefrau kam für einen Tag her, also musste diese June, die sich als seine Frau ausgibt, mit den Kindern verschwinden. Ich und Nancy haben Brett nicht verraten, doch sowie seine Frau weg war, haben wir ihm gesagt, dass wir so etwas nicht dulden und er abreisen soll. Bob Harris hat ihn verhöhnt und gedroht, er würde seiner Frau erzählen, dass er seinen Urlaub mit einer anderen verbringt.«

»Dermott Brett sagte aber, er hätte nicht gewusst, dass die Pension inzwischen von anderen Leuten geführt wird. Warum ist er mit June zurückgekommen, wenn er dachte, Sie und Ihre Schwester würden sie noch betreiben?«

»Das ist Unsinn. Er hat gewusst, dass wir aufhören wollten, weil wir ihm erzählt haben, dass wir die Pension nach dem Ende der Saison zum Verkauf anbieten.«

Hamish dachte nach. Dermott hatte gesagt, er und »seine Familie« wären zur Tatzeit am Strand gewesen, wo Rogers sie gesehen haben könnte. Aber der Strand war eine Viertelmeile von der Pension entfernt, und dazwischen befanden sich die Dünen und der Schieferwall. Wie könnte Rogers überhaupt Dermott durch das Fernglas erspäht haben? Und es war ausgeschlossen, dass Rogers ihn vom Haus aus gesehen hatte.

»Wer sind Sie?«, fragte Miss Blane.

»Ich bin Polizist.«

»Warum haben Sie keine Uniform an?«

»Weil ich im Urlaub bin. Zufällig wohne ich in der Pension und ...«

»Sie sind der, der bei den Ermittlungen geholfen hat!«

»Na ja«, behauptete Hamish und kreuzte die Finger hinter dem Rücken, »so drückt es die Presse aus. Tatsächlich ermittle ich aktiv mit.«

»Wenigstens sind Sie so höflich zu kommen. Ich dachte, die Polizei würde direkt mit mir reden wollen.«

»War noch jemand von den jetzigen Gästen früher schon mal hier? Das sind eine Miss Gunnery, pensionierte

Lehrerin, ein Mr. Andrew Biggar, ein ehemaliger Soldat, und zwei Mädchen aus Glasgow, Cheryl Fink und Tracey Gamble.«

»Nicht, soweit ich mich erinnere.«

»Hatten die Rogers' letztes Jahr Harris und Brett kennengelernt?«

»Nein, wir haben erst am Ende des Sommers mit ihnen verhandelt.«

»Ich frage mich, warum Dermott Brett zurückgekommen ist«, sagte Hamish halb zu sich selbst. »Er will offensichtlich nicht ertappt werden, und dennoch ist er wieder hier. Und es wirkt ja nicht unsittlich, wenn man mit einer Frau und drei Kindern anreist. Und die Kinder nennen ihn ›Daddy‹.«

»Der mag er ja auch sein«, erwiderte Miss Blane spöttisch. »Ich weiß nicht, was aus der Welt geworden ist. Dies war mal ein nettes Dorf mit anständigen Leuten. Und die Leute, die im Sommer herkamen, waren auch normale, anständige Menschen. Jetzt wird immerzu getrunken und Schlimmeres. Zu meiner Zeit hatten die Teenager zu wenig Geld, um zu trinken. Ja, und sie mussten arbeiten. *Und* sie hatten Respekt vor den Älteren.« Ihre Stimme hatte einen enervierend jammernden Tonfall angenommen.

Das Zimmer war klein, muffig und vollgestellt mit Tischen, auf denen Porzellanfiguren und gerahmte Fotos standen. Die Spitzengardinen vor den Fenstern ließen kaum Licht herein. Hamish bekam Platzangst und stand auf.

»Bleiben Sie auf eine Tasse Tee«, sagte sie. Plötzlich war

da pure Einsamkeit in ihrem Blick. Natürlich ist sie einsam, die boshafte alte Frau, dachte Hamish. Doch er setzte sich wieder. Eines Tages könnte er auch alt und boshaft sein.

Also hörte er sich geduldig ihre Klagen an, während er Tee trank und zustimmte, dass ihre Scones die besten der Welt waren. Zuerst beschwerte sie sich über das Dorf, dann über die Regierung und schließlich über die Art, wie Amerika regiert wurde. Irgendwann fand Hamish, dass er genug hatte. Er verabschiedete sich mit dem Versprechen, sie wieder zu besuchen.

Draußen atmete er die sandige, salzige Luft tief ein. Sein bester Plan nun war, bei der Polizei vorbeizugehen und zu sehen, ob einer der Polizisten dort freundlich aussah. Er blieb vor dem Aushang der Kirche gegenüber der Wache stehen und gab vor zu lesen, wobei er sich hin und wieder umblickte, um mitzubekommen, wer drüben kam und ging.

Schließlich fuhr eine elegante, zierliche Polizistin in einem Streifenwagen vor. Er wartete, ob sie eventuell Feierabend oder eine Pause machte. Tatsächlich erschien sie eine halbe Stunde später in einer Bluse und einer schlichten Hose und eilte in Richtung Pub. Hamish folgte ihr. Er blieb zurück, bis er sah, dass sie den Pub betrat. Dann ging er selbst hinein.

Sie stand an der Bar und trank einen Gin Tonic. Hamish stellte sich neben sie und bestellte sich einen Whisky. Mit seinem Glas in der Hand wandte er sich ihr zu und lächelte. »Cheers, Constable.«

»Cheers«, antwortete sie und musterte ihn. Sie sah einen großen dünnen Mann mit einem ansprechenden Gesicht und braunen Augen. Sein rotes Haar war lockig und schimmerte im dämmrigen Licht.

»Ich bin auch Polizist«, sagte Hamish und fügte erklärend hinzu, dass er sie kurz vorher in Uniform gesehen hatte. Sie hatte ein keckes Gesicht mit kleinen Augen, einer kleinen Nase und einem kleinen Mund, helles, lockiges Haar und eine – wie Hamish fand – altmodische Figur: viel Oberweite, eine schmale Taille und breite Hüften.

Ihre Augen nahmen einen harten, misstrauischen Ausdruck an. »Sie sind Hamish Macbeth.«

»Ja, ganz richtig. Verdächtiger Nummer eins.«

Ihr Gesicht entspannte sich ein wenig, denn Hamish wirkte so harmlos. »Haben Sie es getan?«

»Harris umgebracht, um mir im Urlaub die Langeweile zu vertreiben? Nein.«

»Bleiben Sie lieber dabei, die Damen zu verführen?«

Im Geiste verfluchte er Miss Gunnery. »Was das betrifft, könnte ich Ihnen etwas zu dem Fall erzählen, falls Sie interessiert sind.«

»Bin ich. Ich hätte gern mehr mit der Ermittlung zu tun. Ich bin aus Dungarton, und hier verdonnern sie mich dazu, das Mädchen für alles zu spielen. Dieser Deacon hat mich sogar gebeten, Tee zu kochen.«

»Ist nicht wahr!«

»Doch. Er behandelt mich wie eine Sekretärin.«

»Wie heißen Sie?«

»Maggie Donald.«

»Sie sind nicht aus dieser Gegend?«

»Nein, aus Fife. Ich bin zu meiner Tante hier gezogen, als meine Eltern gestorben sind.«

»Ich spendiere Ihnen noch einen Drink«, bot Hamish an. »Dann können wir uns da drüben hinsetzen und uns ein bisschen unterhalten.«

»Solange Sie über den Fall reden und mich nicht anbaggern wollen, einverstanden.«

Hamish sah sie streng an.

»Na, Sie haben sich hier einen gewissen Ruf erworben«, verteidigte sie sich.

Er bestellte ihnen Drinks und trug sie zu einem Tisch in der Ecke. Im Pub war es still. Außer ihnen waren nur zwei zwielichtig wirkende Jugendliche da, die am Spielautomaten standen.

»Also«, fragte Maggie, »was glauben Sie, wer es war?«

»Ich hätte gedacht, die Ehefrau ist die offensichtliche Wahl«, antwortete Hamish. »Der Mann war ein Scheusal und hat ihr das Leben zur Hölle gemacht. Dann taucht dieser Andrew Biggar auf, und ich nehme an, dass sich die beiden ineinander verliebt haben. Aber Andrew scheint ein anständiger Kerl zu sein, und Doris ist zu verhuscht und sanftmütig, noch dazu hatte sie entsetzliche Angst vor ihrem Mann. Ich kann mir nicht vorstellen, dass sie ihm eins über den Schädel gegeben hat.«

»Was ist mit der faszinierenden Miss Felicity Gunnery? Hat sie Hamish Macbeth vorher gekannt?«

Er schüttelte den Kopf. »Hören Sie, ich erzähle Ihnen etwas über Miss Gunnery und mich, wenn Sie mir versprechen, es nicht weiterzusagen.«

»Kann ich nicht, falls sich herausstellt, dass es wichtig für den Fall ist.«

»Ist es nicht. Halten Sie es für wahrscheinlich, dass ich den weiten Weg von Lochdubh herkomme, um hier einen mir unbekannten Mann zu ermorden? In dem fehlgeleiteten Eifer, mich vor einer Mordanklage zu retten, hat sich Miss Gunnery wie ein Flittchen zurechtgemacht und den leichtgläubigen Detectives erzählt, ich hätte den Nachmittag mit ihr im Bett verbracht.«

»Und, haben Sie?«

»Nein.«

»Aber das hätten Sie Deacon sagen müssen! Es ist Behinderung der Polizeiarbeit …«

»Das weiß ich alles«, unterbrach er sie ungeduldig. »Ich war genervt von dem Streit morgens, weil Harris die Polizei gerufen und behauptet hat, ich hätte ihn angegriffen. Da bin ich weggegangen, habe mir zwei Taschenbücher im Dorf gekauft und bin zu der Flussbiegung an der Seite nach Dungarton. Dort habe ich den ganzen Tag gelesen. Danach habe ich mir Fish and Chips geholt, bin an den Hafen, um zu essen, und habe Harris gefunden.«

»Erwarten Sie wirklich, dass ich Miss Gunnerys Lüge für mich behalte?«

»Ja.«

»Warum?«

»Weil Sie mit an dem Fall arbeiten wollen. Weil ich in der Pension wohne. Und weil ich die Leute kenne, die betroffen sind.«

»Ich kann es nicht versprechen. Aber ich würde gern mehr über die anderen Gäste erfahren. Deacon hat die beiden Mädchen abholen lassen.«

»Weswegen?«, fragte Hamish. »Ich meine, die haben anscheinend bei diesem Tanzabend den Mund weit aufgerissen, dass sie gern mal jemanden umbringen würden, weil sie es spannend fänden, aber das reicht doch nicht, um sie zu Verdächtigen zu machen.«

»Cheryl ist vorbestraft.«

»Weshalb?«

»Schwere Körperverletzung.«

»Ach. Dabei ist sie noch so jung. Sie kann höchstens neunzehn sein.«

»Sie ist zwanzig, und vor zwei Jahren hat sie jemandem in einer Diskothek in Glasgow das Gesicht mit einem abgebrochenen Flaschenhals zerschlitzt. Ein Streit unter Betrunkenen. Cheryl hat gedacht, das andere Mädchen wollte ihr den Freund ausspannen. Sie hat Tracey Fink im Gefängnis kennengelernt.«

»Und warum hat Tracey gesessen?«

»Sie saß nur eine kurze Strafe wegen Ladendiebstahls ab. Aber weil es ihr fünftes Vergehen war, wurde sie zu einer Haftstrafe verurteilt.«

»Ich lasse nach«, murmelte Hamish kopfschüttelnd. »Ich hätte geschworen, dass sie bloß zwei gewöhnliche junge

Frauen sind, die alberne Klamotten und zu viel Make-up tragen.«

»Also, was wissen Sie?«, erkundigte sich Maggie.

Hamish erzählte ihr von den Alibis der anderen Pensionsgäste, von denen sie einige bereits von ihren Kollegen gehört hatte. Als er zu Doris' Alibi kam, stockte er plötzlich. »Moment mal! Doris Harris hat den anderen und mir erzählt, dass sie am Tag des Mordes vom Dorf weg am Strand entlanggegangen war. Aber ich habe sie selbst gesehen, wie sie in Richtung Dorf gegangen ist. Warum hat sie gelogen?«

»Vielleicht haben sie und dieser Andrew den Mord gemeinsam geplant«, antwortete Maggie. »Irgendwie läuft es doch wieder auf sie hinaus.«

»Ich will es ungern glauben, weil sie nette Menschen sind.« Hamish schwenkte den Whisky in seinem Glas. »Ich kann mir nicht vorstellen, dass sie jemanden umbringen.«

»Kommt vor«, sagte Maggie. »Überlegen Sie mal – über Jahre, in denen sie schikaniert wurde, hat sich Wut in Doris Harris aufgestaut, und dann verliebt sie sich in diesen Andrew Biggar. Ihre Lunte ist durch die miese Ehe sowieso schon sehr kurz. Sie könnte abgegangen sein wie eine Rakete, sieht ihren Mann am Rand des Anlegers stehen und – *Zack!* – fällt ein sehr toter Gemahl ins Wasser. Und warum hat Doris Sie belogen?«

»Das finde ich heraus. Was hat sie bei der Polizei ausgesagt?«

»Da müsste ich nachsehen. Aber wissen Sie, was? Ich bin

offiziell bis heute Abend um sieben im Dienst, da lasse ich mich lieber nicht mit Ihnen sehen. Wenn Sie um kurz vor sieben von der Pension zur Straße kommen, nicht an den Strand, hole ich Sie ab, und wir fahren irgendwo hin, wo wir ungestört reden und unsere Notizen durchgehen können.«

»Ist gut, Maggie. Darf ich Ihnen noch etwas zu trinken holen?«

Sie verneinte. »Ich habe mein Limit längst erreicht. Und jetzt verschwinden Sie, bevor hier noch Kollegen reinkommen und mich mit Ihnen erwischen.«

Hamish war zufrieden mit der Arbeit seines Vormittags, als er den Pub verließ. Allerdings stellte er fest, dass er Hunger hatte. Er hätte etwas essen sollen. Deshalb wartete er, bis Maggie fort war, betrat den Pub wieder und bestellte sich einige pappig aussehende Sandwiches und ein Glas Ingwerlimonade. Hinterher wanderte er am Strand entlang zurück und traf Miss Gunnery mit Towser.

»Was ist los?«, fragte er.

»Sie sollen sich auf der Wache melden, Hamish«, antwortete sie erschöpft. Ihr Haar war wieder nach hinten gebunden, und das blasse Licht von der grauen See und dem milchigen Himmel spiegelte sich in ihren Brillengläsern, sodass sie wie blind wirkten. »Sie haben uns ohne Ende verhört. Die Bretts und mich, Andrew und Doris, die Rogers'. Sie haben sogar die Kinder befragt, vor allem Heather. Dieser Fischer ist eine Gefahr. Er hat ihnen erzählt, dass

Heather darüber gesprochen hat, wie man einen Mord wie einen Unfall aussehen lassen kann.«

»Dann beeile ich mich lieber.« Hamish bückte sich und streichelte Towser. »Geh du mit Miss Gunnery nach Hause. Ich bringe dir nachher Kochschinken mit.« Er winkte Felicity Gunnery zu und kehrte um nach Skag.

Auf der Wache sah er kurz Maggie. Sie hielt ein Tablett mit schmutzigen Teetassen in den Händen. Hamish wurde wieder in das Verhörzimmer gebracht, wo ihm Deacon und Clay gegenübersaßen.

»Also haben Sie und diese Miss Gunnery gelogen«, begann Deacon.

Hamish verfluchte die wankelmütige Maggie von ganzem Herzen. Doch er verschränkte die Arme vor der Brust und betrachtete die beiden Polizisten schweigend.

»Sie sollten vorsichtiger sein, wem Sie Geheimnisse anvertrauen«, höhnte Clay.

»Und warum bin ich allein hier?«, wollte Hamish plötzlich wissen. »Hätten Sie Miss Gunnery nicht auch einbestellen müssen?«

»Alles zu seiner Zeit«, erwiderte Deacon ärgerlich. »Also, wo waren Sie, Junge?«

Hamish erzählte ihnen langsam und ausführlich, wie er den gestrigen Tag verbracht hatte, und endete mit dem erschöpften Ausruf: »Hätte ich den Mann ermordet, hätte ich die Leiche irgendwo gelassen, wo sie jemand anders findet!«

»Ja, kann sein«, sagte Deacon zu Hamishs Überraschung. »Wir haben ein wenig mehr über Sie nachgeforscht. Ein

Detective drüben in Strathbane, Jimmy Anderson, hat angerufen und gemeint, wir sollen nicht zu hart mit Ihnen sein, weil Sie gut darin sind, Fälle zu lösen und Ihre Vorgesetzten die Lorbeeren einstreichen zu lassen.«

Hamish schwieg.

»Wir haben auch zu Miss Gunnery Nachforschungen angestellt und bestätigt bekommen, dass sie wirklich eine Lehrerin im Vorruhestand ist und einen untadeligen Ruf hat. Deshalb sind wir der Meinung, wir lassen Sie, wo Sie sind, Hamish Macbeth, weil Sie uns sehr nützlich sein könnten.

Nun haben wir von Maggie erfahren, dass Sie sich wegen der Ehefrau sorgen, Mrs. Doris Harris, weil sie Ihnen erzählt hat, dass sie am anderen Ende des Strands war, sich also von Skag fortbewegt hat, Sie selbst sie aber am Tattag gesehen haben, wie sie in Richtung Dorf ging.«

»Ja«, antwortete Hamish matt. Frauen sind Teufel, ganz besonders Maggie, dachte er.

»Wir haben die Aussagen der Brett-Kinder aufgenommen – oder vielmehr die der Ältesten, Heather, und sie sagt, dass sie mit ihren Eltern unterwegs war und Doris Harris in der Ferne gesehen hat, genau da, wo Doris angegeben hat, gewesen zu sein.«

»Ich irre mich nicht«, erklärte Hamish energisch. »Ich habe Doris eindeutig an dem Morgen auf dem Weg nach Skag gesehen. Warum sollte Heather lügen? Aber da Maggie eh schon alles rausposaunt hat, kann ich Ihnen ebenso gut verraten, dass Dermott Brett und June nicht verheiratet sind.«

Er hielt kurz inne, denn ihm fiel ein, dass er Maggie nichts von den Bretts erzählt hatte. »Letztes Jahr hatte es eine Szene gegeben, als Dermotts Frau plötzlich aufkreuzte. June und die Kinder sind irgendwohin verschwunden, aber die Blane-Schwestern, denen die Pension zu der Zeit noch gehörte, haben Dermott hinterher gesagt, dass sie solche unanständigen Dinge unter ihrem Dach nicht dulden. Und Dermott hat mir gegenüber behauptet, er hätte keine Ahnung gehabt, dass die Pension von anderen Leuten geführt wird. Doch die noch lebende Miss Blane hat mir heute versichert, er habe gewusst, dass sie nach der Saison verkaufen wollten.«

»Befragen wir sie lieber noch mal«, meinte Deacon und stöhnte. »Sie sind fleißig gewesen.«

»Ich bin ja sowieso hier. Was ist mit den beiden jungen Frauen, Cheryl und Tracey?«, erkundigte sich Hamish.

»Denen haben wir Angst eingejagt. Leichtfertige junge Dinger. Sie sind dumm und gefährlich, wenn sie betrunken sind, ansonsten aber harmlos. Behalten Sie die zwei im Auge.«

»Heißt das, ich soll mit Ihnen zusammenarbeiten?«, fragte Hamish.

»Warum nicht? Sie sind Polizist. Aber halten Sie keine Beweise zurück oder lassen Sie alberne alte Damen, die es besser wissen sollten, herumerzählen, sie wären mit Ihnen im Bett gewesen. Na dann, noch einmal von vorne, Macbeth. Berichten Sie uns, was Sie über die Leute wissen.«

Und so erzählte Hamish jedes Detail, angefangen von

seinem durchsuchten Koffer bis hin zum Tag des Mordes und zu dem, was er heute herausgefunden hatte.

Deacon beobachtete ihn aufmerksam. Ein komischer Kauz, dieser Hamish Macbeth, dachte er. Sein schottischer Akzent war weniger ausgeprägt als bei der ersten Befragung, aber da war immer noch dieser für die Highlands typische Singsang. Seine mittelbraunen Augen verrieten nicht, was in ihm vorgehen mochte.

Tatsächlich fühlte Hamish sich wie ein mieser Verräter. Die Pensionsgäste waren in solch kurzer Zeit für ihn zu Freunden geworden. Während er sprach, stellte er sie sich alle vor: den sympathischen Andrew Biggar und die verletzliche Doris, die verlässliche Miss Gunnery und die Brett-Familie, die er nach wie vor als Familie sah, und sogar die schrecklichen Cheryl und Tracey. Wie glücklich sie alle auf dem Jahrmarkt gewesen waren!

Nicht zum ersten Mal war Hamish unwohl in seinem Job. Doch seine Gedanken ratterten weiter, während er ruhig seinen Bericht ablieferte, und er wusste, dass er keinen Mörder beschützen konnte. Ein Leben zu nehmen war falsch. Niemand hatte das Recht zu töten, auch nicht einen solch abstoßenden Menschen wie Harris.

»Tja, wir holen Dermott Brett gleich morgen früh zur Befragung her«, erklärte Deacon, als Hamish fertig war.

»Was hat die Obduktion ergeben?«

»Bewusstlos von einem Schlag auf den Kopf, möglicherweise mit einem Stück Treibholz, dann Tod durch Ertrinken. Bedenkt man das Überraschungsmoment und geht von einem schweren Stück Holz aus, könnte es jeder von ihnen gewesen sein. Gegen Doris Harris spricht, dass der Schlag von jemandem ausgeführt wurde, der ungefähr so groß wie Harris war – zumindest nehmen wir es an. Und Harris war knapp eins achtzig, Doris ist ungefähr eins sechzig.«

Hamish sah die beiden Detectives betrübt an. »Der Fischer hat ihn als Letzter gesehen, und zu dem Zeitpunkt stand er auf dem Anleger, aber war Bob Harris sehr betrunken?«

»Voll wie eine Haubitze«, antwortete Deacon.

»Er könnte sich hingesetzt haben und die Beine über den Steg baumeln lassen, nachdem der Fischer ihn gesehen hatte. Jeder hätte ihn da heftig schlagen und ins Wasser stoßen können.«

»Guter Einwand«, lobte Deacon, und Hamish kam sich regelrecht gemein und hinterhältig vor. Er hatte sie alle wieder zu Verdächtigen gemacht.

»Das wäre es fürs Erste, Macbeth. Gehen Sie, und berichten Sie uns, wie Sie vorankommen.«

Hamish wollte widersprechen und sagen, dass er im Urlaub war und nichts mit dem Fall zu tun haben wollte. Doch auf einmal musste er dringend diesen Raum verlassen und vom verlockenden Duft von Clays Zigaretten fortkommen. Er nickte den beiden zu und ging.

Maggie kam durch die Eingangshalle. »Hamish«, begann sie.

»Lassen Sie mich in Ruhe«, fuhr er sie an, drängte sich an ihr vorbei und verließ die Wache.

Der Tag war voller Sonne, Wind und Bewegung. Weißer, glimmernder Sand tanzte wie verrückt durch die Straßen. Alles Graue vom Morgen war fort. Möwen segelten kreischend über den Himmel. Der Wind wehte Kinderstimmen herbei, zusammen mit Musikfetzen vom Jahrmarkt. Es roch nach frittiertem Fisch und Pommes frites – der Imbiss schien nie zu schließen –, nach Salzwasser und Teer, und von den Jahrmarktsbuden nach heißem Öl, Zuckerwatte, Zwiebeln und Hotdogs.

Hamish ging zum Dorfladen und kaufte eine Packung Kochschinken für Towser. Dann machte er sich widerwillig auf den Rückweg am Strand entlang, durch fliegenden Sand und auffllatternde Möwen, bis er über den Schieferwall und die Dünen zur Pension einbog.

Er blickte auf seine Uhr. Zeit fürs Abendessen. Was für ein furchtbares Mahl mochten die Rogers' sich heute ausgedacht haben? Und warum beschwerten sich die Gäste nicht mehr darüber? Amerikaner würden sich niemals mit solch einem Essen abfinden, ganz egal, wie billig es war.

Hamish gab Towser den Schinken und ging nach unten ins Esszimmer. Er blinzelte etwas überrascht, als er sah, dass alle da waren. Cheryl und Tracey waren kleinlaut und hatten gerötete Augen. Sie taten Hamish leid, aber dann erinnerte er sich daran, dass sie beide keine Unschuldslämmer, sondern vorbestraft waren.

Er setzte sich Miss Gunnery gegenüber hin.

»Wie war es?«, fragte sie nervös.

»Sie wissen, dass Sie gelogen haben, was unseren gemeinsamen Nachmittag angeht.«

»Woher?«

»Ich habe es ihnen gesagt«, antwortete Hamish. Er war zu müde, um zu erklären, dass sie von einer Polizistin verraten worden waren. »Lügen bringt nichts. Ich bin Ihnen dankbar, doch es war nicht nötig, dass Sie meinetwegen Ihren Ruf aufs Spiel setzen. In einem Mordfall darf man nichts vertuschen.«

»Aber die Polizei ist manchmal so dumm! Und Deacon kam mir nicht wie ein besonders intelligenter Mann vor.«

»An ihm ist gewiss kein Akademiker verloren gegangen, doch ich kenne diese Sorte freundliche, solide und fleißige Ermittler, und sie kommen am Ende zu Ergebnissen.«

Miss Gunnery blickte hinüber zu Doris Harris. »Ich hoffe, Doris geht es gut. Sie sieht schrecklich angespannt aus.«

»Sie wird noch unter Schock stehen«, sagte Hamish. »Oh Gott, was ist das?« Er stach seine Gabel in das Essen auf seinem Teller. Es handelte sich um eine Art Fleisch in einer Bratensauce aus der Tüte. Doch es roch übel. Nein, es roch *ranzig*. Hamish blickte sich im Esszimmer um und fragte laut: »Hat jemand von Ihnen etwas hiervon gegessen?«

»Nur ein bisschen«, antwortete Dermott finster. »Mehr konnte ich nicht herunterbringen.«

Mr. Rogers kam mit seinem üblichen gekünstelten Lächeln herein.

»Sie können unsere Teller abräumen«, erklärte Hamish erzürnt. »Dieses Fleisch ist vergammelt. Woher haben Sie das?«

»Von dem Schlachter in Skag.«

»Es gibt keinen Schlachter in Skag.«

»Ich meine Dungarton.«

»Jetzt hören Sie mal zu, Mr. Rogers«, fuhr Hamish auf. »Was zu viel ist, ist zu viel! Räumen Sie diesen Fraß weg und bringen Sie uns etwas Essbares, oder ich melde Sie dem Fremdenverkehrsamt *und* dem Gesundheitsamt!«

Rogers bedachte Hamish mit einem hasserfüllten Blick, rief aber seine Frau, und stumm räumten sie die Teller ab.

»Warum wollte die Polizei Sie wieder befragen, Hamish?«, erkundigte sich Andrew.

»Sie waren nicht zufrieden mit meiner vorherigen Aussage«, antwortete Hamish. »Ich fürchte, sie werden an uns alle noch Fragen haben.«

»Ich schaff das nicht mehr«, jammerte Cheryl. »Die tun ja so, als wären wir Schwerverbrecher.«

»Es geht um Mord«, erklärte Hamish ernst. »Wir stecken alle in Schwierigkeiten, bis der Täter gefunden ist. Ich frage mich, wo die Rogers' den Mist herbekommen, den sie uns servieren.«

Es läutete in der Diele, dann erschien Harry Rogers schlecht gelaunt und mit rotem Gesicht. Er ging in die Diele und kam gleich wieder zurück. »Besuch für Sie, Macbeth«, sagte er.

»Für Sie *Mr.* Macbeth.« Hamish stand auf und verließ

das Zimmer. Seine Züge verhärteten sich, als er Maggie Donald sah. »Was wollen Sie?«

»Ich bin gekommen, um mich zu entschuldigen, Hamish. Es war nicht meine Schuld.«

»Und wer sonst soll ihnen die Wahrheit über Miss Gunnery erzählt haben?«

»Das war der Barkeeper im Pub, Fred Allsopp. Irgendwann nachdem wir gegangen waren, ist Clay auf einen Drink in den Pub gekommen, und Fred hat ihm erzählt, dass ich mit einem Mann dort war, und Sie beschrieben. Danach ist Clay zurück auf die Wache gekommen, hat mich ausgequetscht und behauptet, ich würde ›mich mit einem Hauptverdächtigen zusammentun‹ und mein Job stünde auf dem Spiel. Da habe ich Panik bekommen.«

»Für mich ist das keine Entschuldigung.« Hamish sah genauso verärgert aus, wie er war.

»Sie wissen nicht, wie das für eine Frau ist.« Maggie blickte ihn flehend an. »Alle sind gegen mich. Wenn ich mich nicht beliebt mache, werde ich bis zur Pension Tee servieren und bei den Highland-Games den Verkehr regeln.« Sie lächelte ihn unsicher an, und Hamish gab nach.

»Na gut«, meinte er. »Ich könnte jemanden gebrauchen, der nicht in den Fall verstrickt ist.«

»Haben Sie schon gegessen?«, fragte Maggie.

»Bisher nicht. Rogers hat irgendeinen Mist serviert. Den habe ich zurückgehen lassen. Ich warte auf den Ersatz.«

»Ich bin mit dem Wagen hier. Als Friedensangebot könnte ich Sie zum Abendessen nach Dungarton fahren.«

»Einverstanden. Ich bitte Miss Gunnery, sich um Towser zu kümmern.«

Als er zurück ins Esszimmer kam, warteten die anderen noch auf ihr Essen. Hamish erklärte Miss Gunnery, dass er mit einer Polizistin essen gehe, und ob sie bitte noch mit Towser rausgehen könne.

Für einen Moment schien sie gekränkt zu sein, und Hamish bekam ein schlechtes Gewissen. »Werde ich verhaftet, weil ich gelogen habe?«

»Soweit ich weiß, passiert Ihnen gar nichts«, beruhigte Hamish sie.

»Sie haben sich mit denen zusammengetan«, sagte sie. »Sie sind nicht mehr einer von uns.«

»Es ist mein Job.« Hamish betrachtete sie noch reumütig, da kam Maggie ins Zimmer. »Es ist ein Wagen da, um Mrs. Harris auf die Wache zu bringen.«

Doris stand auf.

»Darf sie nicht einmal mehr essen?«, fragte Andrew barsch. »Ich komme mit dir, Doris.«

Sie gingen gemeinsam raus.

»Wenn Sie dann so weit sind, Hamish«, meinte Maggie.

»Das ist also Ihre Polizistin.« Miss Gunnery sah plötzlich irgendwie älter und verschrumpelter aus. Und halb zu sich selbst sagte sie: »Manchmal vergesse ich, wie alt ich bin.«

Hamish hatte ein schlechtes Gewissen, war aber dennoch froh, der Atmosphäre im Esszimmer und dem Geruch nach schlechtem Essen zu entkommen.

»Ich fühle mich wie ein Verräter«, gestand er Maggie, als sie gemeinsam das Haus verließen.

»Gehört alles zum Beruf«, erwiderte sie heiter. Sie war zufrieden. Deacon hatte ihr erzählt, dass Hamish Macbeth offensichtlich ein Auge auf sie geworfen hatte – weil er zu dem voreiligen Schluss gelangt war, dass Hamish einzig aus einem Grund an der jungen Polizistin interessiert sein könnte –, und ihr geraten, an Hamish »dranzubleiben«, denn »Macbeth wird alles für uns herausfinden, was er kann, aber ich will nicht, dass er irgendwelche Beweise zurückhält«.

Maggie fuhr versiert die Strecke nach Dungarton. Weißer Sand wirbelte auf und tanzte im Standlicht. Im Sommer wurde es hier nie dunkel genug, um die Scheinwerfer einzuschalten. »Ich werde froh sein, wenn das hier vorbei ist«, gestand Maggie. »Allmählich habe ich das Gefühl, ich würde dauernd sandgestrahlt. Das verdammte Zeug kommt auch überallhin. Was hat Sie nur an einen Ort wie Skag verschlagen, um Urlaub zu machen, Hamish?«

»Ich wollte eine Auszeit. Und in einer Zeitungsbeilage, die mir jemand gegeben hat, sah es hübsch aus. Außerdem war es billig. Sie wissen ja, dass ein Polizistengehalt keine großen Sprünge erlaubt. Jetzt denke ich, ich hätte abenteuerlustiger sein sollen, zu einem Reisebüro gehen, einen dieser Pauschalurlaube buchen und hoffen, dass sie das Hotel fertig gebaut haben, bis ich da bin.«

»So einen Urlaub hatte ich letztes Jahr gebucht«, erzählte Maggie. »War sehr gut, und zumindest wusste ich, dass ich eine Schönwettergarantie hatte. Wobei es schon schräg ist, wenn man in Südspanien sitzt und um einen herum nur Briten sind. Ich glaube, außer dem Hotelpersonal habe ich gar keinen Spanier gesehen.«

»Zurück zum Fall. Warum wurde Doris wieder abgeholt?«

»Hatten Sie nicht gesagt, dass sie in Richtung Skag gegangen war, obwohl sie ausgesagt hatte, dass sie sich dem Ort nicht nähern wollte?«

»Ja.«

»Na, dann ist klar, warum sie Doris noch mal sehen wollen. Aber die kleine Heather schwört, dass sie Doris da gesehen hat, wo die behauptet, gewesen zu sein.«

»Um Doris zu sehen, hätte sie sich weit von ihren Eltern entfernen müssen«, bemerkte Hamish nachdenklich. »Sie werden herausfinden, falls sie es nicht schon wissen, dass Dermott und June nicht verheiratet sind –, aber sie beide lieben die Kinder, und ich glaube nicht, dass sie Heather einfach so davonspazieren lassen würden.«

»Von Dermott habe ich gehört. Sie überprüfen ihn. Ist sein Name schon in der Presse erschienen?«

»Weiß ich nicht. Ich habe nicht alle Zeitungen gesehen. Es ist ein Jammer«, ergänzte Hamish. »Ich hoffe ehrlich, dass es für sie gut ausgeht.«

»Wird es nicht, wenn er Harris erschlagen und ertränkt hat, um ihn zum Schweigen zu bringen.«

Für den Rest der Fahrt sprachen sie nicht mehr, bis Maggie vor einem indischen Restaurant in Dungarton einbog. »Ich hoffe, Sie mögen Curry«, sagte sie, als sie auf den Eingang zugingen.

»Nach dem Essen im *Friendly House* wird alles wundervoll schmecken.«

Während sie aßen, schaute Hamish sich in dem voll besetzten Restaurant um. Er staunte immer wieder über die Asiaten, die den weiten Weg in den schottischen Norden kamen, um ein Geschäft so fern der Heimat aufzumachen. Und dafür dankte er Gott, als er ein köstliches Lamm-Curry verspeiste.

»Mich würde interessieren, wo Rogers einkauft«, bemerkte er, als er schließlich den leeren Teller zur Seite schob.

»Vielleicht kann er nur nicht kochen.«

»Nein, das allein ist es nicht. Das Fleisch heute Abend war vergammelt.«

»Kann es sein, dass wir uns auf zu viele Verdächtige konzentrieren?«, fragte Maggie ernst. »Ich denke, es war die Ehefrau. Ich meine, die ist es meistens. Keiner sonst hatte einen Grund, Harris umzubringen.«

»Es geschah aus Wut«, erwiderte Hamish, und ihm war anzuhören, dass er wieder gereizt wurde. »Und es könnte jeder von ihnen gewesen sein.«

Maggie schlug einen versöhnlichen Ton an. »Ich weiß, Sie wollen nicht, dass sie die Täterin ist.«

»Ja, so viel steht fest. Und sich auf Doris einzuschießen, könnte uns verleiten, jemand anders zu übersehen.« Er verstummte, als er die Möglichkeiten im Kopf durchging. Vor seinem geistigen Auge sah er Tracey und Cheryl, kichernd und lachend, die zufällig auf Bob Harris auf dem Anleger trafen und spontan beschlossen, den Mord zu begehen, von dem sie dauernd gefaselt hatten, sie würden ihn »wegen des Kicks« verüben wollen.

Dann verblasste das Bild und wurde von einem von Dermott ersetzt, der seine »Familie« am Strand gelassen hatte und sich mit einem Stück Treibholz an Bob Harris heranschlich. Danach folgte ein klares Bild von Miss Gunnery, die Harris so effizient einen Hieb auf den Schädel verpasste, wie sie in früheren Zeiten ihre Schüler mit dem Lineal erwischt haben dürfte. Dieses Bild wurde jedoch gleich wieder durch eines von Doris ersetzt, nach Jahren der Schikane und der Misshandlungen dem Wahnsinn nahe.

»Bisher habe ich noch keinen von ihnen ernsthaft befragt«, sagte Hamish. »Damit fange ich morgen an. Was ist mit Ihnen? Erzählen Sie mir von sich. Wie lange sind Sie schon bei der Polizei?«

»Zwei Jahre. Vorher war ich Erzieherin für Kleinkinder, doch ich wollte was Aufregenderes. So spannend ist es allerdings nicht. Was ich auch nicht gleich erwartet hatte. Aber im Zeitalter der Gleichberechtigung hatte ich nicht erwartet, dass mich die Männer als eine Art Bedienung sehen.«

»Sie sind jung und attraktiv«, gab Hamish mit leisem Spott zurück. »Wenn Sie diesen Job erst mal verinnerlicht haben, werden Sie wie eine harte, desillusionierte alte Ziege aussehen, und dann werden Sie gleich behandelt.«

Sie erhob ihr Glas. »Darauf trinke ich. Warum sind Sie bei der Polizei, Hamish?«

»Es passt zu mir. Jedenfalls seit ich die Wache in Lochdubh habe. Mann, es ist ein bezauberndes Dorf!« Ihn überkam Heimweh. »Die Leute sind nett, und es ist ein ruhiges Leben.« Für einen Moment vergaß er die Feindseligkeit, die ihm dort zuletzt entgegengeschlagen war, und wurde verträumt. »Wenn ich Pause mache, bleibe ich oft zu Hause auf der Wache oder gehe angeln, und ich habe ein bisschen Land mit einigen Schafen, Hühnern und Enten. Wir haben schon den einen oder anderen Mord gehabt, aber … na ja, es ist alles gut ausgegangen.«

»Ich würde gerne mal Lochdubh sehen«, sagte Maggie.

Er lächelte sie an. »Vielleicht können Sie mich ja mal besuchen kommen, wenn das hier vorbei ist.«

»Meinen Sie, das wird es irgendwann sein?«

»Muss es. Es gibt einen Mörder in unserer Mitte, und ich denke die ganze Zeit, wenn wir uns die Verdächtigen nur richtig ansehen, schnappen wir ihn … oder sie.«

»Erzählen Sie mir von Ihren vorherigen Fällen«, bat Maggie.

Obwohl Hamish nicht dazu neigte, mit seinen Taten zu prahlen, fand er es wohltuend, über andere Fälle und andere Morde zu reden und so die gegenwärtige Tragödie für einen Moment zu vergessen.

Es war beinahe Mitternacht, als sie das Restaurant verließen und durchs Halbdunkel fuhren. »Es ändert sich ziemlich plötzlich«, sagte Hamish. »Bald werden die Nächte zurück sein, und im Winter ist es dann nur noch wenige Stunden am Tag hell.« Vor der Pension dankte er ihr für den Abend. »Nächstes Mal werde ich Sie einladen«, sagte er.

»Wie wäre es mit morgen Abend?«, fragte Maggie.

»Ja, das wäre nett, doch ich kenne mich in dieser Gegend nicht aus, also überlasse ich Ihnen die Wahl des Restaurants.«

Sie gab ihm einen Kuss auf die Wange, und Hamish, der sich so unbeschwert fühlte wie seit dem Mord nicht mehr, stieg aus dem Wagen, winkte ihr und ging in die Pension. Dort stieg er die Treppe hinauf, um Towser für einen späten Spaziergang zu holen.

Er schloss seine Tür auf und betrat sein Zimmer. Towser lag ausgestreckt auf dem Bett. »Komm schon, Faulpelz«, rief Hamish.

Der Hund rührte sich nicht. »Na komm, mein Alter.« Hamish ging zu ihm. Er legte eine Hand auf Towsers raues Fell und erstarrte. Dann schüttelte er den Hund.

Plötzlich zog er die zitternde Hand zurück, und eine schwarze Welle von Elend verschlang ihn.

Towser war tot.

Fünftes Kapitel

Des Kummers ist genug im Laufe der Natur,
damit zu füllen unser alltäglich Sein.
Und dennoch suchen wir – warum nur? -
Uns ständig aufs Neue die grausame Pein.
Brüder und Schwestern, ich bitt' euch, bedenkt,
euer Herz wird brechen, ist es einmal einem Hund geschenkt.

RUDYARD KIPLING

Früh am nächsten Morgen wurde Maggie zu Deacon zitiert.

»Ich will, dass Sie zu der Pension fahren und Macbeth holen.«

»Warum? Was ist passiert?«

»Sein Hund ist tot.«

Maggie starrte ihn an. »Hat ihn jemand umgebracht?«

»Der Tierarzt, den sie mitten in der Nacht rausgeklingelt hatten, sagt, es war ein natürlicher Tod, und es ist keine

Autopsie nötig. Die Sache ist die, dass Macbeth das tote Tier nach Lochdubh bringen und dort beerdigen will. Hat man so was schon gehört?«

Maggie rutschte unsicher auf ihrem Stuhl hin und her. »Wahrscheinlich hat er den Hund sehr gemocht. Leute hängen an ihren Haustieren.«

»Aber er ist Polizist, Mädchen! Und das war nicht mal ein Polizeihund. Jedenfalls möchte ich, dass Sie Folgendes tun. Wir geben Ihnen den Tag frei, und Sie bieten ihm an, ihn nach Hause zu fahren. Ich habe den Eindruck, dass er sich ungern in die Karten gucken lässt, und ich will alles wissen, was er denkt.«

Maggie sah ihn skeptisch an. »Ist er wirklich so schlau?«

»Soweit ich höre, ja. Ich werde nicht den Fehler seines Vorgesetzten in Strathbane begehen, ihn zu unterschätzen. Hamish stößt auf einen Mord, und er wird aufgeklärt. Doch ich will am Ende nicht wie der Blödmann dastehen, weil mein Fall von einem fremden Dorfpolizisten gelöst wird, der zufällig in der Gegend ist. Dann mal los mit Ihnen! Und nicht in Uniform. Sagen Sie, es ist Ihr freier Tag.«

»Ja, Sir.« Maggie stand auf und strich sich den Rock glatt. Hamishs Verlust berührte sie nicht. Sie war froh, einen guten Stand bei Deacon zu haben, und freute sich über den unerwarteten Urlaubstag. »Meinen Sie nicht, dass Miss Gunnery ihm schon angeboten hat, ihn zu fahren?«

»Falls ja, sagen Sie der alten Schachtel, sie wird noch für weitere Befragungen gebraucht und soll hierbleiben.«

Maggie fuhr nach Hause nach Dungarton und wechselte von ihrer Uniform in ein hübsches Sommerkleid mit kurzen Ärmeln und tiefem Ausschnitt. Dann machte sie sich wieder auf den Weg nach Skag, wobei sie die Küstenstraße nahm, die direkt zur Pension führte.

Alle saßen beim Frühstück, als sie hereinkam. Die Brett-Kinder schluchzten. Towsers Tod hatte sie mehr erschüttert als der Mord an Harris. Als sie Hamishs starre Miene sah, meldete sich Maggies Gewissen. Was indes nicht lange anhielt. »Das mit Ihrem Hund tut mir so leid, Hamish«, sagte sie. »Auf der Wache habe ich gehört, dass Sie nach Lochdubh möchten. Ich fahre Sie gern hin.«

»Ich fahre Mr. Macbeth«, erklärte Miss Gunnery, deren Augen hinter den Brillengläsern blitzten.

»Ich fürchte, das geht nicht, Miss Gunnery«, erwiderte Maggie. »Man wird Sie heute weiter befragen wollen.« Sie wandte sich zu den anderen Gästen. »Das gilt für Sie alle.«

»Was sind das 'n für Ferien?«, rief Cheryl entrüstet.

Doris wurde ein bisschen blass, und Andrew ergriff ihre Hand, während er Maggie vorwurfsvoll ansah.

»Ach, meinetwegen«, sagte Hamish wenig höflich. »Ich gehe dann und hole … die Leiche.«

Maggie wartete in der Diele auf ihn. Hamish kam mit dem toten Towser nach unten. Der Hund war in eine Reisedecke gewickelt, die Miss Gunnery Hamish gegeben hatte. Hamish nickte Maggie zu. »Fahren wir.«

Als sie den Motor startete, fragte sie zögerlich: »Ich möchte es nicht noch schlimmer für Sie machen, aber ist der Tierarzt sicher, dass es eine natürliche Todesursache war?«

»Ja.«

»Wie alt war Towser?«

»Zwölf.«

»Das ist ein hohes Alter für einen Hund.«

Hamish starrte blind aus dem Fenster und antwortete nicht.

»Wie möchten Sie fahren?«, erkundigte sich Maggie. »Über die neue Brücke drüben nach Dornoch?«

»Den Struie-Pass, danach Bonar Bridge, dann Lairg.«

»Alles klar. Ich bin noch nie in Sutherland gewesen.«

Hamish schwieg. Maggie schaltete das Radio ein, und Moray Firth Radio erklang. Beatles-Musik füllte den Wagen.

Maggie vermutete richtig, dass Hamish nicht reden wollte, und fuhr stetig westwärts. Sie blickte zum Himmel und wünschte, sie hätte einen Pullover im Wagen, besser noch einen Regenmantel.

Als sie die Spitze des Struie-Passes erreichten, erklärte Hamish: »Das ist Sutherland.«

Vor ihnen lagen lauter Gebirgszüge. Die Wolken wurden von Sonnenstrahlen gerahmt, wie sie William Blakes Engel als Leitern benutzten. Zwar war Maggie nicht übermäßig sensibel, doch sie musste einen kleinen Schauer unterdrücken. Es war, als überquerte sie die Grenze in ein seltsam wildes Land, vollkommen anders als die ordentlichen Felder und Orte in Fife oder das flache Land um Dungarton in Moray.

Sie hielten in Lairg und aßen weitestgehend schweigend in der Bar des Hotels *Sutherland Arms* zu Mittag. Maggie fühlte sich zunehmend unwohl. Ihr kam es wie reine Zeitverschwendung vor. Hamish trauerte um sein Haustier und würde nicht über den Fall reden.

Als sie weiter durch Sutherland fuhr und im Schatten der säulenförmigen Berge eine einspurige Straße zur Küste nahm, sagte Maggie schließlich: »Es sieht aus, als würde es kühl, Hamish. Können Sie mir einen Pullover leihen, wenn wir da sind?«

»Ja, da finde ich etwas. Nein, biegen Sie nicht ab. Fahren Sie weiter bis Lochinver und dann auf die Küstenstraße nach Norden.«

»Ist es noch weit?«

»Jetzt nicht mehr.«

Der Sutherland-Wind war böig, zerrte rabiat an Maggies kleinem Wagen und jagte Wolkenfetzen über sie hinweg.

Bei Lochinver bog Maggie auf eine geschlängelte Küstenstraße ab. Die volle Wucht des Atlantiks krachte gegen den felsigen Strand unterhalb der Straße. Komisch verdrehte Berge ragten auf der anderen Seite auf. Ein paar Bussarde segelten mühelos auf ihren kräftigen Schwingen durch den Sturm.

»Das sieht vornehm aus«, bemerkte Maggie, als sie an dem großen Tor zum *Tommel-Castle*-Hotel vorbeikamen.

»Ziemlich teuer.« Hamish wandte den Blick ab.

Die einspurige Straße führte wieder steil bergab.

»Da ist Lochdubh«, sagte er.

Maggie überquerte eine malerische Buckelbrücke. Lochdubh schmiegte sich mit weiß getünchten Cottages, hübschen Gärten und einem Hafen, in dem ankernde Fischkutter auf den Wellen wippten, an den Meeresarm.

Hamish dirigierte sie zur Polizeiwache und bat sie, seitlich vom Haus zu parken. Er hob eben vorsichtig den toten Towser hinten aus dem Wagen, als Mrs. Wellington herbeigeeilt kam.

»Sie sind also zurück«, konstatierte die Pfarrersfrau. Maggie sah eine füllige Frau in Tweed mit breitem Gesicht, einem wogenden Busen und einer strengen Ausstrahlung.

»Ich bin gekommen, um meinen Hund zu begraben«, antwortete Hamish matt.

»Oh, Hamish«, sagte Mrs. Wellington leiser. »Was ist passiert?«

»Er ist gestorben. Einfach so. Ich begrabe ihn auf der Wiese hinter der Wache.«

»Jetzt?«

»Ungefähr in einer Stunde. Dies ist Polizistin Maggie Donald. Miss Donald, Mrs. Wellington, die Frau unseres Pfarrers.«

Maggie reichte ihr die Hand, aber Mrs. Wellington schien es nicht zu sehen. Sie schaute besorgt zu, als Hamish das Bündel in der Decke vom Wagen wegtrug. Abrupt drehte sie sich um und marschierte von dannen. Hamish ging zur Seite des Hauses und hielt das Bündel mit einem Arm, während er den Schlüssel aus der Tasche angelte und die Tür aufschloss.

»Ich mache uns Kaffee«, erklärte Maggie. Ihre Stimme klang sogar in ihren eigenen Ohren zu munter und hart. »Wo ist der Herd?«

»Es gibt nur den Küchenofen da. Ich feuere ihn gleich an.« Hamish ging durch ins Schlafzimmer und legte Towser behutsam aufs Bett.

Als er in die Küche zurückkehrte, hatte er einen Pullover dabei, den Maggie dankbar überzog. Hamish nahm Anzündholz und Zeitungspapier aus einem Korb neben dem Ofen und machte sich an die Arbeit. Bald brannte ein Feuer, und Hamish stellte den Kessel auf die Herdplatte. »Es dauert nicht lange«, erklärte er. »Ich sehe lieber mal nach Nachrichten auf dem Anrufbeantworter.«

Während er im Polizeibüro war, suchte Maggie Becher und ein Glas Kaffeepulver aus den Küchenschränken. »Keine Milch?«, rief sie.

»Da steht eine Packung Milchpulver auf der Arbeitsplatte«, antwortete Hamish.

Als der Kessel pfiff, goss Maggie zwei Kaffeebecher auf.

Hamish kam zurück und sackte schwer auf einen Küchenstuhl. »Nichts Wichtiges auf dem Band«, berichtete er. »Alles war ruhig und friedlich. Ich habe Sergeant Macgregor in Cnothan angerufen – der für mich übernommen hat –, und er sagt, dass gar nichts passiert ist.«

Er schob den Kaffeebecher weg. »Ich denke, ich gehe mal das Grab vorbereiten. Ehe es nicht vorbei ist, kann ich sowieso nicht entspannen. Bleiben Sie hier«, ergänzte er, als

Maggie aufstand. »Im Wohnzimmer ist ein Fernseher, falls Sie sich irgendwas ansehen möchten.«

»Ist gut«, murmelte Maggie verlegen.

Als er draußen war, nahm sie ihren Kaffee mit ins Wohnzimmer und blickte sich neugierig um. Es gab einige abgewetzte Sessel, einen fadenscheinigen Wilton-Teppich, ein Bücherregal voller Taschenbücher, einen Ständer mit Stöcken, Haken und Angelruten, ein schönes Gemälde von einer Highland-Landschaft über dem Kamin und einen Fenstertisch, auf dem sich offizielle Papiere und Formulare stapelten, die aus dem engen Büro nebenan hergefunden haben mussten.

Auf dem Kaminsims standen gerahmte Fotografien. Maggie betrachtete sie, den Becher in den Händen. Da war eine Familiengruppe, Hamish ganz vorn; alle hatten das gleiche rote Haar wie er. Außerdem gab es ein Foto von Hamish am Wasser mit einer schönen, eleganten blonden Frau. Er hatte den Arm um sie gelegt, und beide strahlten glücklich. Dann war da noch eine Aufnahme von Hamish, wie er in einem Liegestuhl vor der Wache tief und fest schlief.

Maggie schaltete den Fernseher ein, setzte sich hin und fragte sich, wer die schöne blonde Frau sein mochte. War sie die Verlobte, der er angeblich den Laufpass gegeben hatte?

Auf BBC 1 lief eine Diskussion darüber, wie wichtig es war, Kondome zu benutzen. Maggie stand wieder auf – es gab keine Fernbedienung – und schaltete sich durch die

Kanäle, bis sie einen alten Schwarz-Weiß-Film mit Cary Grant gefunden hatte. Sie setzte sich hin, um ihn sich anzusehen.

Nach einer Weile hörte sie Stimmen und Lärm und Bewegung draußen. Autos kamen näher. Maggie stellte den Fernseher aus, ging zur Küchentür und öffnete sie.

Dorfbewohner zogen in einer langen Reihe vorbei. Sie wanderten hinter das Haus und eine Wiese hinauf. Maggie wich zurück, als Hamish erschien. Er sagte nichts, ging ins Schlafzimmer, hob das Bündel mit Towser auf und verließ das Haus wieder. Kurz danach folgte Maggie ihm.

Verblüfft stellte sie fest, dass das ganze Dorf gekommen sein musste, als sie hinter den Leuten den Hügel hinaufstieg. Männer und Frauen standen stumm um das Grab, das Hamish geschaufelt hatte. Die Männer trugen sogar ihre »besten« Anzüge, die engen altmodischen, aus denen sie normalerweise nur für Hochzeiten oder Beerdigungen die Mottenkugeln entfernten.

Maggie versuchte, es lächerlich zu finden, dass ein ganzes Dorf zur Beerdigung eines Mischlingshundes kam, aber die Szene hatte etwas Ehrfurcht Gebietendes. Über ihnen wehten die zerrissenen Wolken dahin, und der Wind zerrte an den Schals und Röcken der Frauen. Die ernsten Gesichter schienen einer längst vergangenen Zeit entsprungen zu sein. Maggie sah den Pfarrer in schwarzem Anzug und mit Priesterkragen am Rand des Grabes stehen. Er wollte doch wohl keinen Trauergottesdienst abhalten?

Sie stellte sich zu der Menge am Grab, konnte jedoch

vor lauter Leuten nichts sehen, also ging sie ein Stück weiter den Hügel hinauf und betrachtete alles von oben.

Hamish legte Towser in der karierten Decke vorsichtig in die Grube. Maggie dachte, dass es schade um das gute Reise-Plaid war. Dann warf er ein wenig Erde ins Grab.

Der Pfarrer, Mr. Wellington, sprach zur Menge: »Ich bin mir sicher, dass wir alle mit Hamish fühlen, der seinen Hund verloren hat. Oft heißt es, der Hund sei der beste Freund des Menschen, und Towser war dafür ein gutes Beispiel. Möge der Herr Sie in Ihrem Kummer trösten, Hamish. Lasst uns beten.«

Maggie erlebte einen akuten Moment von Fremdscham, als das *Vater unser* im Wind erklang. Hinterher nahm Hamish einen Spaten auf und schaufelte Erde auf das Grab.

Mr. Wellington sprach wieder: »Mrs. Wellington und ich haben eine Kleinigkeit für alle von Ihnen im Pfarrhaus. Sie sind herzlich eingeladen.«

Die Dorfbewohner zogen nach und nach ab. Hamish lehnte sich auf seinen Spaten und blickte nach unten zum Grab. Die anderen bildeten eine stumme Prozession den Hügel hinunter. Ein Gefühl sagte Maggie, es wäre falsch zurückzubleiben, also ging sie den anderen nach.

Unten am Hügel schaute sie sich um. Hamish Macbeths große Gestalt wurde vom stürmischen Himmel umrahmt. »Es ist nur ein *Hund*«, sagte Maggie leise zu sich, aber die Szenerie war von einer traurigen Würde, bei der ihr die Kehle eng wurde.

Hamish stand lange da. Leuchtende Bilder von Towser zogen an seinem inneren Auge vorbei: der träge Towser am Fußende seines Bettes; Towser, der Priscilla überschwänglich begrüßte und seine matschigen Pfoten gegen ihren Rock stemmte; Towser, der Kaninchen durch die Heide jagte. Hamish stieß einen Seufzer aus und wanderte mit dem Spaten über der Schulter zurück den Hügel hinab.

Das Pfarrhaus war voller Menschen, als Maggie dort ankam. An der Tür zum Wohnzimmer zögerte sie.

Mrs. Wellington sah sie und kam auf sie zu. »Kommen Sie herein, Miss Donald«, sagte sie laut. »Ein trauriger Tag, ein trauriger Tag für uns alle. Ah, hier ist Mrs. Brodie, die Frau von unserem Doktor. Mrs. Brodie, dies ist Miss Donald, Police Constable. Sie ist mit Hamish hergekommen. Nehmen Sie sich etwas zu trinken, Miss Donald.«

Maggie nahm ein Glas Whisky von einem Tablett, das eine der Frauen herumtrug.

»Sind Sie an diesem Fall drüben in Skag?«, fragte Angela Brodie.

»In einer sehr kleinen Rolle«, antwortete Maggie. »Die Detectives machen all die eigentliche Arbeit.«

»Armer Hamish!« Angela strich sich eine dünne Haarsträhne aus dem Gesicht. »Die Morde scheinen ihm zu folgen. Aber lassen Sie sich von seiner trägen Art nicht täuschen. Er ist sehr, sehr schlau.«

»Habe ich auch gehört«, antwortete Maggie. »Was war mit seiner Verlobung?«

»Das müssten Sie Hamish fragen«, erwiderte Angela freundlich, und Maggie fühlte sich zurechtgewiesen.

Rasch sagte sie: »Mich überrascht, dass das ganze Dorf zur Beerdigung eines Hundes kommt.«

»Wir sind eine fest zusammengewachsene Gemeinschaft«, erklärte Angela. »Und Towser hat Hamish viel bedeutet. Hier kommt Hamish ja.«

Maggie konnte seinen roten Haarschopf über der Menge aufragen sehen, als er den Raum betrat. Plötzlich waren alle still, ehe sie sich um ihn scharten und ihm murmelnd ihr Beileid ausdrückten. Hamish stürzte ein Glas Whisky in einem Zug herunter und nahm sich noch eines. Wenn er sich betrinkt, komme ich heute nicht mehr nach Hause, dachte Maggie.

Angela machte sie mit einigen anderen Leuten bekannt, und bald wurde wieder überall geplaudert. Ein Mann mit einem Akkordeon kam und begann, lebhafte Tanzmelodien zu spielen. Mehr Whisky wurde herumgereicht, und jemand rollte den Teppich auf, damit getanzt werden konnte. Maggie, die noch nie bei einem Leichenschmaus in den Highlands gewesen war, staunte über den Lärm und die Ausgelassenheit.

»Jetzt scheinen sie nicht mehr besonders erschüttert wegen Hamishs Hund zu sein«, sagte sie zu Angela.

»Oh, dies hier ist eine Feier des Todes. Jeder kommt in den Himmel, sogar der arme Towser«, erklärte Angela.

Hamish hatte sich zu den Tanzenden gesellt. Sein Gesicht war gerötet, und er ließ seine langen, schlaksigen

Glieder wild fliegen, während alle johlten und klatschten. Immer mehr Whisky floss, es wurde zunehmend verqualmter, und noch mehr Leute aus den umliegenden Dörfern trafen ein, die weitere Flaschen mitbrachten. Gegen zwei Uhr morgens reichte es Maggie. Zweimal hatte sie Hamish vorgeschlagen zu gehen, doch er hatte sie ignoriert.

»Ich gehe lieber zurück zur Wache und lege mich schlafen«, sagte Maggie zu Mrs. Wellington.

»Das geht nicht«, erwiderte die Pfarrersfrau. »Wir finden etwas für Sie. Wir haben hier ein Gästezimmer. Holen Sie Ihre Sachen, dann machen wir es Ihnen bequem.«

»Ich habe nichts mitgebracht, weil ich nicht erwartet habe, dass ich übernachte.«

»Dann kommen Sie mit nach oben, und ich suche Ihnen etwas heraus.«

Als Maggie in eines von Mrs. Wellingtons weiten Nylon-Nachthemden gehüllt war, nahm die Pfarrersfrau ihre Sachen mit, um sie zu waschen. »Morgen ist alles wieder bereit für Sie, Miss Donald. Träumen Sie süß.«

Maggie wälzte sich im Bett hin und her und versuchte, den Lärm von unten auszublenden. Jemand fing an, Dudelsack zu spielen. Es gab einen Knall, als wäre jemand umgekippt, dann ein Klirren von Glas und lautes Johlen. Schließlich fiel Maggie in einen unruhigen Schlaf. Sie wachte früh auf, fühlte sich aber wie erschlagen. Zu ihrer Überraschung waren ihre sauberen Sachen ordentlich auf einem Stuhl am Fußende drapiert.

In der Zimmerecke gab es ein Waschbecken. Dort hatte

Mrs. Wellington eine noch verpackte neue Zahnbürste, Zahnpasta und saubere Handtücher bereitgelegt. Maggie wusch sich, zog sich an und ging nach unten. Im Pfarrhaus war es still, und Maggie beschloss, zur Wache zu gehen und Hamish zu wecken.

Sie rechnete damit, dass er noch halb betrunken im Bett lag, doch als sie zur Polizeiwache kam, saß Hamish mit einer Frau mittleren Alters in der Küche. »Sie habe ich gestern Abend gesehen«, sagte die Frau. »Ich bin Miss Currie, Miss Nessie Currie.«

Hamish blickte zu Maggie. »Könnten Sie uns noch ein wenig Zeit geben? Ich mache Ihnen bald Frühstück.«

Maggie nickte und ging ins Wohnzimmer. Dort wartete und wartete sie. Irgendwann hörte sie, dass Nessie Currie sich verabschiedete, und fast direkt darauf klopfte es. Noch jemand kam.

Es war elf Uhr, als Hamish zum Wohnzimmer hereinschaute. »Frühstück ist fertig.«

»Wohl eher Brunch«, erwiderte Maggie. »Was war los? Sind die Leute gekommen, um Verbrechen zu melden?«

»Nein, sie hatten Probleme und brauchten Hilfe.«

»Sind Sie auch der örtliche Psychiater?«

»Wir helfen uns hier alle gegenseitig.«

Maggie setzte sich an den Küchentisch und machte sich über ein herzhaftes Frühstück aus Bacon, Eiern und gegrillten Tomaten her. »Fahren wir lieber zurück nach Skag«, sagte sie. »Ich wollte gestern Abend wieder zu Hause sein, und heute habe ich nicht frei.«

»Oh, das hatte ich vergessen«, entgegnete Hamish. »Gehen Sie ins Büro und rufen Sie Deacon an.«

Maggie tat wie geheißen und schloss die Bürotür hinter sich. Sie rief die Wache in Skag an und bat, mit Deacon verbunden zu werden.

Er hörte sich ihren Bericht von der Beerdigung an. »Diese Hinterwäldler sind alle wahnsinnig«, bemerkte Deacon. »Aber keine Sorge. Kommen Sie einfach zurück, sobald Sie können.«

Maggie ging wieder in die Küche und aß ihr Frühstück weiter. »Ich muss noch bei jemandem vorbei«, erklärte Hamish. »Das erledigen wir auf dem Weg.«

Er dirigierte Maggie von der Wache zu dem Seher.

Angus Macdonald begrüßte Hamish. »Keine Sorge«, sagte er. »Sie bekommen einen anderen Hund.«

»Ich will keinen anderen«, entgegnete Hamish. »Dies ist Maggie Donald. Sie haben sie vielleicht gestern im Pfarrhaus gesehen.«

»Ah, ja.« Der Seher beäugte Maggie mit einem unheimlich durchdringenden Blick. »Ich setze Teewasser auf.«

Wie im Mittelalter, dachte Maggie, als Angus einen geschwärzten Kessel an eine Kette über ein Torffeuer im Kamin hängte.

»Ich verrate Ihnen, warum ich gekommen bin, Angus«, sagte Hamish ernst. »Dieser Unsinn muss aufhören.«

»Welcher Unsinn?«

»Und Sie nennen sich einen Seher? Ich rede von Jessie Currie. Seit Sie ihr erzählt haben, dass sie einen geschiedenen Fischer heiraten wird, läuft sie anscheinend grotesk angemalt herum und benimmt sich wie ein dummes Huhn. Sie treibt sich am Hafen rum, wenn die Fischkutter reinkommen. Und Mrs. Maclean droht, ihr die Augen auszukratzen.«

»Ich sehe eben, was ich sehe«, konterte Angus.

»Sie sind ein Unfrieden stiftender alter Betrüger. Entweder Sie bestellen Jessie her und sagen ihr, dass Sie noch eine Vision hatten, in der sie ein ruhiges Leben als alte Jungfer führen wird, oder ich werde Ihren Ruf ruinieren. Sie wissen, dass ich das kann, Angus. Ein kleines Flüstern in ein Ohr, eine kleine Lüge in ein anderes.«

Angus Macdonald sah ihn nachdenklich an. »Tatsächlich hatte ich eine andere Vision von ihrer Zukunft.«

»Dachte ich mir. Jetzt benutze ich Ihr Bad, dann machen wir uns auf den Weg.«

Hamish verschwand hinten im Cottage. »Dann bleiben Sie nicht zum Tee?«, fragte der Seher Maggie.

»Nein, wir müssen los. Wir hätten gestern Abend wieder zurück sein sollen.«

»Sie werden eine erfolgreiche junge Frau sein, ja, das werden Sie«, sagte Angus in einem leisen Singsang. »Sie behaupten, dass Sie es hassen, als Sexobjekt behandelt zu werden, doch Sie werden genau das ausnutzen, um ganz nach oben zu kommen. Sie sind ein abgebrühtes Mädchen, jung wie Sie sind.«

Maggie sprang auf und wurde feuerrot. »Ich warte im Wagen«, entgegnete sie spitz.

Als Hamish wiederkam, blickte er sich um. »Wo ist Maggie?«

»Im Auto.«

»Haben Sie was zu ihr gesagt?«

»Nee, nicht doch, das Mädchen wollte bloß los.« Der Seher war zuversichtlich, dass sie Hamish nicht erzählen würde, was er gesagt hatte, und das tat Maggie auch nicht.

»Haben Sie sich bei den Wellingtons bedankt, dass Sie bei ihnen übernachten durften?«, fragte Hamish.

»Oh, die. Ich habe heute Morgen niemanden im Haus gesehen und bin einfach gegangen.«

Hamish räusperte sich verärgert. »Fahren Sie zurück ins Dorf und halten Sie bei Patel, dem Laden.«

Maggie kehrte um. Im Dorf ging Hamish in den Laden und kam mit einer Schachtel Pralinen wieder heraus. »Wir halten beim Pfarrhaus, da geben Sie die Mrs. Wellington und bedanken sich für ihre Gastfreundschaft.«

»Wie viel?«, murmelte Maggie. »Ich bezahle die.«

»Nicht nötig.«

Auf einmal wollte Maggie dringend weg aus Lochdubh. In der Männerwelt der Polizei war sie es gewohnt, dass mit ihr geflirtet wurde und sich Männer an sie heranmachen wollten, nicht jedoch, dass man ihr Benehmen korrigierte.

Mrs. Wellington bedankte sich entzückt bei Hamish für die Pralinen. Er behauptete, sie wären Maggies Idee gewesen. »Oh ja, vielen Dank, Miss Donald!«

Maggie hatte das unangenehme Gefühl, die Pfarrersfrau

hätte sie bereits als gefühlloses, undankbares Miststück abgestempelt, das nicht im Traum darauf käme, ihr Pralinen zu schenken.

Erleichtert fuhr sie aus dem Dorf. Obwohl sie nicht zur Selbstreflexion neigte, war ihr, als hätte sie den Menschen hier einige recht unschöne Einblicke in ihren Charakter gegeben.

Erst recht froh war sie, als sie Hamish an der Pension absetzte.

Von dort fuhr sie direkt zur Wache. Der Sergeant vorn starrte sie anzüglich an. »Hey, Maggie, scharfes Kleid!«

»Idiot«, erwiderte Maggie und klimperte mit den Wimpern. Es tat gut, wieder in einer sicheren, vertrauten Welt zu sein.

Deacon erschien an seiner Bürotür. »Willkommen zurück, Maggie. Holen Sie uns Tee und ein paar von den Donuts vom Laden, dann hören wir uns an, was Sie zu berichten haben.«

Maggie grinste. »Wird gemacht, Chef.« Als sie sich zum Gehen wandte, hörte sie zu ihrer großen Zufriedenheit jemanden hinter sich sagen: »Ein famoses Mädchen. Die wird es noch weit bringen.«

Hamish ging in sein Zimmer in der Pension, setzte sich aufs Bett und starrte in den Raum. Dann blickte er sich um. Es war keine Spur von Towsers Näpfen oder seiner Leine. Leise klopfte es an der Tür.

Müde stand Hamish auf und öffnete. Draußen stand

Miss Gunnery. »Ich war so frei, Towsers Sachen aus Ihrem Zimmer zu holen, Hamish. Ich hoffe, das war richtig.«

»Sehr freundlich von Ihnen, Miss Gunnery.«

»Tut mir leid, dass ich so unhöflich war, weil Sie mit der Polizistin weggefahren sind. Falls Sie mögen, lade ich Sie auf einen Drink nach Skag ein.«

»Ja, das wäre nett.«

Als sie im Pub saßen, fragte Hamish: »Was war hier los?«

»Tja, ein Drama nach dem anderen. Dermott Bretts Frau ist gekommen. Haben Sie gewusst, dass er und June gar nicht verheiratet sind? Sein Name stand in der Zeitung. Es gab eine hässliche Szene. Seine Frau hat gesagt, sie lässt sich von ihm scheiden. Wie sich herausstellt, sind Junes Kinder von Dermott. Er hat jahrelang ein Doppelleben geführt, wollte seiner Frau aber nie etwas sagen, weil er meinte, sie könnte damit nicht leben und etwas Unüberlegtes tun, sich das Leben nehmen oder so. Das einzig Gute ist nun, dass sie ihn wirklich los sein will und er June heiraten kann. Er hat gesagt: ›Dann hätte ich das alles gar nicht durchstehen müssen?‹«

Schlagartig war Hamishs Interesse an dem Fall wieder geweckt. »Ich frage mich, was das bedeutet«, erwiderte er nachdenklich. »Es könnte heißen, dass er letztlich keinen Grund hatte, Harris zu ermorden. Was noch?«

»Cheryl und Tracey wurden heute Morgen an der Dungarton Road aufgegriffen, als sie per Anhalter wegwollten. Jetzt sind sie auf der Wache.«

»Warum sind sie weggelaufen?«

»Nun ja, soweit ich es von diesem Polizisten Crick gehört habe, der angefangen hat zu tratschen, weil er inzwischen sehr gelangweilt ist, hatten sie die Nase voll von dem entsetzlichen Essen, dem Mangel an aufregenden Männern und der Belästigung durch die Polizei.«

»Klingt verständlich. Was ist mit Andrew und Doris?«

»Das ist so traurig. Sie gehen gemeinsam spazieren, sind aber ganz ernst und niedergeschlagen. Es ist beinahe, als würde die Angst und Sorge jede Liebe abtöten, die es mal zwischen ihnen gegeben hat.«

»Und die Brett-Kinder? Wie geht es ihnen?«

»Als die Ehefrau herkam, hatte es June zum Glück zeitig bemerkt und die Kinder durch die Hintertür aus dem Haus gebracht. Sie ist den ganzen Tag mit ihnen verschwunden. Mit ein bisschen Glück können June und Dermott nach der Scheidung heiraten, und die Kleinen müssen nie etwas erfahren.«

»Wenigstens sind sie Engländer«, sagte Hamish inbrünstig.

»Was hat das denn damit zu tun?«

»Wären sie Schotten, blieben sie nach dem schottischen Gesetz für den Rest ihres Lebens uneheliche Kinder. In England gelten sie als ehelich, sobald die Eltern heiraten. Aber wie konnte Dermott diese Täuschung so lange aufrechterhalten?«

»Wie Harris ist er Vertreter – allerdings für Mineralwasser – und viel unterwegs. Und er muss hart gearbeitet und eine Menge verdient haben, um zwei Haushalte zu finanzieren.«

»Hat er Kinder mit seiner Frau?«

»Nach dem, was der mitteilsame Crick sagt, nicht. Und June hatte ihren Namen offiziell in Brett geändert.«

Hamishs Verstand, der vorübergehend vor Kummer erstarrt war, schien wieder zu arbeiten. Das Bordell! Das hatte er vollkommen vergessen.

»Ich muss noch einige Besuche machen«, erklärte er. »Wir sehen uns später. Wissen Sie, was …« Er dachte, wie viel Miss Gunnery für ihn getan hatte. »Ich führe Sie heute Abend zum Essen aus. Es gibt ein gutes indisches Restaurant in Dungarton. Mögen Sie Curry?«

Miss Gunnerys Augen leuchteten. »Ich liebe es.«

»Dann ist es abgemacht.«

Hamish verließ sie und ging zum Ende der Hauptstraße bis zu dem Haus, aus dem Harris seiner Erinnerung nach gekommen war. Es war eine gepflegte viktorianische Villa, die ein wenig zurückgesetzt von der Straße lag.

Und Hamish läutete an der Tür. Eine rundliche Frau, die auf den ersten Blick wie eine beliebige Hausfrau aus Skag aussah, öffnete ihm. Sie trug ein Sommerkleid und flache Schuhe. Ihr braunes Haar war in sehr straffe Locken gelegt, und der Ausdruck ihrer blaugrauen Augen war hart und aufmerksam. Ihr Mund war klein und schmal, die Winkel nach unten gebogen. Sie sagte nichts, sondern trat lediglich zurück, um ihn ins Haus zu lassen.

Dann ging sie voraus in einen Raum, der in früheren

Zeiten der vordere Salon gewesen sein dürfte. Jetzt erinnerte er an das Wartezimmer eines Zahnarztes. Auf einem niedrigen Tisch vor einem Sofa lagen Hochglanzzeitschriften aus. Eine schwarze Marmoruhr tickte auf dem Kaminsims. In dem Kamin selbst stand eine Schale mit getrocknetem Pampasgras. Es roch nach Desinfektionsmittel und Möbelpolitur.

»Und, was können wir für Sie tun?«, fragte sie, verschränkte die Arme vor der Brust und musterte Hamish von oben bis unten.

»Ich bin Polizist und möchte Ihnen einige Fragen stellen.«

»Wie bitte? Ich habe nie Ärger mit der Polizei!«

»Mich interessiert auch nicht, dass Sie ein Bordell betreiben.«

Sie wurde rot vor Wut. »Hören Sie mal, das hier ist eine anständige Pension. Sie suchen nach dieser Simpson. Ich könnte Sie wegen Verleumdung drankriegen. Verschwinden Sie!«

Verlegen ging Hamish zur Tür. »Und wo wohnt ›diese Simpson‹?«

»Nebenan.«

Hamish murmelte eine Entschuldigung und ging. An der Pforte bemerkte er ein kleines Schild mit der Aufschrift *Bed & Breakfast* in geschwungener Schrift.

Das Haus nebenan entsprach nicht dem Bild eines Bordells, das Hamish sich dank seiner spärlichen Erfahrungen gemacht hatte. Es wirkte wie ein ordentliches Mittelklassezuhause. Ein neuer BMW parkte in der Kiesauffahrt seitlich vom Haus.

Wieder läutete Hamish, worauf *Scotland the Brave* ertönte. Diesmal öffnete eine Frau in einem Morgenmantel. Sie hatte ein schmales Gesicht, große Zähne und recht vorstehende Augen. »Oh, kommen Sie rein«, sagte sie munter. »Sie sind aber früh dran.«

»Es ist Nachmittag«, entgegnete Hamish.

»Tja, die meisten Leute kommen abends. Was hätten Sie denn gern?«

Sie ging voraus in ein Zimmer auf der Straßenseite. Anders als im Nachbarhaus sah dies hier mehr wie ein Wohnzimmer aus. Jemand hatte sein Strickzeug in einem Sessel liegen gelassen, und der Fernseher lief. Im Kamin brannte ein kleines Kohlenfeuer.

»Ich bin von der Polizei«, sagte Hamish.

»Aha, und was wollen Sie diesmal? Noch eine Spende für den Witwen-und-Waisen-Fonds der Polizei?«

Ohne auf diesen möglichen Beweis für Bestechlichkeit von Polizisten einzugehen, sagte Hamish: »Ich hoffe, ich bin an der richtigen Adresse. Ist dies hier ein Bordell?«

»Sie sind ganz schön unverblümt.«

»Ich hatte den Fehler begangen, zuerst nebenan zu klingeln.«

Sie prustete vor Lachen. »Da ist die alte Schachtel garantiert an die Decke gegangen! Dabei kann ich Ihnen sagen, dass ihre ›feinen Herren‹, wie sie die nennt, alle mehr trinken als die, die zu uns kommen. Was wollen Sie?«

»Der Mann, der ermordet wurde, Bob Harris, war er mal hier?«

»Ein paarmal, ja.«

»Und wen hat er besucht?«

»Mandy, beide Male.«

»Kann ich sie sprechen?«

»Klar. Aber ich bezweifle, dass sie Ihnen irgendwas erzählen kann. Es waren bloß zwei Quickies, das Billigste, was wir im Angebot haben. Ich hole sie.«

Hamish wartete. Eine leise Stimme aus dem Fernseher informierte ihn über das Paarungsverhalten von Tigern.

Nach einer Weile ging die Tür wieder auf, und Mrs. Simpson schob ein blasses Mädchen in einem Hausmantel herein. Hamish gehörte nicht zu jenen sensiblen Männern, die Flittchen per se ein großes Herz unterstellten. Er hatte sie im Laufe seiner Dienstjahre vielfach als faul, nervös und dreist kennengelernt.

»Hier ist Mandy«, sagte Mrs. Simpson. »Aber machen Sie nicht zu lange. Sie braucht ihren Schönheitsschlaf.«

Mandy kratzte an einem Pickel auf ihrer dünnen Nase und strich sich das lange, strähnige Haar aus der Stirn. Hamish dachte gehässig, sie könnte auch hundert Jahre schlafen und wäre hinterher immer noch nichtssagend und ungepflegt.

Sie setzten sich aufs Sofa. »Also, Mandy«, begann er, »ich glaube, der Tote, Bob Harris, war einer Ihrer Kunden.«

»Ach, der. Normalerweise kann ich die alle nicht auseinanderhalten, aber sein Bild war ja in der Zeitung.«

»Wüsste ich ein bisschen mehr über seinen Charakter, könnte es mir vielleicht helfen herauszufinden, wer ihn ermordet hat.«

»Och, das wird die Frau gewesen sein.«

»Und wie kommen Sie darauf?«

»Er hatte viel getrunken und konnte keinen mehr hochkriegen. Mir hat er erzählt, seine Frau hat ihn ruiniert. Sie hasst ihn, hat er gesagt. Er meinte, er kommt ein andermal wieder, aber da war's dasselbe. Deswegen war er so wütend, dass er mich ein bisschen geschlagen hat, und ich habe geklingelt. Wir haben alle eine Klingel in unserem Zimmer, falls die Kunden fies werden. Mrs. Simpson ist gekommen und hat ihn rausgeschmissen.«

»Sie müssen sich eine Menge Tratsch von Ihren Kunden anhören. Hat jemand erwähnt, dass er Bob Harris an dem Tag gesehen hat, als er ermordet wurde?«

»Ja.«

»Was hat er gesagt? Wer war das?« Hamish beugte sich vor.

»Das war der Mann aus der Pension.«

»Wie? Von nebenan?«

»Nee, aus der, in der Harris gewohnt hat. Rogers, so heißt er. Harry Rogers.«

Sechstes Kapitel

Die ganze Welt ist im Zustand eines Chassis.
SEAN O'CASEY

Hamish ging am Strand entlang zurück zur Pension und musste über lange Schlangen von Sand springen. Als er über die Dünen kam, sah er in der Ferne Rogers in seinen blauen Van steigen. Hamish lief schneller und rief, doch der Wind verschluckte seine Worte, und er sah, wie der Van auf die Straße nach Dungarton bog. Fluchend, weil er keinen Wagen hatte und Miss Gunnery wahrscheinlich noch im Ort war, betrat er die Diele und stieß auf Maggie Donald.

»Schnell!«, sagte Hamish. »Haben Sie Ihren Wagen hier?«

»Ja, hinten, aber …«

»Kommen Sie. Wir müssen Rogers einholen.«

Sie eilten nach draußen und stiegen in Maggies Auto. »Wohin?«, fragte sie.

»Zur Straße nach Dungarton. Er fährt einen blauen Van.«

Sie rasten los. »Was ist denn eigentlich?« Maggie überholte einen Traktor.

»Ich war in dem Bordell.«

»Warum in aller Welt …?«

»Rogers war oder ist dort Kunde. Und er hat einem der Mädchen erzählt, dass er Harris an dem Tag gesehen hat, an dem er ermordet wurde. Steht davon irgendwas in seiner Aussage?«

»Kein Wort.«

»Holen wir Rogers ein und finden heraus, was er gemacht hat.«

Maggie konzentrierte sich aufs Fahren, und außerhalb von Dungarton sahen sie tatsächlich den blauen Van vor sich. »Soll ich ihn rauswinken?«, fragte Maggie.

»Nein, ich habe eine bessere Idee. Folgen Sie ihm, doch passen Sie auf, dass er Sie nicht sieht. Ich will wissen, wohin er fährt.«

Maggie ließ einen Wagen überholen, damit Rogers sie nicht im Rückspiegel entdeckte.

Der blaue Van fuhr relativ langsam durch das Ortszentrum und bog dahinter in einen grünen Vorort ab, in dem zu beiden Seiten der Straße große viktorianische Villen standen. Was einst ein elegantes Wohnviertel gewesen war, beherbergte nun kleine Hotels und Seniorenheime.

»Er hält bei dem Altenheim«, sagte Maggie. Rogers war die kurze Auffahrt einer Villa hinaufgefahren, an der vorn ein Schild prangte: *Seniorenheim Sonnige Zeiten*.

»Halten Sie hier«, befahl Hamish, »und warten Sie auf mich.«

Hamish stieg aus dem Wagen, huschte in den Vorgarten und versteckte sich hinter einem Lorbeerbusch. Rogers ging zur seitlichen Küchentür.

Während Hamish zuschaute, erschien ein Mann in einer schmierigen Schürze. Rogers reichte ihm einige Geldscheine. Der Mann nickte und verschwand wieder im Haus. Rogers öffnete die hinteren Türen des Vans. Bald kehrte der Mann in der Schürze zurück, und gemeinsam luden sie Kartons hinten in den Van.

Hamish schlenderte die Einfahrt hinauf. Rogers sah ihn, knallte die Türen des Vans zu und eilte nach vorn zur Fahrerkabine. »Das lassen Sie mal«, sagte Hamish. »Wir wollen nur kurz nachsehen, was in Ihrem Wagen ist.«

»Da brauchen Sie einen Durchsuchungsbefehl«, rief Rogers, tiefrot vor Rage.

»Nein, brauche ich nicht«, entgegnete Hamish. Er ging hinten zum Van, öffnete die Türen und zog einen Karton nach vorn. Er enthielt zerlegtes Rindfleisch, das nicht gut roch. Hamish sah in die anderen Kartons, die voller Lebensmittel waren. Dies hier war also der Grund für das schreckliche Essen in der Pension. Rogers kaufte die Sachen, die in einem Altenheim verworfen worden waren.

Hamish rief nach Maggie, und als sie zu ihm kam, teilte er ihr mit, was er gefunden hatte. »Holen Sie den Mann aus der Küche«, meinte er. »Wir nehmen beide mit.«

Rogers und sein Komplize protestierten lauthals, alles

wäre korrekt, als sie zum Haupteingang des Heims geführt wurden, wo Hamish verlangte, jemanden von der Leitung zu sprechen. Ein müde aussehender Mann in einem zerknitterten Anzug führte sie alle in ein Büro, das von der Eingangshalle abging. Er stellte sich als Mr. Dougald vor und sagte, das Heim würde von einer Wohltätigkeitsorganisation betrieben, die sich für Senioren starkmachte.

»Und was hat Jamie ausgefressen?«, wollte er erschöpft wissen.

»Heißt er Jamie?«, fragte Hamish mit einem Nicken zu dem Mann aus der Küche.

»Ja, Jamie Sinclair.«

»Er verkauft Ihre Vorräte an Mr. Rogers. Harry Rogers gehört eine Pension in Skag. Jamie verkauft ihm Fleisch, dessen Haltbarkeitsdatum abgelaufen ist. Ich hoffe, das sind alte Bestände, und Sie geben den Bewohnern hier nicht so ein Fleisch.«

»Nein, tun wir nicht. Wir ordern unsere Lebensmittel bei angesehenen Händlern in Dungarton. Das kommt dabei raus, wenn man Ex-Häftlinge einstellt. Ich hatte der Stiftung gesagt, dass ich Sinclair nicht will, doch sie meinten, jeder brauche eine zweite Chance.«

»Weshalb hatte Sinclair gesessen?«

»Betrug, Bagatelldiebstahl, Ladendiebstahl, Handtaschenraub, die ganze Palette.«

Hamish befragte den nun gründlich eingeschüchterten Sinclair. Der Hauswirtschafter überprüfte regelmäßig die Vorräte in den Kühlschränken und Tiefkühlern und lagerte die Sachen, die er für Rogers aussortierte, in einem Küchenschrank, bis der Pensionswirt sie abholen kam.

Hamish erklärte Sinclair und Rogers, dass sie sich des gemeinschaftlichen Betrugs schuldig gemacht hätten, und sagte Maggie, sie solle Sinclair raus zum Streifenwagen bringen. Rogers aber befahl er zu bleiben. Dann wandte er sich an Mr. Dougald. »Darf ich Ihr Büro kurz benutzen? Ich möchte Mr. Rogers einige Fragen stellen, bevor ich ihn zur Wache bringe.«

»Nur zu. Was für eine böse Sache! Hoffentlich ist es diesen Gutmenschen im Vorstand eine Lehre, mir nächstes Mal jemand Anständiges zu schicken.«

Als die anderen draußen waren, sah Hamish den widerspenstigen Rogers an. »Die Polizei in Skag wird sich um die Anklage kümmern, mich jedoch interessiert etwas anderes mehr. Sie haben Harris an dem Tag gesehen, an dem er ermordet wurde.«

Rogers starrte ihn verdutzt an. »Hab ich nicht. Wer sagt das?«

»Eine Prostituierte namens Mandy aus dem Bordell.«

Rogers, der bislang gestanden hatte, schwankte ein wenig und setzte sich plötzlich auf einen Stuhl, als könnte er sich nicht mehr auf den Beinen halten. »Kein Kommentar«, murmelte er.

»Ach, na, dann fällt Mrs. Rogers vielleicht etwas dazu ein.«

»Das wagen Sie nicht!«

»Lassen Sie es drauf ankommen.«

Rogers rang die großen, fleischigen Hände, als drehte er einen imaginären Hals um. »Na gut«, meinte er nach längerem Schweigen. »Ich habe gesehen, wie er zum Anleger gegangen ist. Unterwegs hat ihn Dermott Brett aufgehalten und ihn angeschrien. Was er gesagt hat, konnte ich nicht hören.«

»Wann war das?«

»Gegen drei.«

Hamish blickte ihn streng an. »Und warum hat Mr. Brett das nicht der Polizei erzählt?«

Rogers schaute zur Zimmerdecke auf. »Weiß ich doch nicht.«

»Warum haben Sie es nicht zu Protokoll gegeben?«

Jetzt starrte Rogers auf seine Schuhe.

»Gut, raus zum Wagen mit Ihnen.«

Hamish überließ es Maggie, Deacon die Verhaftung von Sinclair und Rogers zu erklären, und lief mal wieder zurück zur Pension. Er wollte Dermott selbst befragen, bevor die Polizei ihn abholte.

Es war später Nachmittag, aber der Wind war abgeklungen, und die Sonne strahlte vom Himmel. Weiter vorn sah er Dermott, June und die Kinder am Strand. Dermott baute eine Sandburg mit den Kleinen, und June lachte über ihre ungeschickten Bemühungen. Sie wirkten wie eine sorglose Familie.

Hamish ging zu ihnen und sagte leise zu Dermott: »Kommen Sie kurz mit mir ein Stück zur Seite. Ich muss mit Ihnen reden, ehe die Polizei hier ist.«

Dermott stellte den vollen Sandeimer ab, den er in der Hand hielt, und richtete sich langsam auf. Dann ging er mit Hamish ein Stück am Wellensaum entlang. June blickte ihnen nach, das Gesicht verkniffen vor Sorge.

»Ich habe Rogers verhaftet«, begann Hamish.

»Weshalb?« Hoffnung glomm in Dermotts Augen auf.

»Wegen des vergammelten Essens, das er in der Pension auftischt. Er hatte Reste aus einem Altenheim in Dungarton billig gekauft. Aber deshalb wollte ich nicht mit Ihnen sprechen. Rogers hat Sie gesehen, wie Sie um die Tatzeit herum mit Harris gestritten haben.«

»Ach, das.«

»Also, raus damit: Warum haben Sie es in Ihrer Aussage verschwiegen?«

»Weil ich Angst hatte. Es hätte schlecht für mich ausgesehen. Ich bin in Panik geraten und wollte meinen Namen aus der Zeitung raushalten. Ich habe gedacht, wenn ich es ihnen erzähle, wird es einen Zeitungsartikel geben, in dem steht, dass ich festgehalten werde, um bei den Ermittlungen zu helfen, und dann erfährt meine Frau alles. Was ja auch passiert ist. Haben Sie davon gehört?«

Hamish nickte.

»Ja, sie hat es so oder so herausbekommen. Immerzu hat sie mir gedroht, sie würde sich umbringen, wenn ich sie verlasse. Und dann kommt sie her und spuckt Gift und Galle. Sie hatte von June und mir als Mr. und Mrs. Brett in der Zeitung gelesen und will jetzt die Scheidung. Einfach so! All die Jahre Heimlichkeiten wären nie nötig gewesen!«

Fassungslos schüttelte er den Kopf. »Ich habe gedacht, ich bin aus dem Schneider. Aber …«

Ruhig erwiderte Hamish: »Aber Rogers hat Sie erpresst.«

»Hat er das gesagt?«

Hamish verneinte. »Er hat Sie erpresst, weil er Sie in Skag gesehen hat, wie Sie sich mit Harris stritten, bevor er ermordet wurde.«

»Viel hat er nicht verlangt«, murmelte Dermott und ließ den Kopf hängen. »Nur ein paar Hundert Pfund. Ich dachte, ich halte ihn ruhig, bis alles vorbei ist. Jetzt sieht es schlimmer für mich aus.«

»Wie haben Sie Rogers bezahlt?«

»Noch gar nicht. Ich sollte ihm heute das Geld geben.«

Hamish stöhnte. »Hätten Sie ihm doch einen Scheck ausgestellt, dann hätten wir einen Beweis! Jetzt steht Ihr Wort gegen seines. Haben Sie Harris umgebracht?«

»Wollte ich, habe ich aber nicht. Er deutete an, dass er meiner Frau von June und mir erzählen würde. Ich hatte Angst und bin ihm nach Skag gefolgt, habe ihm gedroht, dass ich ihn windelweich prügle, wenn er etwas weitersagt. Rogers hat uns gesehen, und sowie er von dem Mord hörte, hat er gesagt, er erzählt der Polizei, dass ich mich mit Harris gestritten habe. Ich war panisch und habe versprochen, ihn zu bezahlen.«

Betrübt blickte Hamish über den Strand. Zwei Polizisten kamen auf sie zu. »Die holen Sie ab«, erklärte er. »Hören Sie auf meinen Rat und erzählen Sie ihnen alles. Sie haben keinen Beweis für die Erpressung, aber jetzt wissen die, dass Rogers gelogen und betrogen hat, da werden sie geneigt sein, Ihnen zu glauben.«

Dermott ging den Polizisten entgegen. Hamish lief zu June, zog sie ein Stück von den Kindern weg und erklärte ihr, was geschehen war.

»Wir müssen verrückt gewesen sein, wieder herzukommen«, murmelte sie voller Bitterkeit. »Letztes Jahr war es anders. Das Essen war gut, das Wetter traumhaft, und die Kinder haben es hier geliebt. Was passiert jetzt?«

»Vorausgesetzt, Dermott erzählt ihnen die Wahrheit und sie glauben ihm, ist er wahrscheinlich heute Abend zurück. Aber Sie müssen ebenfalls die Wahrheit sagen, June. Wo waren Sie?«

»Ich war mit den Kindern am Strand, ehrlich. Nur war Dermott nicht hier. Er nahm an, Harris wäre nach Skag gegangen, und er wollte ihm das Maul stopfen.« Sie wurde rot. »Damit meinte er nur, dass er ihm drohen würde, ihn zu schlagen.«

»Versuchen Sie, die Kinder aufzumuntern. Die kleine Heather sieht ein bisschen gestresst aus.«

»Sie wird wieder«, antwortete June. »Das alles belastet uns. Wer war es, Hamish?«

»Weiß ich nicht.«

»Wer es auch gewesen sein mag, möge in der Hölle schmoren«, sagte June verbittert. »Ich habe Harris gehasst, aber dieser Mord bringt so viel Sorge und Unglück mit sich, dass ich mir wünschte, der Mann wäre noch am Leben.«

»Es ist fast Abendessenszeit. Ich frage mich, ob es welches gibt.« Hamish sah auf seine Uhr. June rief die Kinder. Hamish schwang die Jüngste auf seine Schultern, und sie gingen gemeinsam zur Pension. Ihre Schatten bewegten sich lang und bleistiftdünn vor ihnen her. Es lag eine kühle Note in der Luft, die Hamish daran erinnerte, wie kurz der schottische Sommer war; bereits Ende August konnte der erste Frost einsetzen.

In der Pension brachte June die Kinder nach oben, um sie umzuziehen.

Hamish ging in den Salon. Dort saß Miss Gunnery und sah sich die Nachrichten im Fernsehen an. Sie schaltete das Gerät aus. »Wann wollen wir zum Essen fahren?«

Hamish hatte seine Einladung vergessen, reagierte aber schnell. »Oh, in ungefähr einer Stunde. Fahren wir zeitig, denn ich bin müde.«

Sie stand auf. »In dem Fall gehe ich nach oben und ruhe noch einen Moment, bevor ich mich umkleide.«

Hamish trat ans Fenster und blickte nach draußen. Am liebsten wollte er nach oben gehen, schlafen und alles vergessen. Andererseits wollte er auch nicht in sein Zimmer, weil er dort immer noch Towser erwarten würde, der ihn euphorisch begrüßte.

Die Tür wurde geöffnet, und Doris und Andrew kamen herein. Beide erstarrten, als sie ihn sahen, und wirkten misstrauisch. Dann fragte Andrew: »Kommen Sie zum Essen, Hamish?«

»Nein, ich führe Miss Gunnery aus. Und ich bin nicht sicher, ob es heute Abend etwas zu essen gibt.« Er erzählte ihnen von Rogers und endete mit: »Es war ausgesprochen dumm von Dermott zu lügen. Es hilft nie. Und da wir schon beim Thema sind, Doris: Sie sagten, dass Sie an dem Tag von der Pension aus in die entgegengesetzte Richtung gegangen waren, nicht nach Skag. Aber ich habe Sie selbst gesehen, wie Sie gen Dorf geeilt sind.«

»Dafür gibt es eine einfache Erklärung«, antwortete Doris. »Ich hatte es mir anders überlegt und bin umgekehrt, doch nicht am Strand entlang, sondern an der Straße, dann hinten um das Haus herum und von dort an den Strand. Heather hat mich gesehen.«

»Dann erzählen Sie das lieber der Polizei. Wo waren Sie, Andrew?«

»Habe ich Ihnen doch schon gesagt, Hamish. Ich war in Skag, weil ich hoffte, Doris zu treffen, aber sie war nicht dort.«

Hamish war nicht wohl, als er die beiden betrachtete. Er war sich sicher, dass Doris ihn eben belogen hatte, und was Andrew anging, hätte er leicht Harris über den Weg laufen können. Skag war ein kleiner Ort.

Verdrossen fuhr er sich mit den Händen durchs Haar. »Mir kommt es vor, als würde ich mich andauernd wiederholen: Es ist sinnlos, die Polizei zu belügen. Sie finden die Wahrheit auf die eine oder andere Art immer heraus.«

»Sogar ein Idiot wie Deacon, meinen Sie?«, fragte Andrew.

»Ganz besonders ein Idiot wie Deacon. Ich bin diesem Polizisten-Typ schon oft begegnet. Er ist langsam, stur, gründlich und riecht eine Lüge auf Meilen. Hat er einmal die Fährte aufgenommen, bleibt er dran, fragt und gräbt weiter, bis er sein Resultat hat.«

»Die können uns nicht ewig hier festhalten«, flüsterte Doris.

»Aber sie können für den Rest Ihres Lebens hinter Ihnen her sein. Wer Ihren Mann ermordet hat, muss überführt werden, Doris. Wollen Sie es denn nicht wissen?«

Sie warf Andrew einen komischen Blick zu und antwortete: »Ich bin mir nicht sicher.«

Keine Frage, Doris denkt, dass er es war, erkannte Hamish. Doch wenn sie glaubte, er war es, konnte sie selbst ihren Mann nicht umgebracht haben. Es sei denn, sie war Andrews Lady Macbeth und hatte ihn dazu angestiftet.

Es war ein langer Tag gewesen, und Hamish hatte endgültig genug. Er nickte den beiden zu und ging nach oben, um sich umzuziehen. Als er nach frischer Unterwäsche suchte, stellte er fest, dass er am nächsten Tag einige Sachen würde waschen müssen, sofern es in Skag einen Waschsalon gab.

Als er wieder unten war, schaute er kurz ins Esszimmer. June servierte Bacon und Eier für alle. »Mrs. Rogers ist auf der Polizeiwache«, sagte sie.

»Ist der Bacon in Ordnung?«, fragte Hamish.

»Ja, den habe ich aus ihrem privaten Vorrat genommen.«

Hamish zog sich zurück. Miss Gunnery kam die Treppe herunter. Sie war sehr stark geschminkt und trug ihr Haar offen zu einem Blümchenkleid und weißen Schuhen. Hamish hatte das ungute Gefühl, dass sie sich in ihn verliebt hatte, und wünschte, er hätte sie nicht zum Essen eingeladen. Fieberhaft überlegte er, was er als Ausrede vorbringen könnte, doch ihm fiel nichts ein.

Dann ging die Tür auf, und Maggie Donald kam herein. »Sie sollen auf die Wache kommen, Hamish. Deacon will Sie sehen.«

Er war sagenhaft erleichtert. Miss Gunnery jedoch wirkte bitter enttäuscht und bot sogleich an: »Ich warte auf Sie, Hamish! Es wird ja nicht den ganzen Abend dauern.«

»Wie wäre es, wenn wir unser Essen auf morgen verschieben?«, schlug er vor. »Fest abgemacht.«

»Na schön«, sagte Miss Gunnery wenig entzückt. »Dann esse ich wohl hier.«

»Warum möchte Deacon mich sehen?«, fragte Hamish, als Maggie ihn nach Skag fuhr.

»Ich glaube, er will mit Ihnen über den Fall reden«, antwortete sie. »Den würde er natürlich nicht mit einer so niederen Polizistin wie mir diskutieren. Und ich dachte, Sie wollten *mich* heute Abend zum Essen ausführen.«

»Das hatte ich vergessen«, murmelte Hamish.

Maggie war müde, und ihre Begeisterung, zurück unter »ihren Leuten« zu sein, hatte sich rasch abgenutzt. Man hatte sie aus allen Fallbesprechungen ausgeschlossen. Und noch schlimmer war, dass sie versucht hatte, das Lob für die Festnahme von Rogers und Sinclair einzuheimsen, und dann mussten die beiden Deacon erzählen, dass Hamish sie auf frischer Tat an der Küchentür ertappte hatte.

»Sie kommen nicht weit, Maggie, wenn Sie sich die Erfolge anderer auf die eigene Fahne schreiben. Ich muss sagen, ich bin überrascht. Tja, wir könnten hier einen Tee vertragen. Hopp, hopp.«

Vor der Wache erklärte Maggie: »Ich warte im Wagen auf Sie. Wenn ich da reingehe, machen die mich wieder zur Kellnerin, und ich bin nicht mal mehr im Dienst.«

Hamish ging hinein und wurde vom Sergeant vorn in ein Seitenzimmer geschickt.

Deacon war allein.

»Wo sind Rogers und Sinclair?«, fragte Hamish.

»Auf dem Weg zum Amtsrichter in Dungarton. Das war gute Arbeit, Macbeth. Haben Sie irgendwas von den Leuten in der Pension erfahren?«

Doch Hamish war zu müde, um Doris und Andrew zu »verraten« oder seinen Verdacht bezüglich der beiden zu äußern. Er schüttelte den Kopf. »Dazu hatte ich noch keine Gelegenheit.«

Deacon lehnte sich auf seinem Stuhl zurück und zog mit dem Fuß einen anderen Stuhl vor. »Setzen Sie sich, Junge. Ich habe nachgedacht. Angenommen, es waren weder die Ehefrau noch die Bretts oder Rogers' oder der Freund der Ehefrau. Haben Sie mal Ihre Freundin in Betracht gezogen, Miss Gunnery?«

»Warum sie?«

Deacon tippte sich seitlich an die Nase. »Verklemmte

alte Jungfer. Dieser Quatsch, dass sie mit Ihnen geschlafen hat. Ich hätte es nicht geglaubt, hätte sie sich nicht wie ein Flittchen rausgeputzt.«

»In welchem Jahrhundert leben wir denn?«, entgegnete Hamish. »Heutzutage sieht man ledige ältere Frauen eher als kluge Karrierefrauen, die das Risiko von Heirat und Kindern geschickt umschifft haben. Sie sind nicht verklemmt oder verrückt, und übrigens ist statistisch belegt, dass unverheiratete Frauen weniger Krankheiten haben und länger leben. Das Einzige, was sie in Zeiten lange vor unserer Geburt schon mal verrückt machte, war die Gesellschaft, die sie wie Versagerinnen oder Gestörte behandelte.«

»Wie Sie meinen«, sagte Deacon verschnupft. »Hat Ihnen keiner in Strathbane beigebracht, dass Sie Ihre Vorgesetzten mit ›Sir‹ anzusprechen haben?«

»Hatte ich vergessen, *Sir*. Zufällig hänge ich dieser wahnsinnigen Vorstellung an, im Urlaub zu sein.«

»Tja, vergessen wir den Urlaub, den es nie gegeben hat. Trotz Ihrer Erscheinung eilt Ihnen der Ruf voraus, scharfsinnig zu sein. Also, sagen wir, dieser Fall wäre in Ihrem Zuständigkeitsgebiet, wie würden Sie ihn angehen?«

»Ich hätte mich von Anfang an unter die Leute gemischt, die ich gut kenne. Der Highlander ist allerdings auch eine andere Tierart.«

»Das können Sie laut sagen! Doch ich habe mir Ihre Fälle angesehen, und einige der Mörder waren Engländer.«

»Normalerweise würde ich damit anfangen, mir Hintergrundinformationen zu jedem Verdächtigen zu besorgen«, erklärte Hamish. »Ich weiß, dass Sie das gemacht haben, aber ich habe diverse Beziehungen außerhalb der Polizei, die ich nutzen würde. In der Pension gibt es leider nur einen altmodischen Münzfernsprecher.« Ihm kam ein Gedanke. »Ich könnte vielleicht helfen, wenn Sie mir ein paar Tage zu Hause auf meiner Wache erlauben.«

Deacon musterte ihn einen Moment lang und antwortete: »Ja, ich denke, wir können Sie gehen lassen. Es gibt eigentlich keinen Grund, Sie hier länger festzuhalten. Nehmen Sie Maggie Donald mit.«

»Warum?«, fragte Hamish. »Damit sie mich observiert?«

»Nein, nein«, beschwichtigte Deacon. »Wir geben Ihnen eine Hilfe an die Seite, verstehen Sie? Sie ist gut im Tippen und kann Ihnen alle Berichte abnehmen.«

Hamish wollte Maggie nicht mit nach Lochdubh nehmen; andererseits wollte er auch schleunigst wieder aus Skag wegkommen. »Sie müssen aber für ihre Kost und Logis aufkommen, falls wir über Nacht bleiben«, erwiderte er. »Und sie kann nicht bei mir auf der Wache wohnen.«

»Ist gut. Wo ist sie?«

»Sie wartet draußen im Wagen.«

»Dann mal los, Junge, und melden Sie sich. Schicken Sie mir Maggie rein.«

Hamish ging hinaus zum Auto und sagte Maggie, dass Deacon sie sprechen wollte.

In der Hoffnung, ihr würden wichtigere Aufgaben zugeteilt, als Tee zu kochen, eilte Maggie beglückt zu Deacon.

Als sie hörte, dass sie mit Hamish nach Lochdubh fahren würde, »und alles berichten, was er tut«, nahm ihr Gesicht einen beinahe komisch verzweifelten Ausdruck an. »Nicht wieder in dieses Kaff!«, jammerte sie. »Die sind da alle so schräg! Wissen Sie, dass das ganze Dorf gekommen ist, als Hamish seinen Hund begraben hat. Als wäre es ein echtes Begräbnis. Und es gab einen *Leichenschmaus!*«

»Tja, so sind die Highlander. Behalten Sie im Auge, was er tut und mit wem er redet. Er will zurück, um sein eigenes Telefon zu benutzen und Informationen von seinen Kontakten zu bekommen.«

»Was für Kontakte kann er denn haben, die wir nicht haben?«

»Weiß ich nicht. Ich weiß nur, Watson, dass seine Methoden früher anscheinend funktioniert haben.«

Als Maggie zum Wagen zurückkam, fragte Hamish: »Wenn Sie mir helfen wollen, tun Sie eines für mich?«

»Was?«

»Gehen Sie wieder rein und lassen Sie sich die Adressen aller Verdächtigen geben.«

»Nichts leichter als das.«

Hamish wartete und blickte auf seine Uhr. Es hatte nicht lange gedauert. Er sollte lieber zurückgehen und sehen, ob Miss Gunnery gegessen hatte, um sie, falls nicht, doch noch zum Essen einzuladen. Als hätten seine Gedanken sie heraufbeschworen, parkte ein Wagen neben Maggies ein, dem Miss Gunnery entstieg. Hamish stieg gleichfalls aus.

»Ich wollte nachsehen, ob mit Ihnen alles in Ordnung

ist«, sagte Miss Gunnery. »Ich war ein bisschen in Sorge, dass man Sie mal wieder verhaftet hat.«

Maggie kam aus der Wache. »Alles geregelt, Hamish. Ich habe die Adressen, die Sie wollten. Morgen um sieben hole ich Sie ab. Was ist mit dem Essen, das Sie mir schulden?«

»Ich bin mit Miss Gunnery verabredet«, antwortete Hamish. Die beiden Frauen starrten einander an. Ich bin ein wahrer Don Juan, dachte Hamish. Nun kämpften zwei Frauen um ihn – eine pensionierte Lehrerin und eine Polizistin, an deren harter Schale sich manch einer die Zähne ausbeißen würde.

»Wo wollen Sie hin?«, erkundigte sich Maggie gekünstelt munter.

»Hamish führt mich in ein indisches Restaurant in Dungarton aus«, entgegnete Miss Gunnery. »Er sagt, es ist gut.«

»Oh, das kann ich bestätigen«, meinte Maggie süßlich. »Dahin hatte ich ihn schon eingeladen.«

»Fahren wir.« Hamish stieg in Miss Gunnerys Wagen. Er hatte genug von den beiden, von Skag und dem Mordfall.

»Wohin wollen Sie morgen?«, wollte Miss Gunnery wissen, als sie losfuhren.

»Zurück nach Lochdubh. Ich muss mich dort um einiges kümmern.«

»Kommen Sie wieder?«

»Natürlich. In gewisser Weise bin ich vermutlich auch noch ein Verdächtiger.«

»Unsinn!«

»An Deacons Stelle hätte ich mich immer noch im Hinterkopf. Bei einem Mordfall ist jeder verdächtig.«

»Sogar ich?«

»Sogar Sie.«

»Ich habe Harris verabscheut, und, ja, ich hätte es tun können«, sagte Miss Gunnery. »Habe ich aber nicht. Ich wünsche der Person, die es war, viel Glück, doch die Konsequenzen sind so furchtbar. Arme Doris. Warum kann sie nicht einfach mit Andrew abreisen und glücklich sein?«

»Ich glaube nicht, dass die beiden glücklich sein können, solange der Mörder nicht gefunden ist. Vielleicht verdächtigen sie sich im Stillen sogar gegenseitig.«

»Aber das ist doch lächerlich!«

»Nicht ganz. Blicken Sie nicht auch häufiger in die Runde und fragen sich, wer von ihnen es war?«

Miss Gunnery schüttelte sich ein wenig. »Ich hoffe immer noch, dass es irgendein durchreisender Wahnsinniger war, der Harris einfach eins über den Schädel gegeben hat, um sich den Tag zu verschönern.«

»Wenn dem so war, sind wir verloren. Es gibt nichts Übleres als ein Verbrechen ohne Motiv.«

Als sie beim Restaurant ankamen und einen Tisch zugewiesen bekommen hatten, sagte Hamish: »Können wir über etwas anderes reden? Ich bin Morde leid. Warum sind Sie so früh in den Ruhestand gegangen? Sie sehen nicht alt genug aus für eine Pensionierung.«

»Schmeichler! Ich war nahe genug am Pensionierungsalter und hatte das Unterrichten satt. Zuletzt war ich an einer Jungenschule außerhalb von Cheltenham. Ich musste einem Haufen verzogener kleiner Teufelsbraten Geografie beibringen, denen nichts gleichgültiger war als das Wissen, wo was auf der Welt liegt.

Es war eine dieser Privatschulen, nicht wie Eton, Westminster oder Winchester, aber mit sehr hohen Schulgebühren. Die Jungen dort waren gewöhnlich an den Aufnahmeprüfungen der besseren Internate gescheitert, doch ihre Eltern wollten unbedingt, dass sie auf eine vornehme Schule mit teuren Angeboten gingen. Das Gehalt war gut, aber Dummköpfe auszubilden ist immer anstrengend. Ich hatte überlegt, mich an eine Mädchenschule versetzen zu lassen, dann jedoch entschieden, in den Ruhestand zu gehen und mein Leben zu genießen.«

»Und genießen Sie Ihr Leben?«

»Habe ich, bis dieser Mord geschehen ist. Alles schien so nett und unverfänglich zu sein, ein billiger Urlaub in Schottland eben.«

»Und wir wären wieder bei dem Mord«, bemerkte Hamish.

»Warum erzählen Sie mir nicht Geschichten aus Ihrem Leben? Irgendwelche, die nichts mit Chaos und Mord zu tun haben.«

Hamish begann, ihr Begebenheiten aus Lochdubh zu erzählen, und all seine alte Zuneigung zu dem Ort und den Menschen kehrte mit voller Kraft zurück. Wie freundlich und mitfühlend alle bei Towsers Begräbnis gewesen waren! Er redete immer weiter, und Miss Gunnery lehnte sich zurück, lauschte, und ihre klugen Augen hinter den Brillengläsern blitzten vor Freude.

Als sie zurück zur Pension fuhren, wurde Hamish überraschend bewusst, dass er den Abend mit Miss Gunnery richtig genossen hatte.

Doch kaum tauchte die Pension vor ihnen im Zwielicht auf, mit den Dünen und dem rasiermesserscharfen Schilfgras, wurde er wieder schwermütig und fragte sich, ob er wirklich nach Lochdubh fahren sollte, solange in Skag noch ein gefährlicher Mörder frei herumlief.

Siebtes Kapitel

Ich floh und schrie: Tod;
Die Hölle erbebte ob des scheußlichen Namens und seufzte
Aus all ihren Höhlen, darauf aus ihnen widerhallte: Tod.
John Milton

Wieder Lochdubh. Sonnenstrahlen, die sich zwischen den Sturmwolken hervorstahlen, um auf den schwarzen Loch zu fallen. Wäsche flog an Leinen wie zu lose Rahsegel.

Maggie stieg vor der Wache aus dem Wagen und musste sich gegen die warmen Atlantik-Böen beugen, als sie Hamish in die Küche folgte. Sie musste sich hinsetzen und warten, bis Hamish den Ofen angefeuert und nach seinen Tieren gesehen hatte.

Dann rief er zur Küche herein: »Fragen Sie mal im Pfarrhaus nach, ob Sie da übernachten dürfen!«

Sie zögerte. Ihr Auftrag war, möglichst mitzuhören, wenn er telefonierte.

Als hätte er ihre Gedanken gelesen, fügte Hamish hinzu: »Ich muss hier nur meine Hausarbeit erledigen. Die Polizeiarbeit geht frühestens in einer halben Stunde los.«

Und so zog Maggie los. Hamish grinste, ging direkt ins Polizeibüro und nahm die Liste der Namen und Adressen vor, die Maggie ihm gegeben hatte. Als Erstes rief er seinen Cousin Rory Grant an, der als Zeitungsreporter in London arbeitete. Nachdem sie Höflichkeiten ausgetauscht hatten, erklärte Hamish: »Ich habe mal wieder einen Mordfall, Rory. Diesmal in Skag. Hast du davon gehört?«

»Der Typ, dem man eins über den Schädel gebraten und den man ins Meer gestoßen hat?«

»Genau der. Nicht ins Meer übrigens, sondern in den Fluss. Jedenfalls würde ich dir gerne mal die Namen und Adressen der Verdächtigen geben. Kannst du nachsehen, ob es irgendwas über die gibt?«

»Das ist ein langweiliger Provinzmord, Hamish! Was wäre da denn für mich drin?«

»Du kannst als Erster darüber schreiben, wenn ich den Mörder finde.«

»Kein Interesse.«

»Ich überlege, im Rahmen der Nachforschungen nach Glasgow runterzufahren. Soll ich mal deine Mutter besuchen und ihr erzählen, wie es dir so geht?«

»Das wagst du nicht!« Rory wusste, dass Hamish auf seine Vorliebe für Clubnächte und lose Beziehungen anspielte.

»Sie wird doch dringend von dir hören wollen!«

»Du bist ein ganz mieses Erpresserschwein, aber na gut. Sag mir die Namen und Adressen.«

Hamish las ihm die Liste vor. Als er mit Rory fertig war, blickte er das Telefon und die Adressliste an. Spontan rief er die Polizeiwache in Cheltenham an und erfragte den Namen eines teuren Jungeninternats in der Nähe von Cheltenham, dessen Schulgebühren hoch waren, die Anforderungen bezüglich der akademischen Voraussetzungen jedoch niedrig. Sie nannten ihm St. Charles und gaben Hamish die Telefonnummer.

Er rief an und bat, die Schulleitung zu sprechen. Der Direktor, ein Mr. Partridge, sagte gereizt, er sei bereits von der Polizei befragt worden und habe dem nichts hinzuzufügen. Miss Gunnery hatte mehrere Jahre bei ihnen gearbeitet und war eine ruhige, gute Lehrerin gewesen. Ja, sie hatte im Internat gewohnt und jetzt besaß sie, soweit er wusste, eine Wohnung in der Montpellier Street.

Nach dem unbefriedigenden Telefonat rief Hamish einen Cousin vierten Grades an, der in einem Gartencenter in den Cotswolds arbeitete, und schickte ihn nach Evesham, wo er so viel wie möglich über die Harris' herausfinden sollte. Hamish hätte sich an die Polizei in Evesham wenden können, doch das dürfte Deacon bereits getan haben, und Hamishs Verwandte waren besser im Ausgraben brauchbaren Tratsches als jeder Polizist. Die Bretts, oder vielmehr June und Dermott, lebten in Hammersmith. Mit ein wenig Glück bekam Rory etwas über sie heraus. Hamishs Stift schwebte über dem Namen von Dermotts tatsächlicher Ehefrau, Alice.

Er lehnte sich zurück und runzelte nachdenklich die Stirn. Hier hatte er eine unbekannte Größe. Wäre es zu weit hergeholt zu vermuten, dass Harris der Frau tatsächlich geschrieben und sie vor dem Mord schon vom Doppelleben ihres Mannes gewusst hatte? War sie vor der Tat nach Skag gekommen, hatte Harris gefunden und ihm in einem Wutanfall den Schädel eingeschlagen? Verheiratete Menschen konnten sich durchaus schon mal gegen den Überbringer schlechter Nachrichten wenden. Es gab eine Adresse in Grays, Essex.

Durch Rory war Hamish mit einem freien Korrespondenten aus Chelmsford in Essex bekannt. Er kramte in seinem Schreibtisch und zog ein großes Notizbuch hervor. Auf seinen Reisen notierte Hamish Namen, Adresse und Telefonnummer von jedem, der ihm nützlich sein könnte. Und hier war der Eintrag: *Harry Dixon*.

Als er Dixon am Telefon hatte, schilderte er ihm kurz den Fall und fragte, ob es möglich wäre herauszufinden, wo Alice Brett sich in jüngster Zeit aufgehalten hatte. Zunächst murrte Dixon, dass er nicht mehr der Jüngste sei und ungern umsonst arbeite. Eine Insidergeschichte zu einem Mord in Nordschottland würde ihm kaum etwas einbringen. Aber Hamish versprach, dafür zu sorgen, dass Rorys Zeitung ihm Aufträge gab, und konnte Dixon so herumkriegen.

Zu Andrew Biggar hatte er eine Adresse in Worcester.

Hamish sah im Straßenatlas nach der Entfernung zwischen Evesham und Worcester. Sechzehn Meilen. Ein Katzensprung. Könnten sich Andrew und Doris schon früher begegnet sein? Hamish ärgerte, dass er so weit weg war. Er rief den Herausgeber der Zeitung in Worcester an und bat ihn, im Archiv nach einem gewissen Andrew Biggar zu suchen.

Tracey und Cheryl überließ er der Polizei. Ihre kriminelle Vergangenheit war in deren Akten gut dokumentiert.

Maggie war nicht zum Pfarrhaus gegangen. Sie hatte beschlossen, lieber für Unterkunft und Frühstück zu bezahlen, als sich von der recht Furcht einflößenden Pfarrersfrau überwachen zu lassen. Vor einem Cottage nahe dem Hafen stand ein Schild, auf dem stand, dass sie Bed & Breakfast anboten. Maggie ging zur Tür und klopfte. Mrs. Maclean, die Frau des Fischers Archie, öffnete ihr.

»Haben Sie ein Zimmer für eine Nacht frei?«, fragte Maggie. »Ich bin …«

»Ich weiß, wer Sie sind«, unterbrach Mrs. Maclean sie. »Sie sind die Polizistin. Ich bin froh, dass Hamish endlich mal ein bisschen Anstand beweist. Kommen Sie rein. Ich zeige Ihnen das Zimmer.«

Maggie ging durch eine Küche, in der Wasserdampf waberte, weil ein großer Kupfertopf auf einem Ofen in der Mitte brodelte, in dem Laken ausgekocht wurden. Es roch nach Bleiche und Waschsoda. Mrs. Maclean führte sie nach oben und schob eine niedrige Tür auf. Maggie war klein, duckte sich aber unwillkürlich, als sie das Zimmer betrat.

Darin stand ein schmales Bett mit blendend weißen Laken und einer flauschigen weißen Überdecke. Es gab ein Handwaschbecken, einen Korbsessel und einen kleinen Kleiderschrank.

»Wie viel kostet es?«, fragte Maggie.

»Zehn Pfund.«

»Ist gut, ich nehme es. Natürlich könnte es auch sein, dass wir heute noch fertig werden und ich es nicht brauche.«

Mrs. Maclean verschränkte die geröteten Arme vor der Brust. »Es wird fest gebucht oder gar nicht.«

Gern hätte Maggie gesagt, dann würde sie sich nach etwas anderem umsehen, befürchtete jedoch, dass es sich in diesem kleinen Dorf sofort herumsprechen und ihr niemand sonst ein Zimmer anbieten würde. Außerdem zahlte ohnehin die Polizei für ihre Unterkunft. »Na gut, ich gehe meine Tasche holen.«

»Falls Sie irgendwas zu waschen haben, geben Sie es mir. Ich wasche auch für die Leute, die hier übernachten.«

Die wenigen Sachen in Maggies Tasche waren sauber, dennoch war sie beeindruckt von dem Angebot. Es wäre schön, alles gründlich gereinigt und gebügelt zu haben. Maggie hatte ein hübsches Kleid eingepackt, weil sie hoffte, mit Hamish irgendwo essen zu gehen. Nicht, dass sie ihn besonders attraktiv fand, aber er war ein Mann, und die einzige Art, die Maggie kannte, mit dem anderen Geschlecht umzugehen, war die, dessen sexuelles Interesse an ihr zu wecken.

Sie holte ihre Tasche aus dem Wagen, brachte sie zu Mrs. Maclean und kehrte anschließend zur Wache zurück. Keine Spur von Hamish. Sie ging hinters Haus und sah ihn oben auf dem Hügel stehen, an Towsers Grab. Seine Silhouette war vom stürmischen Himmel wie gerahmt.

Maggie zog sich in die Wache zurück. Sie hatte das Gefühl, dass sie hereingelegt wurde. Diese Reise war sinnlos. Deacon überschätzte Hamishs Fähigkeiten. Der Mann war bloß ein verrückter Dorfpolizist, der sie hergeschleppt hatte, damit er am Grab seines Hundes stehen und trauern konnte. Sie sah in die Küchenschränke und den Kühlschrank. Nichts Essbares vorrätig.

Dann fiel ihr ein, dass sie auf der Fahrt am Wasser entlang ein italienisches Restaurant gesehen hatte. Dort ging sie hin. Es war ruhig in dem Restaurant, aber ein schlanker, gepflegter Mann führte sie zu einem Ecktisch und verbrachte außergewöhnlich viel Zeit damit, die karierte Wachstuchdecke zu schrubben, bevor er ihr die Speisekarte gab. Sie bestellte Lasagne, einen Salat und ein Glas Wein. Zu ihrer Überraschung blickte der Kellner sie vorwurfsvoll an. »Sie trinken hoffentlich nur das eine Glas Wein.«

»Ich trinke eine ganze Flasche, wenn mir danach ist«, konterte Maggie.

»Ich bin Willie Lamont.«

»Und?« Noch ein inzestgeschädigter Einheimischer, dachte Maggie.

»Ich war selbst bei der Polizei, ehe ich in die Gastronomie eingestiegen bin«, sagte Willie streng, »und wenn ich eines nicht ausstehen kann, sind es trinkende Polizisten. Eine trinkende Polizistin ist sogar noch schlimmer.«

»Ein Glas Wein dürfte ja wohl noch erlaubt sein«, erwiderte sie schnippisch. »Können Sie jetzt vergessen, dass Sie früher Polizist waren? Ich habe Hunger, also machen Sie schon.«

Willie wischte ein letztes Mal über den Tisch und ging. Maggies Essen wurde nicht von Willie serviert, sondern von einer auffallend schönen Frau, die als Double für Gina Lollobrigida in ihren Glanzzeiten hätte herhalten können. »Mein Mann hat mir erzählt, dass Sie von der Polizei sind«, sagte sie.

»Ja«, antwortete Maggie gereizt.

Lucia, Willies italienische Frau, lehnte eine Hüfte an den Tisch. »Ich bin schwanger.«

Maggie blinzelte. »Gratuliere.«

»Ich weiß, dass es ein Junge wird«, fuhr Lucia verträumt fort, »wir nennen ihn Hamish.«

»Nach Macbeth, nehme ich an?«

»Ja, es ist ein schöner Name ... Hamish. Wie traurig, dass sein armer Hund gestorben ist!«

»Sehr traurig«, stimmte Maggie ihr halbherzig zu. Sie sehnte sich danach, in Ruhe zu essen. Als sie das Weinglas an ihre Lippen hob, sagte Lucia ernst: »Willie hat mir erzählt, dass Sie viel trinken.«

Maggie stellte das Glas energisch wieder hin. »Hören Sie mal, ich habe ein Glas Wein bestellt. Ein einziges! Und ich bin sehr hungrig. Macht es Ihnen etwas aus, mich einfach mein Essen genießen zu lassen?«

Lucia betrachtete sie enttäuscht. »Armer Hamish. Er findet nie die Richtige. Ich denke nicht, dass Priscilla richtig für ihn war, doch sie ist freundlich, und das sind Sie nicht.« Lucia hatte eine sanfte Stimme, die trotzdem durch das ganze Restaurant trug. Die einheimischen Gäste lauschten aufmerksam. Lucia ging beschwingt davon, und Maggie beugte sich mit feuerrotem Gesicht über ihr Essen.

Sie aß und trank sehr schnell, rechnete den Preis aus und legte das Geld auf den Tisch. Dann verließ sie hastig das Restaurant, um den strengen Blicken der anderen Gäste zu entkommen.

Als sie wieder auf die Wache kam, hörte sie Hamishs murmelnde Stimme aus dem Büro. Sie wollte hineingehen, doch die Tür war abgeschlossen. Verwirrt zog sie sich in die Küche zurück.

Nach einiger Zeit kam Hamish aus dem Büro.

»Ich dachte, ich soll Ihnen bei dem Fall helfen«, sagte Maggie. »Haben Sie die Bürotür abgeschlossen, damit ich nicht höre, was Sie tun?«

»Nein, nicht doch«, antwortete er unbekümmert. »Das mache ich, falls irgendwelche Leute aus dem Dorf reinkommen, was häufig passiert.«

»Haben Sie irgendwas herausgefunden?«, hakte Maggie nach.

»Ich habe einige Anrufe getätigt. Jetzt muss ich nur

noch auf die Rückrufe warten. Es gibt eine Sache, die ich Dermott nicht gefragt habe.«

»Und das wäre?«

»Er hat mir erzählt, dass er nichts von den neuen Betreibern der Pension gewusst hatte. Und da stimmt etwas nicht. Ich hatte mit der noch lebenden Miss Blane gesprochen, eine der Schwestern, denen die Pension früher gehört hat. Sie hat mir erzählt, dass Dermott von ihren Plänen wusste, die Pension zu verkaufen. Und dass er im Jahr zuvor einen unerfreulichen Zusammenstoß mit Harris hatte. Außerdem hatten ihm die Blane-Schwestern eine Predigt gehalten, weil er mit June ›in Sünde‹ lebte.

Also warum ist er da überhaupt wieder hingereist? Es sei denn, er wusste von den neuen Betreibern. Natürlich war es billig, und er hat nicht damit gerechnet, Harris wiederzusehen. Aber was ist, wenn er doch wusste, dass Harris dort sein würde? Ich frage mich, ob sich Dermott und Harris in dem Jahr dazwischen begegnet sind. Sie sind beide Handelsvertreter. Und noch eine andere Sache geht mir durch den Kopf. Erzählen Sie mir von Fred Allsopp.«

»Dem Barkeeper?«

»Ja, genau. Harris war an dem Tag seiner Ermordung im Pub und hat sich betrunken. Hat er jemanden getroffen, sich mit jemandem gestritten?«

Maggie schüttelte den Kopf. »Fred hat gesagt, dass Harris Whisky getrunken hat, ziemlich viel. Er hat versucht, mit einigen Einheimischen ins Gespräch zu kommen, aber die haben ihn gemieden.«

Hamish zuckte mit den Schultern. »Ich habe das Gefühl, dass viele der Verdächtigen lügen, und das wahrscheinlich grundlos. Meiner Erfahrung nach lügen Leute fast automatisch, wenn die Polizei in der Nähe ist. Und noch etwas. Ich frage mich, ob Heather Doris wirklich da gesehen hat, wo sie behauptet hat. Könnte ihr jemand befohlen haben, es zu sagen? Aber das müssten die Eltern gewesen sein, und warum sollten sie Doris schützen wollen?«

»Es sei denn, Dermott war es und wollte nicht, dass Doris beschuldigt wird«, gab Maggie zu bedenken.

»An dem Tag, an dem ich einen freundlichen, rücksichtsvollen Mörder sehe, fresse ich meine Polizeimütze«, murmelte Hamish. »Haben Sie schon gegessen?«

»Ja, ich war in dem italienischen Restaurant. Da hat mich ein unverschämter Kerl namens Willie Lamont bedient, der mir einen Vortrag übers Trinken gehalten hat.«

»Ah, typisch Willie. Er wird immer bevormundender, und die Portionen sind ziemlich klein, doch es gibt über Meilen nichts anderes, wo man essen kann, ausgenommen das *Tommel-Castle*-Hotel, und das ist teuer.«

»Ist Willie der Besitzer des Restaurants?«

»Nein, das gehört einem Verwandten von Lucia, der sich zurzeit in Italien aufhält. Wenn er demnächst zurückkommt, wird sich in dem Lokal auch wieder alles normalisieren. Kann sein, dass ich bis morgen bleiben muss. Am besten suchen Sie sich eine Übernachtungsmöglichkeit. Mrs. Wellington würde Sie unterbringen.«

»Ich wohne bei einer Mrs. Maclean.«

Hamishs Augen blitzten amüsiert. »Auf jeden Fall ist es da hygienisch rein.«

Das Bürotelefon schrillte, und Hamish ging hinüber und meldete sich. Der Anruf kam von seinem Verwandten in den Cotswolds. Er berichtete, dass er sich in Evesham nach den Harris' umgehört hatte. Herausgekommen war ungefähr, was Hamish erwartet hatte – Doris war bei den Nachbarn beliebt, und Bob Harris hatte niemand ausstehen können.

»Aber«, ergänzte die sanfte Highland-Stimme am anderen Ende, »eine Mrs. Innes, die gleich neben ihnen wohnt und mit Doris befreundet ist, sagt, dass Doris nicht wieder nach Skag wollte, weil es ihr dort nicht gefallen hat. Und sie dachte, dass ihr Mann Bob irgendwas im Schilde führte. Doris Harris hat versucht, sich durchzusetzen, und gesagt, sie fährt da nicht wieder hin. Darauf hat Harris sie angeschrien, er habe seine Gründe.«

»Aha! Sonst noch was?«

»Das ist so weit alles. Ich melde mich.«

Hamish dankte ihm und legte auf.

Als er in die Küche kam, fragte Maggie streng, wer das am Telefon gewesen sei, was Hamish sauer aufstieß. Er brauchte keinen Watson, erst recht nicht diesen.

Doch es war nichts dabei, wenn sie es erfuhr, außer dass Hamish sie nicht besonders mochte.

»Das war ein Kontakt in Evesham«, antwortete er und erzählte, was er erfahren hatte.

»Interessant«, meinte Maggie. »Wie es aussieht, könnte Harris herausgefunden haben, dass die Bretts wiederkommen, und wollte da sein, um sie zu piesacken.«

»In einem gängigen Krimi wäre die unwahrscheinlichste Person der Täter, entweder Miss Gunnery oder Andrew Biggar. Im realen Leben ist es immer die offensichtlichste Person, und die wäre entweder Doris oder Dermott. Doris muss ihren Mann gehasst und über die Jahre reichlich Wut aufgestaut haben. Und Dermott gibt zu, dass er Angst hatte, seine Frau würde seinem Doppelleben auf die Spur kommen. Ach, ich muss die anderen Anrufe abwarten. Wie wäre es, wenn Sie einen Spaziergang durchs Dorf machen?«

»Ich bin hier im Dienst, und von dem Dorf habe ich schon alles gesehen, was ich sehen wollte.«

»Wie Sie meinen.« Hamish kehrte wieder ins Büro zurück und schloss die Tür hinter sich.

Maggie unterdrückte ein Gähnen. Ihr war langweilig.

Wieder klingelte das Telefon. Sie stand halb auf, setzte sich aber gleich verärgert wieder. Es war Hamishs Aufgabe, ihr zu erzählen, was er herausbekommen hatte.

Hamish nahm den Hörer ab und hörte die muntere Stimme von Mr. Johnson, dem Manager vom *Tommel-Castle*-Hotel.

»Sie sind wieder zurück«, sagte Mr. Johnson. »Wie geht es Ihnen?«

»Ich arbeite an dem Mord drüben in Skag«, antwortete Hamish, »aber ich bin hier, damit ich mein eigenes Telefon nutzen kann. Haben Sie von Priscilla gehört?«

»Seit einer Weile nicht mehr. Sie ist noch unten im Süden. Anfangs hat sie fast täglich angerufen, doch ich sage Ihnen, Hamish, es gibt keinen Grund, dass Sie sich sorgen müsste. Unter uns: Es ist leichter, dieses Haus zu führen, wenn sie nicht in der Nähe ist. Sie macht sich immer so verdammt viele Gedanken. Kommen Sie mich besuchen?«

»Kann ich nicht. Ich warte auf einige Rückrufe, und ich habe eine Polizistin bei mir, die mich überwacht.«

»Bringen Sie sie heute Abend zum Essen mit. Es geht aufs Haus. Der Colonel und seine Frau sind nicht da, also habe ich alles für mich. Alle Halburton-Smythes sind anstrengend, wenn Sie mich fragen.«

»Priscilla ist in Ordnung«, verteidigte Hamish sie.

»Ja, nur denke ich manchmal, das Mädchen erfindet Arbeit. Sehen wir uns heute Abend?«

»Ich bringe meine Aufpasserin mit«, erwiderte Hamish. »Ich kann sie ja schlecht hierlassen.«

»Ist sie hübsch?«

»Geht so.«

»Könnte mal eine Abwechslung für Sie sein.«

»Nein, die nicht. Sie wohnt bei Archie.«

»Ach, du meine Güte! Da wird sie zu Tode geschrubbt. Kommen Sie gegen acht, wenn es geht.«

Hamish hatte keine Lust, zu Maggie in die Küche zu gehen. Und da er mehreren weit verstreuten Verwandten Briefe schuldete, erledigte er das lieber. Der Tag verstrich, und das Telefon blieb stumm. Dann, gegen vier Uhr nachmittags, klingelte es wieder. Es war Harry Dixon aus Essex, der Korrespondent.

»Alice Brett arbeitet als Anwaltssekretärin. Ich musste ihr bis nach Lincoln's Inn Fields folgen. Für das Benzin bekommen Sie eine Rechnung von mir. Ehe ich hingefahren bin, habe ich mit den Nachbarn geredet. Hören Sie sich das an: Eine Woche *vor* dem Mord hat sie einen Brief erhalten und ihrer Freundin und Nachbarin, Mrs. Dibb, erzählt, dass sie nach Schottland will, weil ihr Mann sie betrügt.

Ich habe sie im Büro besucht. Sie behauptet, dass Mrs. Dibb Blödsinn erzählt, dass sie keinen Brief bekommen hätte und nichts wusste, bis sie Dermotts Namen in der Zeitung las. Also bin ich wieder zurück zu Mrs. Dibb, bei der inzwischen unsere Alice angerufen haben musste, denn sie kreischte, dass sie nichts von einem Brief gesagt hätte, und knallte mir die Tür vor der Nase zu.«

»Gute Arbeit«, lobte Hamish. »Ich setze die Polizei auf sie an.«

»Ich denke, Sie sind die Polizei.«

»Bin ich. Ich meinte die Kollegen im Süden«, antwortete Hamish. Er fühlte sich ertappt, weil er bisweilen von der Polizei als *die* dachte, als stünde er selbst auf der anderen Seite des Gesetzes.

Da er argwöhnte, dass Maggie, sollte er es ihr erzählen, mit Deacon telefonieren und alles als ihre Entdeckung ausgeben könnte, rief er ihn selbst an und berichtete.

»Ich sollte eigentlich zufrieden und dankbar sein«, folgerte Deacon angesäuert. »Aber das heißt, wir haben noch eine Verdächtige. Wie dem auch sei: gut gemacht! Wir nehmen uns Alice Brett vor.«

»Das hier sollte nicht einseitig laufen«, erwiderte Hamish. »Rufen Sie mich an, wenn Sie mehr über Alice Brett erfahren haben. Und ich bekomme eine Benzinkostenrechnung von meinem Kontakt in Essex. Die leite ich an Sie weiter.«

»Gut. Kann ich kurz Maggie sprechen?«

Hamish holte sie. Um sich für sein Verhalten zu rächen, schloss sie ebenfalls die Bürotür, ehe sie ans Telefon ging.

Zu ihrem Verdruss stellte sie fest, dass sie Deacon nichts Neues erzählen konnte, weil er bereits von Hamish mehr wusste als sie. »Es ist sinnlos, dass ich in dieser Einöde sitze«, sagte Maggie.

»Helfen Sie Macbeth«, befahl Deacon streng. »Dazu sind Sie dort.«

Das Telefon klingelte beinahe in dem Moment, in dem sie den Hörer aufgelegt hatte. Rasch nahm sie ab.

»Hamish?«, fragte eine Stimme.

Maggie konnte eben erklären: »Hier ist Police Constable Donald. Ich nehme Nachrichten für Police Constable Macbeth auf«, da kam Hamish herein und riss ihr den Hörer aus der Hand.

»Hallo, Rory«, hörte sie ihn sagen.

Maggie setzte sich auf einen Stuhl im Büro, denn sie würde diesen Anruf mithören.

Rory berichtete, dass er nichts in den Archiven über irgendeinen Verdächtigen entdeckt hatte. Alles, was Maggie hörte, war Hamishs enttäuschtes Brummen.

Schließlich legte er auf und fragte: »Wie wäre es mit einer Tasse Kaffee?«

»Sie sind genauso schrecklich wie die anderen!«, schimpfte sie und stampfte aus dem Büro.

Wieder klingelte das Telefon. Es war der Herausgeber der Zeitung in Worcester. Er hatte einige Artikel zu Andrew Biggar gefunden: Vorletztes Jahr war er Juror bei der Hundeschau gewesen, war bei einem lokalen Geländejagdrennen mitgeritten und lebte mit seiner Mutter zusammen in einem großen Haus außerhalb von Worcester an der Strecke nach Wyre Piddle. Sonst nichts.

Hamish dankte ihm, legte wieder auf und starrte den Apparat frustriert an.

Er ging in die Küche. Maggie sah deprimiert aus. »Vergessen Sie den Kaffee«, sagte Hamish abrupt. »Wir gehen Angela besuchen, die Frau des Arztes. Sie müssen mal vor die Tür. Und heute Abend lade ich Sie zum Essen ins *Tommel-Castle*-Hotel ein.«

Prompt erhellte sich ihre Miene. »Oh, Hamish, wie nett! Das wird Sie eine Menge kosten.«

»Machen Sie sich deswegen keine Gedanken«, entgegnete er würdevoll. Er hatte nicht vor, ihr zu verraten, dass das Essen umsonst war.

Auf einmal fand Maggie ihn erheblich angenehmer, folgte ihm nach draußen und wanderte mit ihm zum Haus des Arztes.

Sie mussten sich gegen den heulenden Wind stemmen. Wellen krachten auf die Kiesel am Strand. Ein Plastikmülleimer kullerte sehr schnell an ihnen vorbei. Kinder liefen mit dem Wind über den Strand und kreischten wie Möwen. Beim Arzthaus gingen Hamish und Maggie zur Seitentür, wo er anklopfte.

Angela öffnete und bat sie ins Haus. Neugierig schaute Maggie sich um. Überall waren Bücher: auf dem Küchentisch, den Stühlen, dem Fußboden. Zwei Katzen spazierten träge über die Bücherstapel auf dem Tisch, unter dem zwei Hunde schnarchten.

»Räumen Sie sich Plätze frei, Hamish«, meinte Angela. »Sie kennen es hier ja.«

Während sie eine Kanne Kaffee bereitete, fragte Angela über ihre Schulter: »Wie läuft der Fall, Hamish, und warum sind Sie hier und nicht in Skag?«

»Ich wollte in meinem Büro arbeiten«, antwortete Hamish. »Wie geht es im Dorf?«

»Nichts Neues. Keine Dramen. Jessie Currie ist wieder normal geworden. Was immer Angus zu ihr gesagt hat, scheint zu wirken, obwohl sie einige Tage ziemlich deprimiert aussah. Morgen findet ein Kuchenverkauf im Gemeindesaal statt, und ich bemühe mich wirklich, aber meine Kuchen gehen nie auf, sondern bleiben steinhart. Ach ja, und hier waren einige Besucher, die sich das *Lochdubh Hotel* angesehen haben.«

Sie drehte sich um und erklärte Maggie: »Es steht schon länger zum Verkauf. Aber bisher scheint keiner ernsthaft interessiert zu sein. Es war sogar ein Konsortium japanischer Geschäftsleute hier, doch in dem Moment, in dem sie die Hügel und Berge gesehen und erkannt haben, dass man hier unmöglich einen Golfplatz anlegen kann, sind sie wieder weg. Ach so, ja, letzte Woche gab es ein Drama. Hatten Sie davon nicht gehört?«

Hamish schüttelte den Kopf.

»Es gab Pläne, das Hotel in eine Besserungsanstalt für junge Straftäter umzubauen. Ich glaube, jeder im Dorf hat einen Protestbrief an seinen Abgeordneten geschrieben.«

»Es ist ein schönes Gebäude und direkt am Hafen«, sagte Hamish. »Man sollte meinen, dass es jemand haben will.«

»Wäre das *Tommel-Castle*-Hotel nicht, würde es vielleicht einen Käufer finden, aber mit so einer starken Konkurrenz ist es den Leuten sicher zu riskant.«

»Und der Colonel will Tommel Castle nicht wieder zu seinem Familiensitz machen?«, fragte Hamish. »Mittlerweile müsste er doch reich sein.«

»Nein, sein letzter Bankrott hat ihm einen zu großen Schock versetzt.« Angela stellte eine Kaffeekanne auf einen Bücherstapel auf dem Tisch. »Er denkt nicht mal daran. Und Johnson ist ein guter Manager.« Sie schenkte Kaffee in Becher. »Haben Sie von Priscilla gehört?«

»Nein«, antwortete Hamish knapp.

»Ach, na ja«, sagte Angela rasch. »Erzählen Sie mir von dem Fall.«

Maggie lauschte aufmerksam, als Hamish kurz und

bündig die Fakten zu dem Mordfall aufzählte und die Verdächtigen beschrieb.

Angela hatte sich inzwischen hingesetzt, und als er fertig war, bemerkte sie: »Tja, wahrscheinlich werden Sie herausfinden, dass es dieser Dermott Brett war.«

Hamish dachte an Dermott, June und die Kinder. »Mir wäre lieber, wenn er es nicht war. Was ist mit Dermotts Frau, Alice?«

Stirnrunzelnd strich Angela sich eine Haarsträhne aus dem Gesicht. »Über sie würde ich gern ein bisschen mehr wissen. Ich meine, Sekretärin bei Rechtsanwälten … das klingt nicht nach einem hysterischen Typ, dennoch liebt dieser Dermott offensichtliche seine June, wagte aber nicht, um die Scheidung zu bitten, weil er fürchtete, seine Frau würde sich umbringen.«

»Könnte ich doch an fünf Orten gleichzeitig sein!«, murmelte Hamish. »Diese Sache mit Andrew Biggar und Doris beunruhigt mich. Evesham und Worcester liegen nicht weit auseinander. Glauben Sie an Liebe auf den ersten Blick, Maggie?«

Die Polizistin war noch nie verliebt gewesen, daher verneinte sie stumm.

»Und doch denke ich manchmal, da war etwas zwischen ihnen, bevor sie sich offiziell kennengelernt haben. Andrew Biggar lebt in einem großen Haus außerhalb von Worcester, führt anscheinend das Leben eines Gentlemans, und dann reist er im Urlaub an einen wenig begehrten schottischen Küstenort und mietet sich in eine billige Pension ein.

Verdammt! Ich würde gern nach Worcester fahren und dort ein paar Leute befragen.«

»Oder es könnte Miss Gunnery sein«, bemerkte Angela.

Hamish sah sie verwundert an. »Warum?«

»Indem sie aussagte, dass sie mit Ihnen geschlafen hat, hat sie sich ein wasserdichtes Alibi gegeben, und nach dem, was Sie über sie erzählt haben, scheint sie keine dumme Frau zu sein.«

»Aber nichts weist auf sie als die Mörderin hin«, entgegnete Hamish. »Eine unbescholtene Lehrerin im Vorruhestand, die anscheinend ein tadelloses Leben führt.«

Angela seufzte. »Keiner von uns führt ein tadelloses Leben, Hamish. Wir alle haben unsere Leichen im Keller. Doch es könnten auch Cheryl und Tracey gewesen sein. Haben Sie an die gedacht?«

»Eigentlich nicht näher. Ihr zweifelhafter Werdegang ist ja gut dokumentiert, mitsamt Haft- und Bewährungsstrafen.«

»Das ist es ja gerade!«, sagte Angela. »Sie konzentrieren sich auf eine Menge respektabler Leute, um einen Mörder zu finden. Und diese beiden jungen Mädchen sind schon polizeibekannt, eine sogar wegen Gewalttätigkeit. Die zwei sind doch gehört worden, wie sie behauptet haben, sie würden gern mal jemanden um des Kicks willen töten. Kann sein, dass es so simpel war. Sie suchten nach jemandem, den sie nicht leiden können, um solch eine Tat zu begehen. Cheryl und Tracey passen beide.«

»Sie sind schrecklich jung«, erwiderte Hamish.

»Heutzutage begehen schon sehr junge Menschen entsetzliche Morde«, warf Maggie ein, die allmählich das Gefühl bekam, die beiden anderen hätten sie vergessen.

»Ich überprüfe sie selbst«, gab Hamish zurück. »In Glasgow habe ich reichlich Kontakte.«

Angela bekam einen verträumten Gesichtsausdruck. »Wie ich es sehe, war es kein Mord aus einem grausamen Impuls heraus, kein Vergiften, Erschießen oder Erstechen, nur ein Schlag auf den Kopf. Wer das getan hat, hat womöglich gar keinen Mord beabsichtigt, sondern wollte dem furchtbaren Harris in einem Wutanfall bloß eins auf den Schädel geben. Bob Harris fällt in den Fluss, und der Angreifer läuft weg, ohne zu warten, was passiert. Es war letztendlich Tod durch Ertrinken, nicht?«

»Ja«, antwortete Hamish langsam.

»Dann zurück zu den respektablen Leuten in der Gruppe«, sagte Angela eifrig. »Anstatt nach einem Mörder zu suchen, suchen Sie nach jemandem, der einen heftigen Wutanfall bekommen könnte. Oh, und da ist noch etwas anderes.«

Maggie sah die Arztfrau verärgert an. Sie, Maggie, sollte es sein, die Hamish Macbeth mit ihren Überlegungen fesselte.

»Was?«, fragte Hamish.

»Harris mochte es anscheinend, wenn er andere Leute in der Hand hatte, wenn er zum Beispiel Dermott quälen konnte. Was ist, wenn Harris von dem Essen aus dem Altenheim wusste? Dieser Rogers ist allemal ein Krimineller.«

»Stimmt. Sie haben mir einige Ideen gegeben, über die ich nachdenken muss«, erwiderte Hamish. »Der Sache mit Rogers sollte aber eher Deacon nachgehen.«

Maggie stand auf. »Ist gut. Ich rufe ihn an.«

»Oh, Sie müssen nicht zurück zur Wache«, erklärte Angela der wütenden Maggie. »Nehmen Sie das Telefon da drüben, Hamish.«

Also blieb Maggie nichts anderes übrig, als sich wieder hinzusetzen und sich nutzlos zu fühlen, während Hamish ihrem Vorgesetzten von seinem Verdacht gegen Rogers erzählte. Der Umstand, dass sie bisher noch nicht eine Idee zu dem Fall gehabt hatte, fiel ihr nicht auf. Sie fühlte sich einfach nur ausgeschlossen. Wie immer.

Als Hamish an den Tisch zurückkehrte, bemerkte er Maggies Schmollen und schlug vor: »Wie wäre es, wenn Sie sich schon mal für das Abendessen umziehen gehen und rauf zum Hotel fahren? Ich muss noch einige Anrufe erledigen.«

Maggie wollte nicht gehen. Andererseits konnte sie auch keinen Grund nennen zu bleiben. Doch auf dem Weg zu Mrs. Maclean munterte sie die Tatsache auf, dass Hamish Macbeth genug von ihr hielt, um sie zu einem teuren Essen einzuladen.

Sie saß in ihrem Zimmer und las, wobei sie hin und wieder erfreut zu ihren frisch gewaschenen und gebügelten Sachen blickte, die auf dem Bett ausgelegt waren. Das Baumwollkleid, das sie anziehen wollte, war weiß mit großen roten Rosen. Maggie wusste, dass es ihrer Figur schmeichelte. Schließlich ging sie in das winzige Badezimmer der Macleans und nahm ein Bad.

Erst als sie in ihre sauberen Sachen schlüpfte, wurde ihr klar, wie idiotisch es gewesen war, Mrs. Macleans Angebot anzunehmen. Ihre Wirtin hatte offenbar alle Kleidungsstücke gekocht. Das Kleid war aus Baumwolle, BH und Schlüpfer aus einem Baumwoll-Acryl-Gemisch, die Strumpfhose aus Nylon. Alles war eingelaufen. Das Kleid endete jetzt ein gutes Stück über Maggies Knien und spannte sich schmerzhaft über ihrem Busen. Die Unterwäsche fühlte sich zu eng und unbequem an.

Sie blickte auf die Uhr. Es musste so gehen. Aber sie würde Mrs. Maclean auf dem Weg nach draußen ein paar ernste Worte sagen.

Als sie jedoch in die Küche kam, drehte ihre Zimmerwirtin sich von ihrem dampfenden Kupferkessel um. Ihr Gesicht war gerötet und ihr Blick sehr hart. Maggie sank der Mut, also ging sie stumm an ihr vorbei nach draußen.

Weder in ihrem Zimmer noch im Bad hatte es einen Spiegel gegeben – wie Mr. Maclean sich rasierte, war Maggie schleierhaft. Sie hatte ihren kleinen Taschenspiegel benutzen müssen, um sich zu schminken.

Kaum betrat sie den Eingangsbereich des Hotels, wurde sie mit ihrem Bild in einem der großen Spiegel an der gegenüberliegenden Wand konfrontiert. Und sie wollte auf der Stelle kehrtmachen und weglaufen. Ihre großen Brüste wölbten sich dank des viel zu engen BHs und des geschrumpften Kleides oben aus dem Ausschnitt. Wie peinlich!

Und dann kam Hamish auf sie zu, der in seinem eleganten Jackett sehr gepflegt und entspannt wirkte. »Wie ich sehe, haben Sie Mrs. Maclean Ihre Sachen waschen lassen«, sagte er mitfühlend. »Ein Fehler. In dem Kleid können Sie nicht essen. Da bleibt Ihnen ja jeder Bissen im Hals stecken. Setzen Sie sich in die Bar, und ich sehe mal, was ich tun kann.«

Maggie ließ sich in der Ecke der Bar nieder. Um dorthin zu gelangen, musste sie eine Gruppe von Männern passieren, deren Gesichter von Gin und Sauna gerötet war und die sie amüsiert beobachteten. Einer von ihnen bemerkte entsetzlich klar und deutlich: »Muss das Dorfflittchen sein.«

Sie fühlte sich nackt und sehr allein, während sie dasaß.

Hamish erschien mit Mr. Johnson im Schlepptau. »Ach, du meine Güte«, sagte der Hotelmanager und betrachtete Maggie bewundernd. »Wenn Mrs. Maclean wäscht, macht sie keine halben Sachen.«

»Kommen Sie mit, Maggie«, forderte Hamish sie auf. »Ich habe etwas für Sie.«

Er führte sie nach oben und einen langen Korridor entlang. Am Ende des Flurs holte er einen Schlüssel hervor und öffnete eine Zimmertür. »Dies sind die Räume von Mrs. Halburton-Smythe. Hier finden wir etwas für Sie, aber bekleckern Sie nichts, sonst sitzen wir alle in der Patsche. Hier, wie wäre es damit?« Er zog eine lange Tunika aus violetter Seide mit Goldstickerei aus dem Kleiderschrank.

»Oh, ja, die geht.« Maggie betrachtete das weite Kleid.

»Das Bad ist gleich da.« Hamish zeigte hin. »Ich warte auf Sie.«

Im Bad zog Maggie das höllisch enge Baumwollkleid und den BH aus und den losen Kaftan über. Ihre Sachen ließ sie im Bad, um sie später wieder anzuziehen.

Als sie rauskam, fragte sie: »Gibt es eine Stola oder einen breiten Schal, die ich über der Tunika tragen kann?«

»Müsste es«, antwortete Hamish und suchte im Schrank. »Ah, der ist gut.« Er reichte ihr einen schwarzen Kaschmirschal, den Maggie sich dankbar über die Schultern legte.

Als sie nach unten in den Speisesaal gingen, blickte sie einige Male verstohlen zu ihrem Begleiter. Das Abendjackett schien ihn zu verwandeln. Er sah aus, als speiste er schon sein Leben lang in teuren Restaurants. Maggie wusste nicht, dass Hamish mit der Eitelkeit der Highlander gesegnet war, die grundsätzlich glaubten, sie gehörten überallhin, wo sie gerade waren.

Obwohl sie ihr Essen genoss, wollten ihr keine Ideen kommen, mit denen sie die Arztfrau toppen könnte. Hamish besprach den Fall weniger mit ihr, als dass er laut nachdachte – fast als wäre sie gar nicht da. Überhaupt, dachte Maggie, schien er sie gar nicht als Frau wahrzunehmen. Zum Glück für Hamish hielt die Unsicherheit Maggie davon ab zu bemerken, dass der Kellner nach dem Essen keine Rechnung brachte.

Als sie sich endlich wieder in ihre grässlich engen Sachen gequält und die geliehenen Kleidungsstücke zurückgelegt hatte, fühlte sie sich ziemlich niedergeschlagen. Sie wusste, dass sie nicht mal den Mut aufbringen würde, Mrs. Maclean die Meinung zu sagen. Und der Rest ihrer wenigen mitgebrachten Kleidungsstücke war vermutlich genauso eingelaufen. Sie müsste die Sachen, die sie den Tag über getragen hatte, in dem kleinen Handbecken in ihrem Zimmer waschen und alles vor der elektrischen Heizung trocknen.

Sie verließen eben das Hotel, als Mr. Johnson hinter ihnen hergelaufen kam.

»Ein Anruf für Sie, Hamish«, rief er. »Die Polizei in Skag.«

Maggie wartete in ihrem Wagen. Hamish blieb lange weg. Als er rauskam, kurbelte sie ihr Fenster runter. »Probleme?«, fragte sie.

»Ja. Fahren Sie lieber zu Mrs. Maclean und packen Sie. Wir müssen nach Skag zurück.«

»Was ist passiert?«

»Noch ein Mord.«

»Was? Wer?«

»Jamie MacPherson, der Bootsverleiher.«

Achtes Kapitel

Wir dürfen niemals annehmen,
was unmöglich zu beweisen ist.
George Henry Lewes

Es roch nach Fish and Chips und Salzwasser, ein kalter Wind blies. Sand wehte, und Ödnis lag in der Luft. Zwar war erst Ende Juli, doch das Jahr schien trotzdem im Sterben begriffen. Skag.

Es war zwei Uhr morgens, und Hamish saß in der Wache einem unrasierten Deacon gegenüber. »Erzählen Sie noch mal, Sir«, bat er. »Wie ist es passiert?«

»Wenn ich das wüsste, wüsste ich auch, wer es war«, antwortete Deacon mürrisch. »Aber es war so: Mrs. Flaherty und ihr Mann wollten ein Boot leihen. Es war später Nachmittag. Sie sind zu dem Bootsschuppen gegangen, zu dieser Hütte hinten auf dem Anleger, Sie wissen schon. Sie sind rein und haben sich umgesehen. Es schien niemand da zu sein. Dann, wie in einem Hitchcock-Film, sieht die Frau einen Fuß aus der Tür zu dem winzigen Büro hinten ragen, in dem MacPherson seinen Papierkram erledigt.

Tja, die Flahertys denken natürlich nicht an Mord, nicht? Sie glauben, der arme Kerl ist ohnmächtig geworden. Mr. Flaherty vermutet, dass der Bootsverleiher besoffen ist, aber sie schauen trotzdem nach. Und finden den sehr toten Jamie MacPherson. Mr. Flaherty hält sich für einen überaus kühlen Kopf und will es sofort mit Mund-zu-Mund-Beatmung versuchen. Dabei legt er eine Hand in Jamies Nacken.

In dem Moment fühlt er etwas Feuchtes, Klebriges, zieht die Hand weg und stellt fest, dass sie voller Blut ist. Er zeigt sie seiner Frau, die wie eine Irre zu schreien anfängt. Nach erster Schätzung des Gerichtsmediziners und der Spurensicherer hat Jamie an seinem Schreibtisch gesessen, als ihm jemand etwas wie einen Dolch – aber nicht besonders scharf – in den Nacken gerammt hat.«

»Bedarf es nicht einiger Kraft für so einen Stich?«

»Ja, jedenfalls sieht es so aus. Jamie ist mit dem Stuhl nach hinten umgekippt, zur Tür gerollt und hinter ihr auf dem Rücken liegend gestorben. Es gibt entweder keinen Zusammenhang zwischen den beiden Morden, oder Jamie hat etwas gewusst und jemanden erpresst, der ihn dann umgebracht hat.«

»Und in Rogers haben wir schon mal einen Erpresser.«

»Ja, doch ungefähr zur Tatzeit war Rogers hier und wurde wieder befragt. Tatsächlich war er den ganzen Nachmittag auf der Wache.«

»Was ist mit den anderen?«

»Dermott Brett wurde mittags noch mal vernommen und weggeschickt. Doris Harris und Andrew Biggar hatten wir morgens erneut vernommen, genau wie diese Miss Gunnery. Cheryl und Tracey sagen, sie waren am Strand, doch niemand hat sie gesehen.«

»Falls Jamie MacPherson versucht hat, jemandem Geld abzupressen, muss es auf dem Konto von dem- oder derjenigen eine aktuelle Abhebung geben, die er oder sie nicht erklären kann.«

»Daran arbeiten wir.« Deacon wischte sich müde übers Gesicht. »Mein Gefühl sagt mir, dass Jamie MacPherson, *falls* er ein Erpresser war, schon vor der ersten Zahlung ermordet wurde. Und ich habe keine Ahnung, was die Waffe war.«

»Könnte es etwas gewesen sein, was dort sowieso herumlag?«, fragte Hamish. »Ein Brieföffner, ein Bootsmesser oder so etwas?«

»Ja, kann gut sein.«

»Was ist mit Angehörigen? War er verheiratet?«

»Die Frau ist seit Langem tot. Ein Sohn in Amerika. Das ist alles. Er hat allein gelebt, der alte Mistkerl, also wüssten wir niemanden, dem er sich anvertraut hätte. Er war ein Einzelgänger, hatte keine Freunde. Eher ein stiller Trinker, wie man hört. Ein einsamer Trinker.«

»Ich hasse es, hier festzusitzen«, gestand Hamish nach einer kurzen Weile.

»Warum? Immerhin passiert hier einiges, Junge.«

»Etwas lässt mir keine Ruhe. Doris Harris lebt in Evesham, Andrew Biggar in Worcester. Sie waren nicht weit voneinander entfernt. Der schreckliche Bob war ein Handlungsreisender, also muss Doris einige Zeit für sich gehabt haben. Andrew Biggar ist anscheinend so etwas wie ein Landadliger, wohnt in einem großen Haus außerhalb von Worcester, ist Preisrichter bei Hundeschauen, reitet bei dortigen Geländejagden mit. Wenn er auch nur ein Pferd hält, ist es ein teurer Spaß. So jemand entscheidet nicht spontan, in einer schäbigen, billigen Pension am Moray Firth Urlaub zu machen.«

»Okay«, meinte Deacon. »Überlegen wir mal: Der vornehme Andrew ist unsterblich in Doris verliebt. Warum zur Hölle würde er sich dann selbst quälen wollen, indem er sie in Gesellschaft ihres schrecklichen Mannes erlebt?«

»Es sei denn, er hatte schon vor, Harris zu ermorden, bevor er herkam. Sie können die Polizei in Worcester bitten, da mal nachzuhaken, wenn Sie wollen. Aber Sie wissen ja, wie es gewöhnlich läuft: Ein gelangweilter Constable oder Detective Constable wird losgeschickt, um irgendwelche Fragen zu stellen. Ich hingegen habe meine eigene Art, Dinge herauszufinden«, erwiderte Hamish. Hier sprach die schlichte Highlander-Eitelkeit aus ihm. »Ich würde gern selbst hinfahren und sehen, was ich auftue.«

»Und was können Sie, das ein anderer Detective nicht kann?«

»Meine Fantasie einsetzen«, antwortete Hamish eifrig. »Mir vorstellen, ich wäre Andrew, der sich heimlich mit

Doris trifft, die schreckliche Angst hat, dass Nachbarn sie sehen. Ich könnte möglicherweise herausbekommen, wo sie sich getroffen haben. Sie sehen nicht wie ein Paar aus, das schon miteinander schläft, also würde ich mich umsehen, in welchen Restaurants oder Pubs sie gewesen sein könnten. Solche Sachen.«

Deacon lehnte sich zurück und musterte Hamish. »Wie soll ich Ihre Ermittlungen rechtfertigen? Sie müssten es auf eigene Kosten machen und ohne Wissen der dortigen Polizei.«

»Dann eben auf mein Risiko«, antwortete Hamish. »Sollte ich den Fall lösen, überlasse ich es Ihnen, für die nötigen Speseneinträge zu sorgen, um meine Ausgaben zu decken. Ich habe den Land Rover der Polizei hergebracht. Mit dem kann ich nach Süden fahren und mir dann einen Wagen in Worcester mieten oder die öffentlichen Verkehrsmittel benutzen. So habe ich es früher schon gemacht.«

»Und Resultate erzielt?«

»Immer«, versicherte Hamish, der erfolgreich diverse vergebliche Exkursionen verdrängte.

»Na gut«, entschied Deacon plötzlich. »Ich lasse mich darauf ein. Wir sagen, dass ein Verwandter von Ihnen im Süden gestorben ist. Und dies hier bleibt unter uns. Aber machen Sie schnell, seien sie in zwei Tagen wieder zurück. Ich habe Fotos von Doris und Andrew machen lassen, die ich Ihnen mitgeben kann.«

Im Land Rover fuhr Hamish zurück zur Pension, wo es im Zimmer noch verstörend nach Hund roch. Bei dem

Gedanken an Towser wurde ihm gleich wieder das Herz schwer. Er betrat die unbeleuchtete Diele und erstarrte, als ein dunkler Schatten auf der Treppe vor ihm aufragte.

»Hamish?«, erklang Miss Gunnerys Stimme.

»Was machen Sie da?«, fragte er streng.

»Ich konnte nicht schlafen und habe von dieser Polizistin gehört, dass Sie zurück sind. Wissen Sie schon von dem anderen Mord?«

»Kommen Sie mit in den Salon«, forderte Hamish sie auf.

Dort schaltete er Licht an, und sie setzten sich einander gegenüber. Miss Gunnery war noch angezogen und hatte dunkle Ringe unter den Augen. Auf einmal wirkte sie alt.

»Ich fahre morgen weg«, erklärte Hamish.

»Oh nein, das dürfen Sie nicht! Ich habe Angst!«

»Es ist höchstens für zwei Tage«, beruhigte Hamish sie. »Ich fahre nach Evesham und Worcester. Was sagen die anderen zu dem neuen Mord?«

»Dermott und June beschützen die Kinder, so gut sie können; ansonsten sind sie sehr still. Am lautesten war Cheryl, die hysterisch geworden ist und geschrien hat, sie wisse, dass sie die Nächste ist. Mrs. Rogers ist zu einer Verwandten in Dungarton gefahren, also kochen wir hier selbst, was ja nicht wirklich schlimm ist. Ich hatte überlegt abzureisen, und dann ist dieser zweite Mord passiert, und jetzt sitzen wir alle wieder an diesem entsetzlichen Ort fest.«

»Lange bleibe ich ja nicht weg«, wiederholte Hamish.

»Ich verstehe nicht, warum sie uns hier festhalten.« An

Miss Gunnerys linker Wange zeigte sich ein nervöses Zucken. »Was kann der Mord an einem Fischer denn mit Harris zu tun haben?«

»Jamie könnte den Mörder erpresst haben«, erwiderte Hamish matt.

»Wie lächerlich!«

»Mag sein. Es ist aber möglich. Er war ein alter, einsamer Mann und ein Trinker. Gehen Sie zu Bett, Miss Gunnery. Ich brauche einige Stunden Schlaf und muss früh los.«

»Könnten Sie etwas für mich tun?«

»Kommt drauf an, was es ist«, antwortete Hamish zögerlich.

»Sie sind da nicht weit weg von Cheltenham. Könnten Sie vielleicht meine Freundin Ada besuchen, Ada Agnew? Und ihr sagen, dass es mir gut geht.«

»Sie könnten sie anrufen.«

»Weiß ich. Es ist albern von mir, doch Ada sieht nach meinem Kater, und ich hänge sehr an dem Tier. Er heißt Joey. Fahren Sie bitte vorbei und sehen Sie nach, ob es dem Kater gut geht. Oh … ich klinge wie eine alte Jungfer.«

»Geben Sie mir die Adresse Ihrer Freundin, dann fahre ich vorbei, wenn ich kann.«

Miss Gunnery stand auf, griff sich eine alte Zeitschrift auf und riss einen Streifen von einem Seitenrand ab, auf den sie schrieb:

Mrs. Agnew, 42, Andover Terrace, Cheltenham.

Hamish nahm die Adresse an sich. Auf einmal war er todmüde. Er wünschte Felicity Gunnery eine gute Nacht und verließ den Salon, ohne zu warten, ob sie ihm folgte oder nicht.

Hamish hatte Deacon erzählt, er würde um sieben Uhr morgens aufbrechen. Tatsächlich fuhr er um sechs los, weil er fürchtete, Maggie Donald könnte um sieben vor der Tür warten.

Es war ein wohltuendes Gefühl, aus Skag wegzukommen und sich auf den langen Weg gen Süden zu machen. Die Autobahnen weiter südlich machten die Fahrt deutlich leichter, und am späten Nachmittag kam er in Worcester an, wo er ein Bed & Breakfast an der Strecke nach London fand.

Obwohl er nach der langen Fahrt müde war, wusch Hamish sich, zog sich um und telefonierte nach dem günstigsten Autoverleih, den er finden konnte – der sich als eine zweifelhafte Firma namens »Rent-A-Banger« entpuppte.

Das Paar, das Hamishs Frühstückspension betrieb, war alt und erfrischend wenig neugierig. Es interessierte die beiden nicht, warum ein schottischer Polizist seinen Land Rover hinter dem Haus parkte und sich einen anderen Wagen mietete. Das Haus war dunkel und altmodisch, aber Hamishs Zimmer war gemütlich und sauber.

Er holte einen alten Ford Escort bei der Autovermietung ab und machte sich auf den Weg zur Wyre Piddle Road, wo Andrew wohnte. Erst auf der Fahrt dämmerte ihm, dass er dumm gewesen war. Dies hier war nicht der schottische Norden. Es gab Hunderte von Orten, an denen sich ein Paar treffen konnte. Andrews Haus hieß »High Farm«.

Als Hamish sich ihm näherte, sah er, dass es wirklich eine einstige Farm war, nun aber ein privates Wohnhaus. Die Nebengebäude waren zu Schuppen und Garagen umfunktioniert worden. Von der Straße aus war es gut einsehbar. Hamish fuhr an den Straßenrand und überlegte, was er tun sollte. Da sah er eine große, kräftig wirkende Frau mit weißem Haar aus dem Haus kommen, in einen Range Rover steigen und davonfahren. Etwas an ihren Zügen ließ Hamish vermuten, dass sie Andrews Mutter sein musste.

Nachdem sie fort war, beobachtete er das Haus weiter. Er bemerkte eine Alarmanlage und fragte sich, ob sie tatsächlich verkabelt war oder nur zur Abschreckung diente. Im selben Moment wurde ihm klar, dass er unbewusst die ganze Zeit einen Einbruch geplant hatte.

Ohne auf die warnenden Stimmen in seinem Kopf zu achten, die ihn anflehten, dass es das Ende seiner erbärmlichen Karriere als Constable von Lochdubh bedeuten könnte, sollte er ertappt werden, fuhr er ein Stück weiter, bis er zu einer Seitenstraße kam. In die bog er ein, parkte den Ford unter einer ausufernden Hecke und ging zu Fuß zurück.

Es war niemand in der Nähe. High Farm war groß. Andrew und seine Mutter könnten Personal bei sich wohnen haben. Doch alles machte den Eindruck eines Hauses, in dem sich niemand aufhielt. Um sicher zu sein, klingelte

Hamish und wartete. Niemand öffnete ihm. Er blickte sich abermals um, ob ihn jemand beobachtete, dann ging er um den zweigeschossigen roten Backsteinbau herum nach hinten.

Dort gab es einen einstöckigen Anbau an einem Teil des Hauses. Hamish spähte zum Fenster hinein. Es handelte sich um eine Erweiterung der Küche. Er trat wieder zurück und blickte nach oben, dann musste er grinsen. Über dem Anbau stand ein Fenster offen, auf dessen Sims zwei Katzen lagen. Für einen Moment musste Hamish an Miss Gunnery denken und dankte im Geiste allen Katzenliebhabern. Dennoch sollte er sich lieber beeilen. Wenn die Frau ein Fenster für die Katzen offen gelassen hatte, würde sie nicht lange wegbleiben.

Wendig kletterte Hamish am Regenrohr auf das Flachdach und scheuchte behutsam die Katzen ins Haus, als er das Fenster weiter nach oben schob, um hindurchzusteigen.

Er fand sich auf einem Flur wieder und öffnete eine Tür: ein Lagerraum. Hamish schloss sie und versuchte es bei der nächsten. Dies war offensichtlich Andrews Schlafzimmer: Fotos von Soldatengruppen an den Wänden, noch ältere Aufnahmen aus Studienzeiten und von Rugby-Teams. Doch Hamish suchte nach Briefen.

Am Fenster stand ein Schreibtisch. Vorsichtig ging Hamish die Steuerbescheide und mehrere Rechnungen durch, die er alle wieder exakt so hinlegte, wie er sie vorgefunden hatte. Es wurde Abend. Bald würde es hier dunkler als im

Norden sein, wo es um diese Zeit immer noch hell war. Hamish beeilte sich bei seiner Suche, weil er vermeiden wollte, Licht einzuschalten.

Er schnalzte vor Frust mit der Zunge. Hier gab es gar keine privaten Briefe, nur geschäftliche. Außer denen an den Wänden fanden sich auch keine Fotografien. Hamish wandte sich von dem Schreibtisch ab und dem niedrigen Bücherregal zu. Vorsichtig nahm er ein Buch nach dem anderen heraus, in der Hoffnung, Andrew hätte ein Foto oder einen Brief in einem von ihnen versteckt. Doch da war nichts außer gelegentlichen Lesezeichen.

Vielleicht gibt es unten noch ein Arbeitszimmer, überlegte Hamish, wo ein Schreibtisch mit persönlicheren Sachen steht. Leise ging er nach unten. Dort öffnete er eine Tür zu einem hübschen Wohnzimmer. Hier waren Familienfotos in Silberrahmen aufgereiht. Mehrere Gruppen. Andrew als Schüler, Andrew an der Universität, Andrew in Sandhurst und so fort.

Und dann hörte Hamish einen Wagen vorfahren. Er lief zur Tür, stolperte über ein Kissen, das er vorher nicht auf dem Boden gesehen hatte, und schlug der Länge nach auf dem Teppich hin. Hastig krabbelte er auf allen vieren hinter das Sofa und verfluchte sich.

Mrs. Biggar, Andrews Mutter, die es fraglos sein musste, bewegte sich offensichtlich sehr schnell, denn sie war nur Momente nach dem Motorengeräusch im Haus und im Wohnzimmer. Hamish lag hinter dem Sofa und schwitzte. Er hörte, wie sie zum Kamin ging. Das Feuer musste vorbereitet gewesen sein, denn kaum hatte sie ein Streichholz entzündet, vernahm er schon knisterndes Holz. Er hoffte, dass sie aus dem Zimmer gehen würde, doch das Sofa knarzte, als sie sich an das eine Ende setzte.

Und dann klingelte das Telefon so laut, dass Hamish zusammenzuckte.

Sie meldete sich und fragte sehr schroff: »Andrew?«

Stille. Hamish würde zu gern hören, was ihr Sohn am anderen Ende sagte.

Dann kam von Mrs. Biggar: »Ich wünschte bei Gott, du hättest dich nie mit dieser Frau eingelassen!«

Wieder war es eine Weile still. Entweder widersprach Andrew ihr oder erklärte sich.

»Du hättest es der Polizei sagen müssen«, jammerte Mrs. Biggar. »Was ist, wenn jemand euch beide gesehen hat? Nein, erzähl du mir nichts von Diskretion …«

Wieder schien Andrew zu sprechen.

Seine Mutter erwiderte: »Wo? Na, euch hat schon mal diese alte Schabracke Harriet Gourlay in dem chinesischen Restaurant in Evesham gesehen, um nur eine Person zu nennen. Es ist so gar nicht deine Art! Und jetzt siehst du, was dabei herauskommt, wenn man mit solchen Menschen Umgang pflegt. Sie prügeln sich oder bringen sich sogar gegenseitig um.«

Wieder herrschte längeres Stillschweigen auf ihrer Seite. Dann sagte sie sanfter: »Ich weiß, du willst nicht, dass ich komme, doch falls du einen Anwalt oder irgendwas brauchst, musst du mir Bescheid geben … Ja. Ruf mich morgen um diese Zeit an, wenn du kannst. Gute Nacht, Schatz.« Sie legte auf.

Geh weg!, betete Hamish stumm. Bitte, geh weg!

Er hörte, wie sie sich durch das Zimmer bewegte, und presste sich noch dichter an die Rückenlehne des Sofas. Und dann kam eine der Katzen hinter das Möbel geschlendert. Sie stieg auf Hamishs Brust und begann, darauf zu treteln. Dabei setzte sie sogar die Krallen ein.

Hamish sah das Tier erbost an, wollte es mit seinem Blick verscheuchen, doch da Katzen sich bekanntlich dort am wohlsten fühlten, wo sie nicht erwünscht waren, wandte sich diese nun seinem Kinn zu und rieb den pelzigen Kopf daran. Ihr Fell kitzelte Hamishs Nase, und er fühlte, dass er jeden Moment niesen müsste. Er verdrehte sich, um das Tier abzuwehren. Zu seiner Erleichterung verließ Mrs. Biggar das Zimmer. Dann hörte Hamish in der Ferne Geschirr klappern. Er richtete sich auf und huschte durch die offene Wohnzimmertür in die Diele.

Ungeheuer erleichtert stellte er fest, dass die Haustür offen stand. Er schlich nach draußen und blieb stehen. Da er nicht riskieren durfte, dass Mrs. Biggar ihn vom Haus weggehen sah, kehrte er um und klingelte.

Sie wischte sich die Hände an einer Schürze ab, als sie an die Tür kam. »Ja?«

Hamish sah sie mit ernstem Blick an. »Haben Sie zu Gott gefunden?«

»Gehen Sie bitte!«, sagte sie und knallte ihm die Tür vor der Nase zu.

Hamish spazierte beinahe fröhlich die Einfahrt hinunter.

Sein Wagen stand noch dort, wo er ihn geparkt hatte, und Hamish fuhr nach Evesham. Es war heikel gewesen, aber sehr gut, dass er das Telefonat mitgehört hatte. Deacon konnte er nicht erzählen, dass er bei einem Einbruch in Andrews Haus von der Vorgeschichte des Paares erfahren hatte. Doch wenn er die Fotos von Andrew und Doris im richtigen chinesischen Restaurant zeigte und der Besitzer sie erkannte, würde es als Beweis genügen.

In Evesham parkte er den Mietwagen und entschied, sich zu Fuß auf die Suche zu begeben, weil er wusste, dass Kleinstädte oft ein verwirrendes Einbahnstraßensystem hatten. Ein Paar beschrieb ihm den Weg zu einem chinesischen Restaurant in der High Street und sagte, die meisten anderen in der Stadt seien eher Imbisse. Es befand sich in einem eleganten alten Fachwerkbau.

Hamish fragte einen Kellner nach dem Manager, und ein Engländer in einem förmlichen Anzug erschien aus den hinteren Räumen. Hamish erklärte ihm, wer er war und woher er kam, bevor er ihm die Fotografien von Doris und Andrew zeigte und hoffnungsvoll wartete.

Leider schüttelte der Mann den Kopf, meinte jedoch: »Fragen Sie am besten einen der Servicekräfte. Ich halte mich kaum vorn im Restaurant auf.« Er winkte einen Kellner heran.

Zu Hamishs Verblüffung sagte der junge Chinese: »Ja, die waren hier.« Er zeigte mit dem Finger auf Andrews Porträt. »Ich habe sie bedient, beide Male. Der Mann gibt sehr gutes Trinkgeld.«

Im Geiste dankte Hamish Andrew Biggar für seine erinnerungswürdige Großzügigkeit, nahm die Aussage des Kellners auf und ließ sie von ihm unterschreiben. Sein Glück machte ihm langsam Angst.

Vergnügt fuhr er zurück nach Worcester; unterwegs hielt er bei einem Pub, um einige Sandwiches zu essen und etwas zu trinken. Er überlegte, ob er am nächsten Tag weiterrecherchieren sollte. Vielleicht könnte er Alice Brett, die Anwaltssekretärin, besuchen oder weiter zu den Harris' forschen.

Doch dann fiel ihm ein, dass er versprochen hatte, nicht zu lange zu bleiben. Er würde den Mietwagen zurückgeben, nach Cheltenham fahren und diese Mrs. Agnew aufsuchen, um sich nach Miss Gunnerys Kater zu erkundigen, ehe er sich auf den Rückweg machte.

Nach einem ausgiebigen Frühstück fuhr Hamish am nächsten Morgen nach Cheltenham Spa. In Cheltenham verfuhr er sich wie so viele Ortsfremde in dem Einbahnstraßensystem und wünschte, er hätte den Wagen geparkt und wäre zu Fuß gegangen. Schließlich fand er auf einen Parkplatz und fragte nach dem Weg zu Mrs. Agnews Straße. Cheltenham war ein Kurort aus der Regency-Zeit und hatte fast etwas von einer Küstenstadt. Hamish rechnete beinahe damit, am Ende einer Straße das Meer zu sehen.

Andover Terrace war mehrere kleine Straßen von Miss Gunnerys Adresse entfernt. Hamish klopfte an die Tür eines nicht allzu großen georgianischen Hauses, das zwischen zwei Antiquitätengeschäften lag. Nach einer Weile öffnete eine muskulöse Dame mittleren Alters.

»Mrs. Agnew?«

»Ja, aber falls Sie etwas verkaufen wollen, können Sie gleich wieder gehen.«

»Ich bringe eine Nachricht von Miss Gunnery.«

»Oh, dann kommen Sie rein. Wie schrecklich, was ihr passiert ist! Sie hatte sich so auf einen ruhigen Urlaub gefreut.«

Hamish folgte ihr nach oben in ein kleines, düsteres Wohnzimmer. Der Raum war mit dunklen Holzmöbeln eingerichtet, die aufwendige Schnitzereien zierten; die Polster waren mit rotem Samt bespannt. Es war die Art Mobiliar, die aus Amsterdam importiert wurde. Auf einer Anrichte stand ein Foto von Miss Gunnery und Mrs. Agnew, das schon einige Jahre alt sein musste. Sie trugen Tennis-Trikots und hielten Tennisschläger in den Händen.

Er nickte zu dem Bild. »Spielen Sie beide Tennis?«

»Haben wir … früher. Wir waren Feuer und Flamme für den Sport. Wir haben an derselben Schule gearbeitet und jeden Tag nach dem Unterricht gespielt. Also, wie geht es Felicity?«

»Ich denke, Miss Gunnery belastet das alles sehr. Wissen Sie, dass es noch einen Mord gegeben hat?«

»Ja, furchtbar, furchtbar. Sind Sie ein Freund von ihr?«

»Seit Kurzem, ja. Wir haben uns in der Pension kennengelernt. Ich heiße Hamish Macbeth, und ich bin Polizist.«

Ihre Züge verhärteten sich. »Falls Sie irgendwas über Miss Gunnery wissen wollen, schlage ich vor, dass Sie sie selbst fragen. Ich habe Ihnen nichts zu sagen.«

»Ich bin als Freund hier«, erwiderte Hamish geduldig. »Sie wollte lediglich, dass ich Ihnen ausrichte, ihr gehe es den Umständen entsprechend gut. Ich hatte einiges in Worcester zu erledigen, und Miss Gunnery wusste, dass Cheltenham ganz in der Nähe liegt. Sie war sehr freundlich zu mir, als mein Hund gestorben ist.« Hamish fragte sich, ob sich diese Trauer niemals legen würde, die ihn immer dann überkam, wenn er an Towser dachte.

»Ja, war sie gewiss. Sie ist sehr tierlieb.«

»Miss Gunnery hat einen Kater, glaube ich.« Hamish blickte sich um.

Mrs. Agnew wirkte amüsiert. »Ah, jetzt verstehe ich, warum Sie hier sind! Felicity wollte, dass Sie nach ihrem Kater sehen. Joey!«

Ein kleiner schwarz-weißer Kater kam hinter einem Sessel hervor, gähnte und streckte sich.

»Da haben Sie es«, meinte Mrs. Agnew. »Fit, gesund und voller Futter. Richten Sie ihr aus, dass sie auf sich aufpassen und sich keine Sorgen machen soll. Bei Gott, die Arme hat schon genug andere Sorgen.« Sie sah Hamish traurig an.

»Die Morde?«

»Was sonst?«, entgegnete sie schroff.

Hamish lehnte den angebotenen Tee dankend ab und erklärte, er wolle sich lieber auf den Weg machen.

Auf der langen Rückfahrt versuchte er, über den Fall

nachzudenken, doch in seinem Kopf schien alles wirr zu sein. Erst als er die Grenze nach Schottland überquerte, wurde ihm bewusst, dass er kein einziges Mal an Priscilla gedacht hatte, die sich in den Cotswolds, nahe bei Evesham, aufhielt. Er hätte sie leicht besuchen können. Dann überwogen die Gedanken an Doris Harris. Sie hatte die Wahrheit verschwiegen, genau wie Andrew. Die beiden hatten sich eindeutig vor dem Urlaub gekannt, und Andrew Biggar war ihr nach Schottland nachgereist.

Müde erstattete Hamish dem erfreuten Deacon Bericht und stellte verwundert fest, dass er sich wie ein Verräter vorkam. Er übergab die Aussage des Kellners zusammen mit den Fotografien.

»Ich weiß nicht, wie Sie das machen, Junge«, sagte Deacon zum zweiten Mal. »Wie Sie es geschafft haben, das eine Restaurant unter vielen zu finden, in dem die beiden zusammen gesehen wurden, ist mir ein Rätsel.«

»Intuition.« Hamish unterdrückte ein Gähnen. »Ich bin furchtbar müde und würde gern etwas schlafen.«

»Ja, ab mit Ihnen. Wir holen das Paar morgen früh her. Möchten Sie bei der Befragung dabei sein?«

Hamish zögerte, erinnerte sich aber daran, dass er schließlich Polizist war, und nickte.

Als er bei der Pension ankam, war er froh, alles dunkel vorzufinden. Er hoffte inständig, dass Miss Gunnery nicht wach war und auf ihn wartete.

Leise schloss er die Haustür auf – man hatte ihnen allen Schlüssel gegeben – und betrat die Diele. Sofort ging das Licht im Salon an. Hamish konnte einen Lichtstreifen unter der Tür sehen und hörte Miss Gunnery nervös rufen: »Sind Sie das, Hamish?«

Eilig lief er zur Treppe und erreichte den Korridor oben, als die Salontür im Erdgeschoss geöffnet wurde. Hamish schloss seine Zimmertür auf, huschte hinein und verriegelte hinter sich. Er fühlte sich wie ein gejagtes Tier, als er mit dem Rücken an der Tür lehnte. Eigentlich hätte er gern ein Bad genommen, doch dann würde Miss Gunnery ihm womöglich im Flur auflauern.

Ohne Licht zu machen, zog er sich aus, schlüpfte in seinen Pyjama und war gerade im Bett, als Schritte die Treppe heraufkamen. Einen Moment später wurde leise an seine Tür geklopft, und Miss Gunnery rief: »Hamish, sind Sie da?«

Er schnarchte theaterreif, und wenig später hörte er, wie sie seufzend wegging. Anstatt in einen tiefen Schlaf zu fallen, lag er wach da und konnte nicht aufhören zu grübeln. Ihm wollten die Leute nicht aus dem Kopf gehen, die möglicherweise mit den Morden zu tun hatten.

Er fragte sich, wie Doris wirklich war. Bisher hatte er sie nach ihrem Äußeren beurteilt: klein, ordentlich, zurückhaltend, manchmal geradezu spröde. Ihre Reserviertheit hatte Hamish auf die jahrelangen Schikanen in ihrer Ehe geschoben. Sie hätte Harris verlassen können. Es gab keine Kinder, um die sie sich hätte sorgen müssen. Doch vielleicht war sie von Bob Harris zu lange kleingemacht und unterdrückt worden, um noch einen eigenen Willen zu haben. Nur, was war mit ihr passiert, als Andrew in ihr Leben getreten war? Ja, denk darüber nach, Hamish Macbeth!

Andrew war vornehm und höflich, das exakte Gegenteil von ihrem rüpelhaften Mann. Da war der Kitzel der heimlichen Treffen, der die Romanze intensivierte. Dann kam Harris von seinen Reisen zurück, schimpfte, brüllte und kritisierte. Welche mörderischen Gedanken mochten sich in der stillen Doris geregt haben? Sicher hatte sie sich tagein, tagaus vorgestellt, wie ihr Leben sein könnte, wäre ihr Mann tot. Und bestimmt hatte sie darüber mit Andrew gesprochen, oder?

Und was war mit Dermott Brett und seinem geheimen Leben? Er war offensichtlich ehrlich gewesen, was seine Überzeugung betraf, dass seine Frau nie in eine Scheidung einwilligen würde. Harris hatte sein Leben mit June und den Kindern bedroht. Rogers hatte ihn erpresst. Könnte es sein, dass Jamie MacPherson ihn ebenfalls hatte erpressen wollen?

Was für eine Truppe! Zwei Kleinkriminelle aus Glasgow mit langem Vorstrafenregister, eine verbotene Romanze, Doris und Andrew, oder zwei, zählte man Dermott und June mit, eine unverheiratete Lehrerin, die in ihn, Hamish, verliebt war … Bei dem letzten Gedanken schüttelte es ihn. Er mochte Miss Gunnery und wollte sie nicht verletzen. Unruhig wälzte er sich unter der Bettdecke hin und her und streckte automatisch einen Arm nach unten, um Towser zu streicheln. Aber sein Hund war nicht mehr da.

Towsers Tod hatte all sein Denken überschattet und zur

Folge, dass er die Pension und Skag hasste und in jedem, dem er begegnete, einen potenziellen Mörder sah. Es wurde Zeit, die Leute alle wieder neu kennenzulernen. Egal, wie groß die Provokation war, normale Menschen mordeten nicht. Davon war Hamish fest überzeugt. Irgendwo steckte in einem von ihnen die Fähigkeit zu töten.

Und was war mit Alice Brett, Dermotts Ehefrau? Je mehr Hamish an sie dachte, desto neugieriger wurde er. Er hätte seine Rückfahrt aufschieben und sie besuchen sollen. Gleich am nächsten Tag musste er Deacon fragen, ob er die Abschrift ihrer Befragung sehen durfte. Ihn interessierte, wie viel Urlaub sie sich bei der Arbeit genommen hatte und ob sie rechtzeitig nach Skag gekommen sein könnte, um Harris zu ermorden.

Aber warum sollte sie Harris töten wollen? Angenommen, er hatte ihr geschrieben, ihre Adresse herausgefunden und ihr von June und den Kindern erzählt. Keiner mochte schlechte Nachrichten, doch das reichte nicht, um den Überbringer zu töten.

Nein, halt! Hamish betrachtete es immer wieder als Mord. Es könnte aber auch fahrlässige Tötung gewesen sein. Vorstellbar wäre, dass Alice sich mit Harris treffen wollte. Er schlug den Anleger vor. Bob Harris war betrunken gewesen. Hamish konnte ihn vor sich sehen, leicht schwankend, das Gesicht gerötet, das endlose Gezeter … Alice greift nach einen Stück Treibholz und schmettert es ihm auf den Kopf, damit er endlich still ist. Er torkelt und fällt ins Wasser. Vor Angst läuft Alice weg. Und dann erpresst Jamie MacPherson sie. Sie hat bereits einmal getötet, da ist es leichter, es wieder zu tun.

Doch woher hätte Jamie MacPherson ihre Adresse haben sollen?

Dann war da die unbekannte Größe, Miss Gunnery. Zu ihr hätte Hamish gründlicher nachforschen sollen. Indem sie behauptet hatte, mit ihm geschlafen zu haben, hatte sie sich ein sehr gutes Alibi verschafft, bis er es hatte platzen lassen, weil er die Wahrheit gesagt hatte. Oder, um ehrlich zu sein, weil Maggie Donald ihn verraten hatte. Tatsache war, dass er nicht hart genug gearbeitet hatte, erkannte Hamish reumütig.

Und als würde ihn bereits der pure Gedanke an harte Arbeit erschöpfen, schlief er kurz darauf ein.

Am nächsten Morgen zog Hamish seine Polizeiuniform an, die er aus Lochdubh mitgebracht hatte, und ging nach unten. Bei seinem Anblick blieb Mrs. Rogers, die in der Zwischenzeit also von ihrer Verwandten zurückgekehrt war, in der Diele stehen, und verzog wütend das Gesicht. »Sie Mistkerl!«, fauchte sie. »Sie haben meinen Mann in Schwierigkeiten gebracht.«

»Dafür hat er selbst gesorgt.« Hamish betrachtete sie kühl. »Mit einem Polizisten im Haus hätte er vorsichtiger sein müssen, und er wusste, dass ich Polizist bin, weil er meinen Koffer durchwühlt hat.«

»Blödsinn«, erwiderte Mrs. Rogers und wich zurück. »Wer hat Ihnen das erzählt?«

»Er«, behauptete Hamish und kreuzte die Finger hinter dem Rücken.

Sie sah ihn verschlagen an und bewegte sich rückwärts auf die Esszimmertür zu. »Ach, und wenn schon! Wir müssen die Leute ja wohl überprüfen.« Mit diesen Worten ging sie ins Esszimmer und knallte die Tür hinter sich zu.

Hamish grinste. Nur ein winziges Rätsel war gelöst, aber immerhin sehr zufriedenstellend!

Police Constable Crick kam herein und sagte zu ihm: »Ich soll Mrs. Harris und Mr. Biggar abholen. Sie sollen auch kommen.«

»Ich mache mich gleich auf den Weg und treffe die beiden auf der Wache.« Hamish war nicht danach, mit Doris und Andrew zu fahren.

Es war einer dieser stillen grauen Tage, die ihn an seine Ankunft in Skag erinnerten. Das Wasser war glatt, und ein dünner Nebel lag über allem.

Hamish hatte zwar Hunger, wollte aber nicht riskieren, mit Miss Gunnery zu frühstücken, denn ihm war, als sähe sie ihn zunehmend intensiver an. Als er auf der Wache ankam, sprach Maggie im Eingangsbereich mit Deacon.

»Ah, hier ist Macbeth«, bemerkte Deacon. »Holen Sie uns Kaffee, Maggie.«

Hamish empfand eine leise Schadenfreude. »Das wäre sehr schön«, stimmte er freundlich zu. »Und weil ich nicht gefrühstückt habe, wären einige Donuts sehr nett.«

»Ich habe Polizeiarbeit zu erledigen«, entgegnete Maggie spitz.

»Machen Sie schon, Constable«, befahl Deacon. »Kommen Sie mit, Macbeth.«

Der Detective, John Clay, hatte bereits im Verhörraum Platz genommen.

»Setzen Sie sich da drüben hin, Macbeth.« Deacon zeigte auf einen Stuhl in der Ecke.

Hamish nahm seine Polizeimütze ab, legte sie unter den Stuhl und holte sein Notizbuch und einen Bleistiftstummel hervor.

»Was haben Sie über Alice Brett erfahren?«, fragte er. »Ich habe über sie nachgedacht. Ich meine, ist sie so hysterisch, wie Dermott es darstellt? Er schien zu glauben, dass sie sich umbringen könnte, sollte er die Scheidung verlangen.«

»Sie ist hier.«

»Was? In Skag?«

»Wir haben sie zur Befragung herbringen lassen. Falls Sie einen Blick auf sie werfen möchten … Wir befragen sie gleich nach den beiden anderen.«

Die Tür wurde geöffnet. Maggie stellte ein Tablett mit Pappbechern voller Kaffee und einem Teller Donuts auf den Tisch.

Hamish stand auf, um sich zu bedienen, und ignorierte Maggies bösen Blick. Natürlich machte sie die Tatsache, dass er bei einer Befragung dabei sein durfte, obwohl er nur ein gewöhnlicher Constable war wie sie, noch wütender, als sie ohnehin schon war, weil sie wieder einmal die Kellnerin spielen musste.

Als sie gegangen war, konnte Hamish sich nicht verkneifen zu fragen: »Ärgert es Maggie nie, dass sie wie ein Dienstmädchen behandelt wird? Also wegen Chancengleichheit, keine Diskriminierung und so.«

»Wenn sie aufhört, sich Gefälligkeiten mit Wimpernklimpern und Hinternwackeln zu erschleichen, nehmen wir sie vielleicht ein bisschen ernster«, antwortete Deacon. »Und sagen Sie ›Sir‹, wenn Sie mit mir reden, Macbeth.«

»Ja, Sir.«

Die Tür ging wieder auf, und Doris und Andrew wurden hereingewiesen. Andrew wirkte angespannt, Doris zugeknöpfter denn je. Ihre Mundwinkel waren nach unten gebogen, ihr Haar stramm zurückgebunden, und sie trug eine schlichte Bluse, einen gerade geschnittenen Rock und flache Schuhe.

»Sie dürfen uns nicht immer und immer wieder befragen«, beschwerte Andrew sich. »Wir haben Ihnen alles erzählt, was wir wissen.«

Clay schaltete das Aufnahmegerät ein. »Beginn der Befragung von Mrs. Doris Harris und Mr. Andrew Biggar«, sagte er. »Neun Uhr fünfzehn, dreißigster Juli. Befragender ist Detective Chief Inspector Deacon. Außerdem anwesend sind Detective Sergeant Clay und Constable Hamish Macbeth.«

Andrew warf Hamish einen vorwurfsvollen Blick zu.

»Also«, begann Deacon, »wir möchten gern wissen, warum Sie beide nicht erwähnt haben, dass Sie einander schon kannten, bevor Sie herkamen.«

»Aber das ist nicht wahr«, begehrte Doris auf.

»Hören Sie auf zu lügen«, fuhr Deacon sie an. »Wir sind nachsichtig mit Ihnen gewesen, Mrs. Harris, weil Sie frisch verwitwet sind. Doch wir haben hier die Aussage eines Kellners aus einem chinesischen Restaurant in Evesham. Er hat Sie beide anhand von Fotos identifiziert. Ihr Fehler, Mr. Biggar, dass Sie so großzügig Trinkgeld geben. Deshalb erinnert er sich an Sie. Und Sie beide wurden dort zweimal zusammen gesehen. Was haben Sie dazu zu sagen?«

Doris fing leise zu weinen an. Deacon sah sie ärgerlich an, und Andrew ergriff ihre Hand.

»Wir haben Sie nicht belogen«, sagte er ruhig. »Dass wir uns vorher kannten, hat nichts mit der Mordermittlung zu tun.«

»Mir scheint, es könnte ziemlich viel mit ihr zu tun haben«, widersprach Deacon.

Clay neigte sich vor. »Also kannten Sie sich vorher. Sie, Mr. Biggar, wussten, dass Mr. und Mrs. Harris hier Urlaub machen würden, und sind ebenfalls hergekommen. Warum? Um es rundheraus zu sagen: Sie konnten wohl kaum irgendwelche romantischen Intermezzi erwarten, wenn ihr Ehemann in der Nähe war.« Sein Tonfall wurde härter. »Könnte es sein, dass Sie schon mit dem Gedanken an Mord hierhergereist sind?«

»Ich wollte bloß in ihrer Nähe sein, sonst nichts«, murmelte Andrew. Er sah wie der Inbegriff vornehmer Verlegenheit aus.

»Fangen wir noch mal von vorne an«, sagte Deacon. »Hatten Sie eine Affäre?«

»Nein«, antwortete Doris. »Nie!«

Deacon sah die beiden ungläubig an, schlug jedoch einen sanfteren Ton an, als er Andrew Biggar fragte: »Wie haben Sie sich kennengelernt?«

»Ich war Preisrichter bei einer Hundeschau«, antwortete Andrew. »Hinterher war ich im Zelt mit den Erfrischungen, um ein Bier zu trinken. Als ich gehen wollte, schüttete es draußen wie aus Eimern. Doris stand am Zelteingang. Sie hatte keinen Mantel dabei und sagte, sie müsse warten, sonst würde sie auf dem Weg zum Parkplatz vollkommen durchnässt. Meine Arbeit war getan, also schlug ich vor, dass wir noch etwas tranken und warteten, bis der Regen nachließ. Wir kamen ins Gespräch, und ich fand, dass man sich sehr gut mit ihr unterhalten konnte.«

»Waren Sie jemals verheiratet, Mr. Biggar?«, hakte Hamish ruhig nach.

»Ja, vor über zehn Jahren. Meine Frau hat mich verlassen, als ich in Nordirland stationiert war, und wieder geheiratet. Ihr jetziger Name ist Hester Glad-Jones. Sie lebt nun in Cambridge, und sie kann aussagen, dass ich nie gewalttätig oder grausam zu ihr war. Ich bin nicht der Typ, der mordet.«

»Aber Sie waren bis vor Kurzem Berufssoldat. Folglich müssen Sie wissen, wie man Menschen umbringt.«

»Ja, doch nicht mit einem Schlag auf den Kopf und einem Stoß ins Wasser, um sie dort ertrinken zu lassen.«

»Und wann haben Sie Mrs. Harris kennengelernt?«

»Habe ich doch gesagt … bei der Hundeschau.«

»Das war im August vor zwei Jahren? Und seitdem haben Sie sich getroffen?«

»Ja, hin und wieder. Nur mal auf einen Drink oder ein Essen. Wir genossen die Gesellschaft des anderen. Es schien nichts dabei zu sein. Und verliebt haben wir uns erst kürzlich.«

»Sie kommen mir wie ein vernünftiger Mann vor«, bemerkte Deacon. »Okay, ich verstehe, dass Sie uns nichts von Ihrer vorherigen Bekanntschaft mit Mrs. Harris erzählen wollten. Aber, um Himmels willen, Mann, was haben Sie sich dabei gedacht, hier in eine schäbige Pension zu kommen und die Frau, die Sie lieben, zu beobachten, wie sie von ihrem Mann tyrannisiert wird? Was ging in Ihnen vor, wenn Sie gehört haben, wie er auf sie losgegangen ist? Sogar Macbeth, der dort drüben sitzt, hat es dazu getrieben, Harris die Faust auf die Nase zu schmettern, auch wenn er darauf besteht, dass es Notwehr war.«

Andrew antwortete ruhig: »Ich bin geblieben, weil ich sie überreden wollte, ihren Mann zu verlassen. Einfach zu gehen.«

Deacon sah Doris an. »Und warum haben Sie es nicht gemacht?«

»Ich hatte Angst, dass Bob mich umbringt.«

»Aber wie hätte er sie finden sollen, wenn Sie mit Andrew fortgegangen wären?«

Sie erschauderte und schlang die Arme um ihren Oberkörper. »Er hätte uns auf jeden Fall gefunden. Ich hatte einfach nicht die Kraft.«

Wieder meldete sich Hamish zu Wort. »Sie leben mit Ihrer Mutter zusammen, Mr. Biggar. Wusste sie von Mrs. Harris?«

Andrew zögerte, bevor er mit »Ja« antwortete.

»Und was hielt sie davon? Ich weiß, dass Sie ein erwachsener Mann sind, doch für Mütter sind die Söhne nie richtig erwachsen. Hat sie Mrs. Harris kennengelernt?«

»Nein.«

»Aber sie wusste von ihr. Was hat sie gedacht?«

»Weiß ich nicht. Ich habe mich geweigert, es mit ihr zu diskutieren.«

»Sie müssen ein Ende dieses Zustands herbeigesehnt haben. Was haben Sie sich vorgestellt?«

Andrew seufzte. »Ich habe von einem Tag zum nächsten gelebt und gehofft, dass Doris früher oder später den Mut aufbringen würde, ihren Mann zu verlassen.«

Die Befragung ging weiter. Wo sie sich getroffen hatten, abgesehen von dem chinesischen Restaurant, und wann. Dann ließ man sie gehen.

Maggie kam herein, um die leeren Becher abzuräumen, als Deacon zu Hamish sagte: »Tja, ich halte die beiden ja für reichlich seltsam. Warum sind sie nicht schlicht miteinander ins Bett gehüpft und haben ein Verhältnis angefangen?«

»Weil sie altmodische Menschen sind«, antwortete Hamish ruhig. »Mir ist aufgefallen, als ich sie das erste Mal gesehen habe, dass sie beide mit der Intensität von Romeo und Julia lieben. Alles sprach gegen sie: die Mutter, der tyrannische Ehemann. Aber dies hier ist echt, der Stoff, über den Dichter schreiben, und deshalb ist Andrew Biggar ihr hierher gefolgt.«

»Oh Mann, Sie sind ein Romantiker!«

»Ich bin Realist. Manche Menschen sind zu edleren Gefühlen fähig«, erwiderte Hamish verschnupft.

Maggie brachte das Tablett nach draußen. Könnte Hamish Macbeth so lieben? Hatte er recht? Existierte solch eine Art Liebe heutzutage noch, da sich alles um Sex drehte? Vielleicht fragte sie ihn, ob er für abends schon Pläne hatte. Ihren neuen schwarzen Rock mit dem seitlichen Schlitz hatte sie bisher noch nicht getragen.

Sie wartete vor dem Verhörraum.

Aber Hamish wartete drinnen auf Alice Brett.

Neuntes Kapitel

Liebe ist wie Masern – je später im Leben
sie einen erwischt, desto schlimmer ist es.
Douglas William Jerrold

Hamish hatte seine Notizen studiert, blickte aber interessiert auf, als Alice Brett hereingeführt wurde. Er hatte sich die Anwaltssekretärin ähnlich wie Doris Harris vorgestellt, zugeknöpft und adrett. Doch Alice Brett war ein völlig anderer Typ … sie war regelrecht fett. Sie hatte einen großen, schweren Busen und ziemlich dicke, schlaffe Arme, als wären sie einst muskulös gewesen. Ihr stark geschminkter Mund war voll und breit, und sie trug einen orangefarbenen Lipgloss, der die Lippen glänzen ließ, was es schwierig machte, nicht ausnahmslos auf den riesigen, glänzenden Mund zu starren. Ihre Augen waren groß und blickten eher starr. Sie trug ein kurzärmliges Sommerkleid, und ihre großen, plumpen Füße steckten in weißen Schuhen mit hohen Absätzen.

Clay schaltete das Aufnahmegerät wieder ein. Deacon konsultierte einige Notizen und begann: »Mrs. Brett, Sie haben ausgesagt, dass Sie nach dem Mord hergekommen sind. Doch Sie hatten schon die Woche vorher Urlaub genommen. Es dürfte Sie interessieren zu hören, dass Ihre Nachbarin, Mrs. Dibb, nun bei ihrer ursprünglichen Geschichte bleibt und eine Aussage gemacht hat. Sie sagt, dass Sie ihr eine Woche *vor* dem Mord an Mr. Harris erzählt haben, Sie hätten einen Brief bekommen, in dem stand, dass Ihr Ehemann Sie betrügt, und dass Sie nach Schottland reisen wollten. War der Brief von Harris?«

»Ich will einen Anwalt«, erklärte Mrs. Brett.

»Den werden Sie bekommen. Doch versuchen Sie zu kooperieren. Wenn Sie Mr. Harris nicht ermordet haben, haben Sie nichts zu befürchten.«

Plötzlich bemerkte Hamish: »Was mir keine Ruhe lässt, ist, dass Harris kaum Zeit blieb, Mrs. Brett zu schreiben. Wir waren alle erst seit wenigen Tagen hier, als der Mord geschah.«

Deacon blickte ihn überrascht an. Dann sah er wütend zu Alice Brett. »Raus damit. Wer hat Ihnen von June erzählt?«

»Ich sage nichts, bevor ein Anwalt hier ist.« Alice verschränkte die massigen Arme vor der Brust und schwieg.

Und dann hatte Hamish Macbeth eine seiner Highlander-Eingebungen. »Ich weiß, wer Ihnen geschrieben hat!«

»Wie? Wer?«, fragte Deacon.

»Es war June«, antwortete Hamish ruhig. Er sah Alice Brett an. »June hat Ihnen geschrieben, nicht wahr?«

Zunächst starrte sie ihn an. »Ach, na, wenn dieses dumme Flittchen es Ihnen erzählt hat, ist es sinnlos, dass ich es leugne. Die Schlampe. *Lassen Sie meinen Mann gehen*, hat sie geschrieben. Und noch mehr solchen Mist.«

»Und warum haben Sie die beiden nicht zur Rede gestellt, als Sie hier ankamen?«, hakte Hamish nach. »Sie haben nicht in Skag gewohnt, dessen bin ich mir sicher.«

»Nein, ich war ein bisschen weiter weg«, gab sie schlecht gelaunt zu. »In Forres. Einen Tag bin ich hergefahren. Sie waren alle am Strand. Es waren die Kinder. Ich kann keine bekommen. Ihr Anblick hat mich krank gemacht. Aber auf einmal wollte ich Dermott nicht mehr. Ich bin zu ihm hin, um es ihm zu sagen. Natürlich waren June und die Kinder gerade nirgends zu sehen. Wissen Sie, wie ich mich gerächt habe? Nicht, indem ich Harris umgebracht habe. Warum sollte ich? Ich habe den Mann nicht gekannt. Ich habe mich gerächt, indem ich Dermott gesagt habe, er hätte jederzeit die Scheidung haben können. Da sah ich seinen Gesichtsausdruck: Er war wahnsinnig vor Zorn und dachte an all die verlorenen Jahre.«

»Und Sie haben ihn glauben lassen, dass Sie das von ihm und June durch die Zeitung herausgefunden hatten?«

»Ich habe ihm nicht verraten, wer mir geschrieben hat. Es erschien mir nicht mehr wichtig.«

Ein fordernder, hässlicher Blutsauger von einer Frau … Und eine weitere Eingebung sagte Hamish, warum solch eine Frau bereit wäre, ihren Ehemann gehen zu lassen. »Ihnen war es ohnehin egal«, erwiderte Hamish, »weil Sie schon einen anderen haben.«

»Ich bringe diese Dibb um!«, fuhr sie auf. »Eine schöne Freundin ist die! Kann sie nicht ihren verdammten Mund halten?«

»Wer ist der Mann?«, fragte Deacon.

Ihre Augen blitzten hasserfüllt in Richtung Hamish Macbeth. »Mr. John Trant. Er wohnt in Greys. Ein Bauunternehmer.«

Deacon ging mit ihr durch, wann sie nach dem Erhalt von Junes Brief wo gewesen war. Ohne noch einmal einen Anwalt zu verlangen, beantwortete sie alle Fragen mit matter, monotoner Stimme.

Als sie fertig waren und Alice Brett den Raum verlassen hatte, drehte Deacon sich zu Hamish. »Sie hätten mir sagen können, was Sie über sie wussten, Macbeth. Ich habe keine Zeit für Ihre Heimlichkeiten.«

»Ich wusste es nicht«, entgegnete Hamish ruhig. »Es fiel mir einfach ein. Bob Harris konnte ihre Adresse nicht kennen, und die einzige andere Person, die ein Interesse daran haben könnte, Alice die Wahrheit wissen zu lassen, war June. Was den anderen Mann betrifft, würde jemand wie Alice Brett nicht im Traum daran denken, Dermott freizugeben, wenn sie nicht schon einen neuen Mann in petto hat.«

»Könnte sein«, sagte Deacon langsam, »dass Brett dachte, Harris hätte den Brief geschrieben.«

»Aber Alice kam *nach* dem Mord hierher«, gab Clay zu bedenken.

»Es sei denn«, wandte Hamish ein, »dass Alice sich vor dem Mord heimlich mit Dermott getroffen hatte. Vielleicht diente ihr Besuch in der Pension nur dazu, die Dinge abzuschließen.«

»Reden wir lieber noch einmal mit June und Dermott Brett.« Deacon stand auf, öffnete die Tür und rief dem Sergeant vorn am Empfang zu, er solle die beiden holen lassen. »So gehen Sie Fälle an?«, fragte er Hamish dann. »Mit Raten? Das kann gefährlich sein. Was ist, wenn Sie sich irren?«

»Dann hätte sie lediglich leugnen müssen. Es schien mir einen Versuch wert zu sein.«

»Ja, das mag ja schön und gut sein, doch ich ziehe solide Polizeiarbeit und handfeste Beweise vor. Vergessen Sie Ihren Reinfall mit dem falschen Toten drüben in Drum nicht.«

»Aber ich habe den Mörder gefunden!«, entgegnete Hamish. »Übrigens wollte ich noch etwas fragen: Wäre es möglich, dass ich die nächsten Tage ein Zimmer in dem Polizeihaus in Dungarton bekomme? Ich möchte nicht mehr in der Pension wohnen.«

»Warum nicht?«, entgegnete Clay. »Da können Sie alle beobachten.«

»Ich finde es ein bisschen anstrengend«, entgegnete Hamish.

»Mann, Sie sind Polizist!«

»Aber ein Polizist muss normalerweise nicht mit den Verdächtigen zusammenwohnen.«

»Sie bleiben, wo Sie sind, Junge«, entschied Deacon. »Clay, rufen Sie Maggie und sagen Sie ihr, sie soll Tee und Sandwiches machen. Wir essen einen Happen, solange wir warten.«

Arme Maggie!, dachte Hamish. Wenn Deacon nicht aufpasste, würde sie sich über ihn beschweren.

Als der Tee und die Sandwiches vor ihnen standen, aß Hamish, ohne zu merken, was er da zu sich nahm. Seine Gedanken waren wieder bei den Leuten in der Pension. Er freute sich nicht auf Dermott und June. Schon bei der Befragung von Andrew und Doris dabei zu sein hatte er gehasst. Er mochte sie.

Warum konnten es nicht Cheryl oder Tracey sein? Doch wer es auch gewesen war, musste kühl und emotionslos oder von Angst zur Tat getrieben worden sein. In den Bootsschuppen zu gehen und Jamie MacPherson so zu ermorden, schien genauso wenig geplant gewesen zu sein wie der Mord an Harris. Ein Mörder, der seine Tat plante, hätte eine ruhigere Tageszeit abgewartet und wäre nicht am helllichten Tag in den Schuppen marschiert, wenn er oder sie gesehen werden konnte.

Hamishs Gedanken gingen auf die Wanderschaft. Es könnte eher eine Mörderin als ein Mörder gewesen sein. Oder waren beide Ausdrücke mittlerweile nicht mehr politisch korrekt? Würde man bald von »Mörderperson« sprechen? Hamish musste in letzter Zeit oft staunen …

Dann war da noch der Therapeuten- und Psychologenjargon, mit dem eine Vielzahl von Emotionen abgehandelt und sachlich beschrieben wurde. Beispielsweise sagten Leute: »Ich bin emotional abhängig von … Ich wurde in psychische Geiselhaft genommen.« Die altmodischen Beschreibungen taten es heutzutage nicht mehr. Runter in den Keller der eigenen Gefühle zu steigen, das Licht einzuschalten, dem Monster ins Gesicht zu sehen und zu sagen: »Ich liebe dich«, war nicht mehr möglich, weil es hieße, die Kontrolle abzugeben und sich verwundbar zu machen.

War er tatsächlich in Priscilla verliebt gewesen? Hamishs Verstand sperrte sich gegen den Gedanken mit der geballten Angst jener Menschen, die er eben noch im Geiste verdammt hatte. Entsprechend froh war er, als Dermott und June hereingeführt wurden.

»Wer passt auf die Kinder auf?«, fragte Hamish, was ihm einen mahnenden Blick von Deacon eintrug.

»Miss Gunnery«, antwortete June.

Das Paar setzte sich unsicher Deacon gegenüber hin.

»Also«, meinte der, »fangen wir mit Ihnen an, Mrs. Brett. Macht es Ihnen etwas aus, wenn ich sie June nenne? Ich bringe Sie sonst mit der echten Mrs. Brett durcheinander.«

»Nennen Sie mich, wie Sie wollen«, antwortete sie erschöpft.

»Tja, June, warum hatten Sie uns nicht erzählt, dass Sie an Mrs. Brett geschrieben und sie über Ihre Affäre mit Dermott informiert haben?«

Junes Teint bekam eine Schlammnote, und Dermott starrte sie an, als traute er seinen Ohren nicht. »Du hast *was?*«, fuhr er sie an.

»Sie sind still«, kommandierte Deacon. »Ich spreche mit June, nicht mit Ihnen, Dermott. June?«

»Ich wollte es dir erzählen«, sagte sie zu Dermott. »Ich habe es nicht mehr ausgehalten. Acht Jahre sind wir jetzt zusammen, und ich bin es leid, dich nur in Teilzeit zu haben. Heather fing an, Fragen zu stellen, warum du so viel weg bist, warum du immer Weihnachten zu Hause verpasst, obwohl du da bestimmt nicht arbeiten musst, so was. Ich dachte, eines Tages findet sie heraus, dass sie ein uneheliches Kind und die heile Familie nur eine Lüge ist, und den Gedanken habe ich nicht ertragen. Du hast dauernd gesagt, dass Alice nie in eine Scheidung einwilligen würde, aber ich dachte, das tut sie vielleicht, wenn sie von den Kindern erfährt. Ja, ich habe ihr geschrieben, und es tut mir nicht leid. Es hat prima funktioniert.«

»Ja. Sieht man einmal davon ab, dass Harris ermordet wurde und jetzt MacPherson«, unterbrach Clay.

»Das hatte nichts mit mir zu tun.«

»Moment mal, Moment.« Dermott schüttelte den Kopf, als müsste er ihn freibekommen. »Warum hast du mir nicht gesagt, dass du Alice geschrieben hast?«

»Weil es wieder dasselbe gewesen wäre«, antwortete sie. »Guck dir doch an, wie du eingeknickt bist und dieser Ratte Rogers Geld geben wolltest, damit er den Mund hält.«

»Aber das hättest du nicht machen dürfen. Du weißt ja nicht, was du getan hast!«

Junes Gesicht nahm eine schreckliche rötlich blaue Farbe an. »Was habe ich getan?«, schrie sie Dermott an. Und dann wiederholte sie leiser und unglücklich: »Oh nein, was habe ich getan?!«

»Ja, was hat sie getan?«, fragte Deacon in einem brutalen Ton. »Meinen Sie, der Mord an Harris war vergebens, Dermott Brett?«

»Nein, ich habe ihn nicht angerührt. Nie! Ich hatte Streit mit ihm, ja. Er hat gedroht, es Alice zu erzählen. In meiner Wut bin ich nicht mal darauf gekommen, dass er unmöglich ihre Adresse kennen kann. Es gibt kein Gästebuch in der Pension.«

»Kannte Rogers Ihre Anschrift?«, hakte Hamish nach.

»Nein.« Dermott beruhigte sich. »Nein, June hat gebucht.«

»Und warum haben Sie der Polizei und uns erzählt, dass Sie nichts von dem Besitzerwechsel in der Pension wussten?«

»Ich habe bei ein paar Kleinigkeiten gelogen«, gestand Dermott matt. »Ich hatte schreckliche Angst, dass Sie mich verdächtigen, weil ich diesen Streit mit Harris hatte.«

Deacon seufzte. »Fangen wir noch mal von vorne an.«

Geduldig ging er alles erneut mit ihnen durch. Als er fertig war, bemerkte Hamish: »Heather sagt, sie hat Doris Harris am Strand gesehen, wo Doris behauptet, gewesen zu sein. June, wie kommt es, dass Sie eine Siebenjährige allein losziehen lassen?«

June wirkte verwundert. »Es passt nicht zu Heather, dass sie die Kleinen allein lässt, doch ich war eingeschlafen, und Heather war Muscheln sammeln. Das hat sie auch, denn sie hat alle in dem Eimer mit nach Hause getragen, den die Kinder für ihre Sandburgen benutzen.«

Maggie blickte zur Tür herein. »Auf ein Wort, Sir.«

Deacon verließ den Raum. Wenige Minuten später war er zurück und sank schwer auf seinen Stuhl. »Mehr Probleme«, murmelte er. »Das wäre alles«, ergänzte er an Dermott und June gerichtet.

Das Paar stand auf und ging aus dem Zimmer, doch Hamish fiel auf, dass Dermott nicht Junes Arm oder ihre Hand nahm wie sonst.

»Was ist?«, fragte Clay. »Nicht noch ein Mord, oder?«

Deacon schüttelte den Kopf. »Cheryl ist verhaftet worden. Sie und Tracey waren im Pub und haben sich betrunken. Einige der Jungs hier fingen an, sich über die beiden lustig zu machen, Cheryl hat ihr Bierglas an der Bar zerschlagen und versucht, damit einem der Jungen das Gesicht zu zerschlitzen. Hätte sie auch getan, hätte Tracey sie nicht zurückgehalten.«

Gewalttätigkeit, dachte Hamish. Wir sind auf der Suche nach jemandem, der zu plötzlichen Gewaltausbrüchen fähig ist, und vergessen, dass Cheryl schon einschlägig bekannt ist. Wir haben nach einem Motiv gesucht. Was hatte er zu Miss Gunnery gesagt? Dass ein Mord ohne Motiv am schwierigsten aufzuklären sei. Dies waren keine intelligenten Morde. Sie waren das Ergebnis von Wut, Wut und

Angst; im Fall von MacPherson Angst, falls er jemanden erpresst hatte.

Deacon wurde erneut rausgerufen. Und wieder warteten sie.

Als er zurückkam, sagte er: »Einer von den Einheimischen erinnert sich, dass MacPherson immer eine große Küchenschere auf seinem Schreibtisch liegen hatte. Von der haben wir keine Spur gefunden. Falls der Mörder die Schere als Tatwaffe benutzt und sie in den Fluss geworfen hat, kann sie da unten im Sand versunken sein. Wir haben alles um den Anleger herum abgesucht, aber die Täter könnten sie irgendwo weiter oben reingeworfen haben. Ich verrate Ihnen noch etwas: Alles, was man in den Fluss schmeißt, kann tief in den Sand einsinken und dort begraben bleiben. Ich weiß nicht, ob wir die Tatwaffe je finden.«

»Wird Cheryl hergebracht?«, erkundigte sich Hamish.

»Nein, sie bleibt in der Zelle, bis sie ausgenüchtert ist. Wie wäre es, wenn Sie zurück zur Pension fahren, Macbeth, und mal sehen, was Sie dort erschnüffeln können?«

Das »Erschnüffeln« war ein unglückliches Bild, denn es rief prompt eine sehr lebendige Erinnerung an Towser wach. Hamish stand auf, nickte Deacon und Clay zu und ging. Statt gleich in die Pension zu fahren, ließ er seinen Land Rover stehen und wanderte runter zum Hafen.

Es war Flut. Die Wellen schwappten gegen die hölzernen Pfähle des Anlegers und ließen Klumpen von Seegras auf und ab steigen wie das Haar des toten Bob Harris. Von draußen auf See zogen Regenwände heran, als würden sie von einer unsichtbaren Hand herbeigezogen. Die Luft war voller Wind, Salz und Bewegung. Hinter Hamish stand ein Polizist, den er nicht kannte, und hielt am Bootsschuppen Wache. Eine kleine Touristengruppe starrte neugierig auf den Schuppen, als wäre die relative Nähe zu einem Verbrechen genauso Teil eines tollen Urlaubs wie die Fahrgeschäfte auf der Festwiese.

Hamish wollte nicht zurück in die Pension und zu den anderen. Nichts wünschte er sich sehnlicher, als dass dieser Fall geklärt würde und er wieder nach Lochdubh durfte. Wie hatte er je solch eine Abneigung gegen sein Dorf entwickeln können? Er könnte natürlich jederzeit bitten, Skag verlassen zu dürfen. Offiziell hatte er Urlaub. Doch die kurze heitere Zeit, die er mit den anderen vor den Morden verbracht hatte, bewirkte, dass er sich ihnen auf merkwürdige Weise verpflichtet fühlte.

Seufzend drehte er um, ging zurück zur Wache, stieg in den Land Rover und fuhr zur Pension.

In der Diele kam ihm eine untersetzte Dame mittleren Alters entgegen, die sagte: »Ich bin Mrs. Rogers' Schwester, Mrs. Aston. Die arme Liz hat sich hingelegt. Sie schafft es hier nicht mehr. Sie müssen Mr. Macbeth sein. Das Abendessen wird gleich serviert. Wenn Sie dann ins Esszimmer gehen wollen …«

Verwundert folgte Hamish der Aufforderung und setzte sich zu Miss Gunnery. »Ich hatte überlegt, Sie heute Abend zum Essen einzuladen«, sagte er. »Aber denken Sie, diese Mrs. Aston kocht vielleicht besser?«

»Warten wir es ab«, antwortete Miss Gunnery. »Sie wirkt sehr höflich und nett.«

»Anscheinend war ich ihr schon beschrieben worden«, erwiderte Hamish. »Ich hätte auch irgendein anderer Polizist sein können.«

Die Tür wurde geöffnet, und die Bretts kamen herein. Sie vermieden es, Hamish anzusehen, und nahmen stumm an ihrem Tisch Platz. Dann erschienen Andrew und Doris, gefolgt von einer verweint aussehenden Tracey. Auch sie schauten nicht zu Hamish herüber.

Mrs. Aston schob einen Wagen mit den dreigeschossigen Etageren herein und begann, eine auf jeden Tisch zu stellen.

»Du lieber Himmel, das ist mal was anderes!«, rief Miss Gunnery aus. Auf der untersten Platte lagen hauchdünne Butterbrotscheiben, helles und dunkles Brot, auf der mittleren Platte goldene, frisch gebackene Teekuchen und Scones, und ganz oben befand sich eine Auswahl an köstlich aussehendem Gebäck.

»Was mag es wohl als Hauptgericht geben?«, fragte Hamish. »Ich rieche Fish and Chips, und offen gesagt habe ich die in letzter Zeit schon zu oft gehabt.«

Wieder wurde der quietschende Wagen hereingerollt. Doch diese Fish and Chips waren eindeutig von einem Engel zubereitet worden: Schellfischfilets in knusprigem Teigmantel und richtige Pommes frites, nicht die tiefgekühlten und im Ofen aufgebackenen.

»Das ist großartig!«, rief Hamish.

»Und wirklich guter Tee«, ergänzte Miss Gunnery. Sie blickte hinüber zu den drei Brett-Kindern, die sehr still und artig am Tisch saßen. »Im Kino in Dungarton zeigen sie heute Abend um halb sieben *Das Dschungelbuch*. Wir könnten es alle nach dem Essen zeitig hinschaffen, und vielleicht lenkt es die drei ein wenig von dem ab, was geschehen ist, Mrs. Brett.«

»Wisst ihr, was?«, wandte Hamish sich direkt an die Kinder. »Wenn eure Eltern es erlauben, fahre ich euch in dem Land Rover der Polizei.«

Heather machte große Augen. »Mit Sirene?«

»Ich fürchte, das geht nicht«, antwortete er. »Aber wir könnten das Blaulicht einschalten.«

»Oh ja, gehen wir hin!«, rief Tracey. »Es hat schon wieder angefangen zu gießen, und hier drehen wir alle noch durch.«

Die Stimmung im Esszimmer taute merklich auf. »Es könnte genau das Richtige sein«, stimmte Dermott zu. »Aber was ist, wenn sie uns heute Abend wieder zur Befragung holen?«

»Davon haben sie nichts gesagt«, erwiderte Hamish. »Vergessen wir unsere Probleme, essen auf und fahren.«

»Sie werden Schwierigkeiten mit Ihren Vorgesetzten bekommen, weil Sie sich mit dem Feind verbrüdern«, bemerkte Andrew trocken.

»Vielleicht hofft Hamish, wenn er nahe bei uns bleibt, enthüllen wir irgendwas Nützliches«, ergänzte Doris leise.

Alle schwiegen verlegen.

»Oh nein«, sagte Hamish. »Ich brauche genauso dringend eine Ablenkung wie Sie alle. Kommen Sie, gönnen wir den Kindern ein bisschen Spaß!«

Und so geschah es, dass Maggie Donald, als sie kurz nach dem Abendessen zur Pension kam, um Hamish zu einem Abendessen zu entführen, ihn antraf, als er gerade die Brett-Kinder in den Land Rover hob. Er teilte ihr recht knapp mit, wohin sie wollten, lud sie jedoch nicht ein, sich ihnen anzuschließen. Maggie stand da und blickte den davonfahrenden Wagen nach. Sie fühlte sich seltsam im Stich gelassen, fragte sich aber zugleich verärgert, warum Hamish Macbeth, ein Polizist, den Abend mit einer Gruppe von Leuten verbringen wollte, von denen einer wahrscheinlich ein Mörder war.

Der Film war ein voller Erfolg. Hamish, der ihn nicht kannte, erzählte Miss Gunnery, er wäre genau sein intellektuelles Niveau. Er fuhr die Brett-Kinder zurück, und auf einem freien Stück Landstraße schaltete er das Blaulicht und die Sirene kurz ein.

Miss Gunnery, die hinter ihm herfuhr und Tracey bei sich hatte, bemerkte: »Unser Hamish ist ein sehr ungewöhnlicher Polizist.«

Tracey schüttelte sich. »Die sind alle Schweine.«

»Man hat nichts von der Polizei zu befürchten, solange man sich an das Gesetz hält. Warum lösen Sie sich nicht von Leuten wie Cheryl und fangen ein neues Leben an?«

Anstatt vehement zu widersprechen, schwieg Tracey. Schließlich sagte sie: »Sie gehört zu meiner Art von Leben. Mein Vater sitzt im Gefängnis.«

»Es wird eine Zeit kommen, da müssen Sie sich von Ihrer Familie befreien, wenn Sie eine unglückliche Kindheit hatten. Und ich glaube, die hatten Sie.«

Tracey lachte verbittert. »Wissen Sie, manchmal, wenn ich mit Cheryl vom Tanzen komme und wir einiges getrunken haben, lachen und kreischen, sehen wir die anständigen Mädchen an der Bushaltestelle, und die weichen zurück, wenn wir vorbeigehen und sehen weg. Cheryl sagt denen meistens ein paar Takte, aber ich ...« Sie seufzte. »Irgendwie wäre ich ganz gern eine von denen.«

»Sie sollten etwas lernen und sich einen anständigen Job suchen«, erwiderte Miss Gunnery. »Heutzutage werden so viele Kurse angeboten. Reden Sie mal mit Ihrem Sozialarbeiter über einen Schreibmaschinen- und Computerkurs. Besorgen Sie sich einen guten Job und eine Wohnung in einer guten Gegend. Sie können eine Menge tun, wenn Sie nur den Mut aufbringen. Und es verlangt Courage, Tracey. Und zwar richtige. Mehr als es braucht, um im Laden etwas zu klauen oder sich zu betrinken. Ihre Kleidung und Ihr Make-up zum Beispiel stempeln Sie direkt als vulgäre Nutte ab.«

»Ey, passen Sie auf, was Sie sagen!«

»Ich bin bloß ehrlich zu Ihnen. Ich spüre Stärke und Güte in Ihnen, Tracey, die bisher nie zum Einsatz gekommen sind. Nutzen Sie diese entsetzlichen Erlebnisse hier.

Später könnten Sie es als den Wendepunkt in Ihrem Leben betrachten, als die Tage, die Ihr Leben verändert haben. Nein, widersprechen Sie nicht. Denken Sie darüber nach.«

Mrs. Aston erwartete sie in der Pension. »Kaffee steht im Salon bereit«, verkündete sie.

»Die Frau ist ein Schatz«, sagte Andrew, als sie sich dort versammelten – mit Ausnahme von June, die nach oben gegangen war, um die Kinder ins Bett zu bringen. »Ich wette, es ist nicht mal Instant-Kaffee.«

Der Kaffee war ausgezeichnet. Und alle waren stumm übereingekommen, nicht über die Morde zu reden. Doch als Hamish endlich ins Bett ging, ermahnte er sich streng, dass er nach wie vor Polizist war.

Am nächsten Morgen fehlte Tracey beim Frühstück. Crick, der diensthabende Polizist vor der Tür, erzählte ihnen, dass Cheryl in Untersuchungshaft ins Frauengefängnis von Dungarton verlegt worden war und Tracey sie dort besuchte.

Miss Gunnery seufzte und murmelte vor sich hin: »Wozu versuche ich es überhaupt?«

Tracey war zu Fuß nach Skag gegangen, hatte sich einen Besucherausweis in der Wache abgeholt und den Bus nach Dungarton genommen. Ihr Haar hatte sie schlicht frisiert, und sie war ungeschminkt, in einem einfachen T-Shirt, einem kurzen Rock und flachen Schuhen.

Das Gefängnis war ein moderner Bau, in dem Panzerglas die Besucher von den Gefangenen trennte. Ein kleines

Fenster mit Lüftungsschlitzen erlaubte ihnen, miteinander zu reden. »Wie geht's dir?«, fragte Tracey.

»Nicht schlecht«, antwortete Cheryl schulterzuckend. »Du siehst ein bisschen langweilig aus. Was hast du mit deinem Haar gemacht?«

»Nichts Besonderes«, murmelte Tracey.

»Lass dich von dem Mist hier nicht fertigmachen.«

»Cheryl«, begann Tracey vorsichtig, »ich habe das alles satt. Ich überlege, mir einen Job zu suchen.«

Cheryl lachte hämisch. »Hör auf, Schwachmatin! Die können mich nicht ewig festhalten, und wenn ich draußen bin, ziehen wir wieder um die Häuser.«

»Ich will nicht mehr um die Häuser ziehen«, sagte Tracey. »Mich hat das alles richtig geschockt. Ich will anständig werden.«

Cheryls Augen wurden schmal. Sie ertrug es nicht, dass ihr diese Freundin und Verbündete entglitt. »Ich verrate dir ein Geheimnis. Komm näher.«

Tracey neigte sich zu dem Glas. »Ich habe die gekillt«, sagte Cheryl. »Beide.«

»Warum?«, fragte Tracey leise.

»Nur so. Mir ging's um den Kick.«

Tracey stand auf, hielt sich eine Hand vor den Mund und stolperte nach draußen.

Ungläubig blickte Cheryl ihr nach. Manche Leute ließen sich einfach nicht beeindrucken.

Hamish kehrte nach einer langen Fallbesprechung mit Deacon in die Pension zurück und fragte sich, was passiert war. Alle wirkten sehr angespannt. Tracey war nur noch ein Schatten ihrer selbst. Sie klammerte sich an Miss Gunnery, und Hamish wunderte sich, dass sich ein hartgesottenes Mädchen wie sie plötzlich mit einer pensionierten Lehrerin anfreundete. Doch als er Miss Gunnery zur Seite nahm und sie fragte, antwortete sie, dass Tracey noch sehr jung sei und ziemlich erschüttert von den Morden, was tatsächlich etwas Gutes bewirken könne. Jeder könne sich bessern.

Hamish betrachtete sie skeptisch. Er war sicher, dass Tracey, war sie erst wieder in Glasgow bei ihrer Familie und den Freunden, jeden Gedanken an Besserung vergessen würde.

Er fuhr wieder zur Wache und verbrachte den Rest des Tages damit, Aussagen durchzugehen und die Beweise der Spurensicherung zu studieren. Irgendwo in diesem Papierstapel musste es einen Hinweis auf die Identität des Mörders geben. Doris und Andrew hatten beide ein Motiv, genauso wie June und Dermott. Am Ende gab Hamish es auf und fuhr nach Dungarton, wo er eine Reisedecke für Miss Gunnery kaufte, um die zu ersetzen, in der er Towser begraben hatte.

In der Pension gab er Miss Gunnery die Decke und schlug vor, dass sie abends zum Essen ausgingen. Zugleich sorgte Hamish sich um seine schwindenden Geldmittel. Er fühlte sich um einen Urlaub betrogen, den er ursprünglich für später im Jahr geplant hatte, denn die Reise nach

Süden und all die anderen Ausgaben hatten seine Reserven angegriffen.

Zu seiner Überraschung sagte Miss Gunnery entschieden, sie würde einladen, vorausgesetzt, sie nahmen Tracey mit. Hamish wollte nichts mit der Läuterung der jungen Frau zu tun haben, die in seinen Augen ein vergebliches Unterfangen war, hielt es aber für lieblos, das laut auszusprechen.

Wie in vielen schottischen Kleinstädten gab es auch in Dungarton ein chinesisches Restaurant in der Hauptstraße, direkt gegenüber dem indischen. Es war Samstagabend und im Lokal ziemlich voll. Hamish blickte sich zu den schottischen Gästen um, die sich an den anderen Tischen zufrieden durch knusprige Nudeln und Bohnensprossen arbeiteten. Er fand, dass sie gänzlich unberührt von der bösen Welt schienen, sicher und friedlich. Sie ahnten nichts von der »Unterwelt«, die von Mord aufgewühlt wurde.

»Und wie geht es Cheryl?«, fragte er Tracey.

»Gut«, antwortete sie. Ihre Hand mit der Gabel zitterte ein wenig. »Wann darf ich endlich nach Hause?«, wollte sie in klagendem Ton wissen.

»Bald, schätze ich«, antwortete Hamish. »Die Polizei hat Ihre Adresse und Ihre Aussage. Sie werden Ihnen sagen, dass Sie das Land nicht verlassen dürfen, und das war es.«

»Bob Harris war ein Ekel«, fuhr Tracey auf.

»Ja, war er«, bestätigte Hamish, »trotzdem hat keiner das Recht, einem anderen das Leben zu nehmen.«

Sie starrte ihn ängstlich an und wirkte erstaunlich jung

und verloren ohne ihre übliche Rüstung aus Schminke und Haargel. »Glauben Sie an die Hölle, Hamish?«

»Ja«, antwortete er mit einem Seufzer. »Aber nicht in einem Leben nach dem Tod. Wir leben auf die eine oder andere Art jetzt gerade in ihr.«

Zehntes Kapitel

Doch Schuld war mein strenger Kammerdiener,
der mir den Weg zu Bett leuchtete.

Thomas Hood

Beim Aufwachen am nächsten Morgen wurde Hamish bewusst, dass er Miss Gunnery nichts von ihrem Kater erzählt hatte. Noch seltsamer allerdings war, dass sie ihn weder nach dem Tier noch nach ihrer Freundin, Mrs. Agnew, gefragt hatte.

Gleich als er sie beim Frühstück sah, berichtete er ihr, dass Joey gesund und munter gewirkt hatte. Sie dankte ihm, schien jedoch abgelenkt zu sein. Die Morde setzten ihr merklich zu. Ihr Interesse an Tracey hatte die Anspannung anscheinend nur vorübergehend gelindert. An diesem Morgen lagen dunkle Ringe unter ihren Augen, und einige Haarsträhnen waren ihrem strengen Knoten entwischt.

Alle schienen finsterer Stimmung zu sein, obwohl das

Frühstück köstlich war. Mrs. Aston, eine muntere, mütterliche Frau, der die kriminellen Machenschaften ihrer Schwester und ihres Schwager offenbar nichts anhaben konnten, servierte und räumte ab.

»Sicher gehen Sie gleich alle in die Kirche«, rief sie in den Raum hinein.

»Gute Idee«, antwortete Hamish auf einmal. Ihn beunruhigten die stillen, niedergeschlagenen Brett-Kinder. Und die Kirche war an einem schottischen Sonntag ein so guter Ort wie jeder andere.

Es war immer wieder erstaunlich, dass eine Gruppe eigentlich nicht religiöser Menschen plötzlich beschließen konnte, es wäre nur vernünftig, den Gottesdienst zu besuchen.

Es war ein ruhiger Tag und recht kühl, als sie zu den Wagen gingen. Sie waren allesamt zu erschöpft, um einen Fußmarsch nach Skag in Erwägung zu ziehen. Crick, der vor der Tür Wache hielt, fragte sie, wohin sie wollten, und notierte es in seinem kleinen Büchlein.

Sie erreichten die Kirche rechtzeitig vor Gottesdienstbeginn. Das Gotteshaus war schlicht und schmucklos. Sie setzten sich in eine der harten Bänke und lauschten einer pfeifenden Orgel, an der sich ein Organist mehr schlecht als recht an Bach versuchte.

Der Pfarrer war eine imposante Erscheinung und ähnelte mit seinem grauen Rauschebart und den zotteligen Locken einem der niederen Propheten. Und er hatte die Ausstrahlung eines Schauspielers. Dies war keine jubelnde

Christengemeinde; es gab keine Tambourine oder Elektrogitarren, nur trübsinnige Kirchenlieder zur asthmatischen Orgelmusik.

Dann beugte sich der Pfarrer über die Kanzel und begann seine Predigt, die von Ehrlichkeit als der besten Taktik handelte. Offensichtlich glaubte er eher an einen Gott des Zorns als an einen der Liebe und war ohne Frage überzeugt, dass die Unehrlichen zu einer Hölle des ewigen Feuers verdammt waren. Ohne seine überwältigende Präsenz hätten die Worte wie eine Mischung aus Banalität und Wahnsinn gewirkt, aber die Stimme des Pfarrers hallte durch die Kirche und beschwor in Hamish eine Vision der uralten Zeiten herauf, als die Presbyterianische Kirche gegründet wurde. Maria Stuart hätte den Mann gehasst!

Als sie die Kirche verließen, hatte sich das Wetter wieder geändert, und die Sonne schien heiß vom Himmel. Trotzdem war es eine trübe Gesellschaft, die sich bei den Autos versammelte. Tracey weinte leise vor sich hin, und Miss Gunnery hatte einen Arm um ihre Schultern gelegt. Die kleine Heather war kreidebleich, und Hamish verfluchte im Geiste sämtliche fundamentalistischen Kleriker wie den Pfarrer dieser Kirche.

Sie fuhren zurück zur Pension. Ich habe diesen Laden satt, dachte Hamish. Ich will hier weg, nach Hause. Und dann bemerkte er, dass Tracey an seinem Ärmel zupfte.

»Kann ich Sie kurz sprechen?«, flüsterte sie. »Nicht drinnen. Gehen wir an den Strand.«

Als er mit ihr das Haus verließ, fühlte er Miss Gunnerys

bohrenden Blick in seinem Rücken. Für eine kurze Weile hatte das Interesse der alten Jungfer an Tracey ihre Besessenheit von ihm, Hamish, verdrängt. Er hoffte, sie würde jetzt keinen Rückfall erleiden.

»Also, was gibt es?«, wollte er wissen, als sie den Schieferwall erreichten. »Setzen wir uns, Tracey. Sie sind in einer schrecklichen Verfassung.«

Tracey ließ sich neben ihm nieder, und ihre weißen Beine ragten dünn unter dem kurzen Rock heraus. »Ich kann das nicht mehr für mich behalten. Ich weiß, wer die beiden Männer umgebracht hat.«

Hamish hämmerte das Herz hart gegen die Rippen. »Wer?«, fragte er streng. »Raus damit!«

Eine gläserne Welle kräuselte sich unterhalb von ihnen auf dem weißen Sand.

»Cheryl«, flüsterte Tracey. »Es war Cheryl.«

Schlagartig fühlte Hamish sich erheblich besser. »Woher wissen Sie das?«

»Sie hat es mir erzählt, als ich sie im Gefängnis besucht habe. Sie sagt, es ist ihr um den Kick gegangen, und hat damit angegeben.«

»Das müssen Sie der Polizei erzählen.«

»Sie sind die Polizei!«, erwiderte sie.

»Ich meine die in Skag. Kommen Sie. Es geht Ihnen besser, wenn Sie es hinter sich gebracht haben.«

Als sie zur Pension zurückkehrten, kam Miss Gunnery ihnen entgegengelaufen. »Ist etwas passiert?«

»Nicht jetzt«, bat Hamish. »Später.«

Er fuhr mit Tracey nach Skag. Auf der kurzen Fahrt schwante ihm mehrfach Böses, als Tracey murmelte, sie wäre eine Verräterin und würde ihre Freundin »verpfeifen«, und jedes Mal versicherte er ihr, dass sie nur ihre Pflicht tat.

Sie mussten warten, bis Deacon und Clay aus Dungarton hergebracht wurden – chauffiert von Maggie.

Im Verhörraum machte Tracey, die sich anscheinend ausgeweint hatte, ihre Aussage zu dem, was Cheryl ihr erzählt hatte.

Nachdem Maggie die junge Frau auf den Flur geführt hatte, wo sie auf Hamish warten sollte, sagte Deacon hochzufrieden: »Gott sei Dank, das ist vorbei.«

»Ja, da dürfen Sie wahrlich Gott danken. Wir sind heute Morgen alle in der Kirche gewesen, und anscheinend hat dieser Höllenprediger Tracey eine Heidenangst eingejagt. Die anderen werden sehr froh sein, und dennoch …« Er stand unschlüssig an der Tür.

»Was ›und dennoch‹?«, fragte Deacon gereizt. »Sie haben gute Arbeit geleistet, Macbeth.«

All die nagenden kleinen Zweifel hatten Hamishs anfängliche Erleichterung ersetzt und wollten sich nun nicht abstellen lassen. Er schüttelte den Kopf. »Es ist zu simpel.«

»Es passt«, entgegnete Deacon. »Cheryl ist bekanntlich gewalttätig und hat sich bloß von schwerer Körperverletzung zu Mord gesteigert.«

»Es ist der Mord an MacPherson«, sagte Hamish. »Überlegen Sie mal. Welcher Mann, der seine Sinne beisammenhat, würde eine wie Cheryl erpressen wollen?«

»Wahrscheinlich hat der arme alte Kerl gar keinen erpresst. Cheryl hat den ersten Mord um des Kicks willen begangen, also warum nicht auch den zweiten?«

»Mir gefällt das nicht«, beharrte Hamish. »Es fühlt sich falsch an.«

»Machen Sie sich keine Sorgen, Junge. Clay und ich fahren nach Dungarton und bekommen ein Geständnis von ihr.«

Hamish ging, sammelte Tracey ein und fuhr sie zurück zur Pension. Draußen wartete Miss Gunnery. Die junge Frau warf sich ihr schluchzend in die Arme.

»Was ist denn jetzt los?«, fragte Crick.

»Cheryl hat die Morde gestanden«, antwortete Hamish.

»Dem Himmel sei Dank!«, murmelte Crick. »Nicht, dass dies hier kein netter Job ist, seit Mrs. Aston mir im Fünf-Minuten-Takt Tee serviert. Informieren Sie die anderen?«

»Nein, erledigen Sie das.« Hamish wandte sich ab und machte sich auf den Weg zum Strand. Dort hockte er sich wieder auf den Schieferwall, dorthin, wo er zuvor mit Tracey gesessen hatte, und blickte blind hinaus aufs Wasser.

Es wäre so leicht, Cheryls Geständnis zu akzeptieren. Aber würde sie es vor der Polizei wiederholen? Hatte sie vielleicht vor ihrer Freundin nur angeben wollen? Hatte Tracey möglicherweise Cheryl gegenüber erwähnt, dass sie ihr Leben ändern wollte?

Okay, June hatte an Alice geschrieben, weil sie entschlossen war, endlich eine Lösung herbeizuführen. Alice war früher hergekommen, als sie zunächst behauptet hatte. Aber June hatte Dermott nichts erzählt, und irgendwie hatte Alice, die weder freundlich noch großherzig war, Dermott in dem Glauben gelassen, sie hätte aus der Zeitung von seinem Ehebruch erfahren. Warum? Ein offensichtlicher Grund war, damit die Polizei nicht wusste, dass sie zur Tatzeit in Skag gewesen war.

Dermott hatte sich mit Harris gestritten; Dermott war von Rogers erpresst worden; Dermott hatte gelogen. Doris und Andrew hatten ebenfalls die Unwahrheit gesagt. Ja, was war mit Doris und Andrew? Was war mit dieser verrückten, brennenden Leidenschaft, die ein angesehenes Mitglied der englischen Oberschicht zu einem Urlaub in einer schäbigen Pension mit grässlichem Essen bewegte, um seiner Angebeteten nahe zu sein?

Und dann erstarrte Hamish. Der Wind trug ersticktes Schluchzen zu ihm herüber. Er stand auf und schaute sich um. Das Geräusch kam von irgendwo hinter ihm, von irgendwo in den Dünen. Er ging zurück und sah sich von der höchsten Düne aus um, bis er links von sich ein wenig weiße Baumwolle entdeckte. Er steuerte darauf zu. Seine Schritte im Sand waren lautlos.

Heather Brett hockte zusammengekauert am Fuß einer Düne. Eine mitleiderregende kleine Gestalt. Das Schluchzen schüttelte ihren dünnen Körper durch. Hamish setzte sich neben sie und nahm sie in die Arme.

»Ist ja gut, Mädchen«, sagte er. »Ganz ruhig. Es ist vorbei. Worüber musst du denn jetzt noch weinen?«

»I-ich brenne in der Hö-hölle«, schluchzte sie.

»Ach, du musst nicht glauben, was du heute in der Kirche gehört hast«, erwiderte Hamish. »Und warum sollte der Teufel ein kleines Mädchen wie dich wollen?«

»Weil i-ich schlimm gelogen habe«, flüsterte Heather.

Hamish drückte sie an sich. »Jeder Mensch lügt hin und wieder, Heather. Mir kannst du es erzählen.« Er holte sein Taschentuch hervor und trocknete ihr das Gesicht ab. »Na also, keiner wird dir böse sein, dafür sorge ich. Was war eine Lüge?«

Sie seufzte erschöpft. »Ich habe Mrs. Harris nicht am Strand gesehen.«

»Und warum hast du es dann behauptet?«

»Weil ich es ihnen versprochen habe.«

»Ihnen?«

Wieder fing sie zu weinen an, und Hamish wurde unglaublich wütend. Ein Kind so zu benutzen!

Er hob Heather hoch, sodass sie vor ihm stand. »Komm mit. Alles wird gut. Ich erkläre es. Mrs. Harris hat kein Recht, dich zu bitten, für sie zu lügen. Und vor dem Höllenfeuer musst du keine Angst haben. Dir wird nichts passieren. Du bist ein liebes kleines Mädchen, Heather.« Und so machte er ihr weiter Mut, während er sie über die Dünen führte, hinter denen ihnen eine sehr besorgte June entgegenkam.

»Kümmern Sie sich um Ihre Tochter«, sagte Hamish. »Sie hat die Polizei belogen, doch es ist nicht ihre Schuld. Ich fahre direkt zu Deacon. Wo sind Andrew und Doris?«

»Sie sind zu dem Pub in Skag gegangen, aber …«

»Später«, unterbrach Hamish sie, lief zu seinem Land Rover, sprang hinein und fuhr zum Pub. Andrew und Doris saßen bei Bier und einem Teller Sandwiches an einem Ecktisch.

»Sie beide stecken mächtig in Schwierigkeiten«, erklärte Hamish streng.

»Weshalb?« Andrew sah überrascht aus. »Eigentlich feiern wir gerade, dass Cheryl gestanden hat.«

Hamish beachtete es nicht. »Warum haben Sie Heather eingeredet, dass Sie zur Tatzeit am Strand waren? Warum haben Sie die Kleine zu einer Lüge überredet?«

»Sie reden Unsinn«, fuhr Andrew ihn laut an. Einige Einheimische drehten sich erschrocken zu ihnen um. »Unsinn«, wiederholte Andrew leiser. »Keiner hat Heather aufgetragen, irgendwas zu sagen. Wir haben sie nicht überredet zu lügen.«

Doris hatte den Kopf gesenkt.

»Doris?«, fragte Hamish.

»Ich habe es nur gut gemeint«, erwiderte sie. »Jeder hätte geglaubt, dass ich es war. Und ich wollte es richtigstellen.«

Hamish sah den schockierten Andrew an. »›Ihnen‹. Heather hat im Plural gesprochen. Ich nahm an, dass Sie und Andrew gemeint waren. Wer war es noch, Doris?«

Sie blickte ihn flehend an. »Miss Gunnery.«

»Was?!«

»Sie hatte so viel Verständnis für Andrew und mich. Sie hat gesagt, die Polizei verdächtigt immer die Ehefrau, deshalb sei es wichtig, dass ich ein Alibi habe. Und sie meinte, Heather würde es nichts ausmachen, ein bisschen zu flunkern. Sie hat gesagt, Kinder haben ihrer Erfahrung nach ein angeborenes Talent zum Lügen.«

»Sie müssen eine Aussage machen und Ihre vorherige korrigieren. Wo waren Sie, Doris? Ich hatte selbst gesehen, wie Sie in Richtung Skag gegangen sind.«

»Ich war so unglücklich, dass ich einfach ziellos herumgewandert bin«, antwortete sie. »Es war unwahrscheinlich, dass mich jemand gesehen hatte. Also hatte ich kein Alibi. Miss Gunnery meinte aber, ich müsse dringend eines haben.«

»Ich kann es gar nicht glauben, Doris«, rief Andrew wütend. »Du könntest wegen Behinderung der Ermittlung angeklagt werden. Es ist ein Segen für dich, dass Cheryl gestanden hat.«

»*Falls* sie gestanden hat«, bemerkte Hamish ernst. »Momentan haben wir nur Traceys Wort. Warten Sie hier und lassen Sie mich zuerst mit Deacon sprechen. Sollte Cheryl tatsächlich gestanden haben und sie beweisen können, dass sie die Morde begangen hat – denn ein Geständnis allein reicht in Schottland nicht aus –, ist es unnötig, dass Sie irgendwas sagen.«

Er ging zur Wache und erfuhr, dass Deacon und Clay noch in dem Gefängnis in Dungarton waren.

Maggie, die es ihm mitteilte, sah ihn neugierig an. »Sie sehen furchtbar aus. Ich dachte, Sie freuen sich, dass es vorbei ist.«

»Ich muss telefonieren.« Hamish ging zum Verhörraum.

»Da brauchen Sie eine Erlaubnis …«, begann Maggie, aber Hamish war bereits hineingegangen und hatte die Tür hinter sich zugeknallt.

Er setzte sich an den Tisch und blickte das Telefon an. Denk nach, befahl er sich. Miss Gunnery hatte zweimal gelogen … oder vielmehr einmal und dann arrangiert, dass Heather log, um Doris zu schützen. Hamish kam das Foto von Miss Gunnery und Mrs. Agnew in den Sinn. Er zog sein Notizbuch hervor und fischte den Zettel mit Mrs. Agnews Adresse heraus. Dann rief er die Auskunft an und ließ sich ihre Telefonnummer geben.

Was hatte Mrs. Agnew noch gesagt? »Bei Gott, die Arme hat schon genug andere Sorgen.« Und er erinnerte sich, dass er das Gefühl gehabt hatte, Mrs. Agnew würde nicht von den Morden sprechen.

Als sie sich am anderen Ende meldete, erklärte Hamish: »Hier ist Police Constable Hamish Macbeth. Es ist um Miss Gunnerys willen sehr wichtig, dass Sie mir die Wahrheit sagen. Hat sie etwas belastet?«

»Natürlich hat es das«, antwortete Mrs. Agnew spitz. »Reichen zwei Morde nicht, um jemanden zu belasten? Wie geht es ihr? Lebt sie?«

»Ja, warum sollte sie nicht? Hören Sie, Mrs. Agnew, wenn Sie etwas über Miss Gunnery wissen, was auch nur ein wenig relevant für diesen Fall sein könnte, ist es Ihre Pflicht, es mir zu erzählen.«

»Ich weiß von nichts, was irgendwie relevant für die Mordermittlungen sein könnte. Genauso wenig wie Felicity.«

»Um Himmels willen, was kann sie denn sonst für Sorgen haben? Ich finde es heraus. Wenn nicht von Ihnen, dann erfahre ich es von jemand anders, der sie kennt!«

»Ach, wenn Sie dann aufhören herumzustochern ... Die arme Felicity hat nur noch wenige Monate zu leben. Sie hat Krebs und müsste inzwischen wieder hier im Krankenhaus sein.«

Hamish starrte auf das Telefon. Dann fragte er langsam: »War Miss Gunnery jemals verheiratet?«

»Nein, war sie nicht.«

Er dachte an Doris und Andrew und überlegte, was die richtige Frage sein könnte. »War sie jemals in jemanden verliebt?«

»Also ehrlich, Mr. Macbeth ...«

»Beantworten Sie einfach die verdammte Frage!«, forderte er streng.

»Ich wüsste nicht, was das mit irgendwas zu tun hat. Ja, vor einigen Jahren, als wir beide noch am Saint Charles unterrichtet haben, hatte sie sich in den Erdkundelehrer verliebt, einen viel jüngeren Mann, obendrein verheiratet.«

»Und was wurde daraus?«

»Nichts. Der Mann war, wie gesagt, verheiratet.«

»Danke, Mrs. Agnew. Ich melde mich, falls noch etwas ist.« Er legte auf.

Miss Gunnery würde an Krebs sterben, enttäuscht von der Liebe. Er musste mit ihr reden.

Hamish verließ die Wache und fuhr zur Pension.

Kurz nachdem Hamish fortgefahren war, kam Deacon sichtlich verdrossen zurück.

»Hat sie gestanden, Sir?«, fragte Maggie.

»Ja«, antwortete er bitter. »Die kleine Ziege hat gestanden, dass sie Tracey belogen hat, und das ist alles, was wir haben. Zurück auf null. Ich hole die alle wieder her, einen nach dem anderen. Aber erst brauche ich einen Tee. Kümmern Sie sich darum, seien Sie so gut.«

»Hamish Macbeth ist hier gewesen, Sir«, erwiderte Maggie und rang mit dem Impuls, ihn anzuschreien, er solle sich seinen Tee selbst holen.

Deacon, der sich bereits zum Gehen gewandt hatte, drehte sich abrupt um. »Was wollte er?«

»Weiß ich nicht. Er hat das Telefon im Verhörraum benutzt.«

»Wen hat er angerufen?«

»Hat er mir nicht verraten.«

»Den holen wir auch her. Er wird seinem guten Ruf diesmal nicht gerecht.«

Hamish betrat derweil den Salon, wo alle zusammensaßen. Er betrachtete einen nach dem anderen: June und Dermott mit den Kindern, Doris und Andrew, Miss Gunnery und Tracey.

Dann stellte er sich vor den Kamin und sagte ruhig zu Miss Gunnery: »Sie haben einiges zu erklären.«

Sie lachte nervös. »Oh, Heather hat mir erzählt, dass sie zugegeben hat, gelogen zu haben. Aber es ist ja nichts passiert. Cheryl hat gestanden.«

»Ich habe noch nichts von Deacon gehört, doch Cheryl hat mit den Morden nur vor Tracey geprahlt. Mich würde wundern, sollte sie bei der Geschichte bleiben und ein Geständnis ablegen. Also angenommen, sie war es nicht. Dann war es einer von Ihnen.«

Wie hypnotisiert fixierten ihn die anderen.

»Ich spekuliere mal. Meiner Meinung nach ist Folgendes geschehen: Miss Gunnery, Sie sind unglücklich verliebt gewesen, und das hat Ihnen einen schärferen Blick für die Menschen um sie herum verliehen. Sie wussten, dass Doris und Andrew sich leidenschaftlich liebten. Harris war ein verachtenswerter Mann, und Sie wollten dringend helfen.

Was genau passiert ist, weiß ich nicht, aber vielleicht sind Sie zufällig auf Harris getroffen und haben versucht, ihn zur Vernunft zu bringen. Er hatte ein widerwärtiges Mundwerk. Hat er Sie im Suff beleidigt und sich dann arrogant abgewandt? Haben Sie ihn da niedergeschlagen, mit Ihren vom jahrelangen Tennisspiel trainierten Armen? Jedenfalls ließen Sie ihn im Wasser sterben. Und dann fingen Sie an, nicht bloß Ihre Spuren zu verwischen, indem Sie behaupteten, Sie hätten mit mir geschlafen. Sie haben auch noch linkisch versucht, Doris zu schützen, wozu Sie ein kleines Kind benutzt haben.

Ihnen bleibt nicht mehr lange zu leben, Miss Gunnery, und ich denke, das hat Sie angetrieben. Bis die Polizei etwas herausgefunden hätte, *wenn* sie jemals auf Ihre Schliche käme, wären Sie mit ein bisschen Glück schon tot, dachten Sie. Aber Sie haben niemandem geholfen. Vielmehr haben Sie mehr Unglück über alle gebracht. Doris plagt seither der Verdacht, Andrew könnte es gewesen sein, und manchmal sorgt er sich, dass sie es war.« Hamish sah Doris an. »Stimmt es nicht?«

»Ja«, antwortete Doris Harris leise.

»Wie ich es sehe, kreuzte danach MacPherson auf und erpresste Sie, Miss Gunnery. Bei einer Frau wie Cheryl hätte er es nie probiert. Also haben Sie ihn mit der Schere erstochen, die auf seinem Schreibtisch lag. Das Glück war auf Ihrer Seite. Keiner hatte Sie gesehen. Eigentlich sieht Sie sowieso nie jemand, Miss Gunnery. Das ist die Tragik Ihres Lebens, nicht wahr? Ein Schatten, ein Niemand zu sein, der übergangen und ignoriert wird. Und das eine Mal, dass die Liebe in Ihr Leben trat, musste sie in Gestalt eines verheirateten Mannes daherkommen, der seine Frau nicht verlassen wollte.«

Seine Stimme hatte einen traurigen Klang angenommen.

Miss Gunnery hob die Hände, als wollte sie Hamish abwehren. »Ich habe es nur gut gemeint«, sagte sie. »Es war nur zum Besten. Und Henrys Frau war eine Tyrannin und ein Ekel …«

»Henry, der Erdkundelehrer?«

Sie nickte. Dann plusterte sie sich auf. »Sie haben keinen Beweis … gar keinen Beweis! Wer wird Ihnen glauben?«

Hamish sank in einen Sessel am Kamin. »Ich wette, Sie haben den Beweis irgendwo versteckt«, antwortete er müde. »Es würde zu Ihnen passen, etwas als Versicherung aufzubewahren, falls jemand unschuldig wegen des Mordes angeklagt wird – das heißt, jemand anderes als Cheryl. Die war Ihnen egal. Aber Sie sind eine Romantikerin und haben alles für Doris und Andrew getan. Ihre Liebe sollte nicht so scheitern, wie es Ihre zu Henry tat.«

Plötzlich sah Hamish sich im Raum um. »Ich muss den Verstand verloren haben! June, bringen Sie bitte die Kinder fort.«

June scheuchte ihre Brut aus dem Salon, und Hamish sah Dermott an. »Gehen Sie mit ihnen.«

Dann wandte er sich wieder Miss Gunnery zu und klang beinahe flehend. »Sie kennen mich. Ich werde immer weiter graben und fragen und Sie nie in Ruhe lassen. Wenn Sie wollen, dass Doris und Andrew frei sind, gestehen Sie Ihre Verbrechen. Sie wollten doch überführt werden, oder nicht? Sie haben mich zu Ihrer Freundin nach Cheltenham geschickt. Wahrscheinlich haben Sie ihr gesagt, sie soll keinem von Ihrem bevorstehenden Tod erzählen. Ihr Kater interessierte Sie jedenfalls nicht sonderlich, denn Sie haben mich nicht mal nach ihm gefragt, als ich zurückkam.

Natürlich haben Sie nicht bewusst gedacht, wenn ich Hamish Macbeth bitte, zu Mrs. Agnew in Cheltenham zu fahren, könnte er etwas über mich herausfinden. Ganz so glasklar war es nicht, sondern eher unbewusst. Und ich habe Sie nicht verdächtigt, weil ich Sie mochte und kein Motiv erkennen konnte. Ich erinnere mich, mit Ihnen darüber gesprochen zu haben, dass Verbrechen ohne Motiv am schwersten aufzuklären sind. Und dann war da der Tod von MacPherson. Es bedarf einiger Kraft, solch eine Schere in den Nacken eines Menschen zu rammen. Mir war nie aufgefallen, wie muskulös Ihre Arme sind. Dann erinnerte ich mich an das Foto von Ihnen und Mrs. Agnew im Tennisdress.«

Sie stand auf. »Ihre Ausführungen entbehren jeder Logik«, erklärte sie, »und Sie wissen selbst, dass es keinen Beweis gibt.« Ihre Stimme bebte. »Ich gehe jetzt auf mein Zimmer und lege mich hin. Dies alles war zu viel für mich.« Miss Gunnery verließ den Salon, und Hamish fiel kein Grund ein, sie aufzuhalten.

»Sie darf es nicht gewesen sein!«, schluchzte Tracey. »Die einzige anständige Frau, die je nett zu mir gewesen ist.«

»Sind Sie sicher, Hamish?«, fragte Andrew. »Warum rufen Sie nicht Deacon an und hören mal, ob Cheryl gestanden hat?«

»Miss Gunnery hat aber auch nichts vehement abgestritten«, wandte Doris ein. »Wenn sie unschuldig wäre, hätte sie Hamish doch sicher angeschrien und gedroht, ihn bei seinen Vorgesetzten zu melden. Und sie hat gesagt, es sei nur zum Besten gewesen.«

Mrs. Aston sah zur Tür herein. »Kaffee?«, fragte sie strahlend.

»Ja, der wäre großartig«, antwortete Hamish.

»Ich bringe gleich das Tablett. Und ich stelle auch eine Tasse für Miss Gunnery darauf. Vielleicht ist ihr nach einem Kaffee, wenn sie vom Strand zurück ist.«

Hamish sprang auf. »Wie bitte? Sie ist weggegangen?«

»Ich denke, sie muss etwas vergessen haben, denn sie ist regelrecht losgelaufen.«

»Hat Crick sie nicht aufgehalten?«

»Er trinkt gerade seinen Kaffee in der Küche.«

Hamish eilte nach draußen und über die Dünen an den Strand. Dort blickte er sich nach beiden Seiten um und dann zum Wasser. Weit draußen, wippend zwischen den Wellen, konnte er einen Kopf erkennen.

Hastig zog er sich bis auf die Unterwäsche aus, tauchte ins Wasser und schwamm mit kräftigen Zügen los. Der Wind frischte auf, und die Wellen wurden merklich höher, als er sich durch eine nach der anderen kämpfte.

Schließlich sah er Miss Gunnery einige Meter vor sich und rief laut nach ihr. Sie sah ihn wahrscheinlich eher, als dass sie ihn hörte, denn der Wind riss ihm die Worte direkt von den Lippen. Miss Gunnery trug noch ihre Brille. Wie seltsam, dachte er absurderweise, dass die noch nicht fortgespült worden ist! Die Sonne blitzte auf den Gläsern, dass sie wie blind wirkten. Dann streckte Miss Gunnery die Arme in die Höhe und sank wie ein Stein nach unten.

Deacon und Clay hatten einen Anruf von Crick bekommen. Sie waren mit Maggie zur Pension gekommen und hatten sich Dermott, Tracey, Andrew und Doris angeschlossen, die am Wellensaum standen und beobachteten, wie Hamish sich mit Miss Gunnery in den Armen zurück ans Ufer mühte.

Clay und Crick wateten ein Stück ins Wasser, um ihm zu helfen, sobald er näher herangekommen war. Gemeinsam trugen sie Miss Gunnerys schlaffen Körper auf den Sand. Maggie kam und fing mit den Wiederbelebungstechniken an, die sie gelernt hatte. Aus der Ferne war die Sirene eines Krankenwagens zu hören. Maggie lehnte sich auf die Fersen zurück und schüttelte den Kopf.

»Sie ist tot«, sagte sie ein wenig atemlos.

Der Wind nahm weiter zu. Weißer Sand mäanderte über den Strand und sang ein Klagelied für Miss Gunnery.

»Dann lassen Sie mal hören, Hamish«, forderte Deacon ihn auf. »Mr. Biggar hat mir erzählt, Sie haben Miss Gunnery der beiden Morde beschuldigt. Welchen Beweis haben Sie?«

»Keinen«, antwortete Hamish und zog sich seine trockenen Sachen über die nasse Unterwäsche. »Nur Intuition.«

»Ach, jetzt ist es mal gut, Mann! Sollten Sie diese Frau in den Tod getrieben haben …«

»Irgendwo wird sie den Beweis hinterlassen haben«, erwiderte Hamish matt. »Und ich suche ihn.«

»Den werden Sie nicht finden«, rief Deacon ihm nach. »Wissen Sie nicht, dass die Zimmer alle mehrmals durchsucht wurden?«

Deacon wartete, bis er von Andrew einen vollständigen

Bericht darüber hatte, was im Salon geschehen war, bevor Miss Gunnery in den Tod geschwommen war. Dann machte er sich auf die Suche nach Hamish. »Dieser Blair drüben in Strathbane hat recht«, schimpfte er. »Hamish Macbeth ist komplett wahnsinnig.«

Hamish saß auf dem Bett in Miss Gunnerys Zimmer und schaute sich um. Er war todmüde, denn er hatte endlos tauchen müssen, bis er sie endlich zu packen bekommen hatte. Inzwischen hatte er schon alles abgesucht, aber es war nichts in ihrem Koffer, den Schubladen oder dem Nachtschrank. Dann dachte er: Die Polizei hatte nicht nach Drogen gesucht, also werden sie sich auf ihre Sachen konzentriert haben. Was wären die offensichtlichen Stellen?

Er rollte den Teppich auf, doch die Bodendielen schienen unversehrt zu sein. Dann ging er nach draußen und zum Gemeinschaftsbad. Die Toilette hatte einen altmodischen Spülkasten, der hoch oben an der Wand angebracht war und von dem eine Kette zum Abziehen nach unten führte.

Hamish stellte sich auf die Toilettenschüssel und nahm den Deckel des Spülkastens ab. Er tastete das Innere ab und fühlte nichts. Als er den Deckel wieder auflegen wollte, fiel er ihm vor Müdigkeit aus den Händen und landete auf den Fußboden. Aus dem Deckelinnern blickte Hamish ein in Ölhaut gewickeltes Päckchen entgegen, das mit Klebeband am Deckel befestigt war.

Er stieg von der Kloschüssel, riss das Päckchen los und

fragte sich vage, wo Miss Gunnery im Zeitalter des Plastiks noch Ölhaut gefunden haben mochte. Und für einen Moment, ehe er das Päckchen aufriss, überlegte er, ob es eventuell nichts mit Miss Gunnery zu tun hatte, sondern irgendetwas Kriminelles war, was die Rogers' hier versteckt hatten.

Doch Hamish fand zwei Umschläge in dem kleinen Paket. Einer war an ihn adressiert. Er öffnete ihn.

Lieber Hamish Macbeth, las er. *Für den Fall, dass jemand fälschlich der Morde angeklagt wird, schreibe ich Ihnen dieses Geständnis …*

Er war enorm erleichtert, als er weiterlas. Der Mord an Harris war eine impulsive Tat gewesen. Miss Gunnery war ihm an jenem Tag in Skag begegnet und hatte ihn angefleht, Doris doch freizugeben. Sie hatte ihm erzählt, sie wisse, wie es ist, verliebt zu sein. Er hatte mehrere grausame Bemerkungen gemacht, wie wenig attraktiv sie doch sei, sie eine ›schwachsinnige alte Jungfer‹ genannt und sich weggedreht.

Da hatte sie das Treibholzstück aufgehoben und es ihm übergezogen, als er am Rand des Anlegers stand. Er war ins Wasser gestürzt, und zuerst hatte sie loslaufen und Hilfe holen wollen. Aber dann hatte sie an Doris und Andrew gedacht. Sie, Miss Gunnery, glaubte nicht an Gott oder göttliche Vergeltung. Soweit es sie betraf, würde sie bald ohnehin sterben, und damit würde alles vorbei sein. Also warum nicht Harris sterben lassen?

Doch sie könnte wegen tätlichen Angriffs angeklagt und verurteilt werden, und sie hatte nicht vor, die ihr verbleibenden Tage hinter Gittern zu verbringen. Deshalb war sie fortgegangen und hatte ungeschickt ihr Bestes getan, damit niemand anders unter ihrer Tat leiden musste. Dann war MacPherson gekommen, der sagte, er hätte sie auf dem Anleger beobachtet, und Geld verlangte. Sie hatte ihm zugesichert, ihn zu bezahlen.

Alles war in solch altmodischer Schrift verfasst, die man heute nur noch selten sah. Miss Gunnery schrieb, MacPherson hätte es auch nicht verdient gehabt weiterzuleben. Also hatte sie sich in seinen Schuppen geschlichen, als er an seinem Schreibtisch saß, sich die Schere gegriffen und sie ihm in den Nacken getrieben. Selbige Schere sei in einen Plastikbeutel gewickelt und unter dem Fliederbusch im Garten der Pension vergraben. Auf der fänden sich ihre Fingerabdrücke.

Ich habe nicht gelogen, was mein Alibi anging, Hamish, endete sie. *Ich wollte Ihnen eines geben, weil ich Sie liebe.*

Hamish legte den Brief auf den Boden und öffnete den zweiten Umschlag. Er enthielt ein Testament. Miss Gunnery hinterließ all ihren Besitz Tracey.

Elftes Kapitel

Welch lockender Schemen winkt mir im mondhellen Schatten;
Lädt meine Schritte ein, zu jener Lichtung zu streben?

Alexander Pope

Am nächsten Morgen setzte Hamish sich zum letzten Mal mit Deacon im Verhörraum zusammen. Clay war rausgeschickt worden.

»Also, erklären Sie noch mal. Warum sind Sie auf einmal auf die Idee gekommen, dass eine Frau wie Miss Gunnery zwei Morde begangen haben könnte?«

»Ich hatte schon eine Weile ein komisches Gefühl bei ihr«, sagte Hamish, »aber ich dachte, es liegt daran, dass sie sich in mich verliebt hatte. Das hat mich davon abgehalten, zu viel über sie nachzudenken. Und sie wirkte so freundlich. Sie war sehr nett zu mir, als mein Hund gestorben ist, und zu den Brett-Kindern und zu Tracey. Man könnte sagen, dass es diese Freundlichkeit war, die Harris umgebracht hat. Sie hat geglaubt, dass sie Doris die Liebe und das neue Leben schenkt, um die sie selbst betrogen wurde.«

»Habe ich Ihnen doch gesagt – verklemmte alte Jungfer«, brummte Deacon.

»Dem stimme ich immer noch nicht zu. Und heutzutage sträuben sich eine Menge Leute gegen den Ausdruck ›alte Jungfer‹, weil er solch eine Beleidigung ist. Welche Frau ist denn in ihrem Alter überhaupt noch Jungfrau?«

»Sie war es«, antwortete Deacon triumphierend. »Laut dem vorläufigen Obduktionsbericht.«

»Ach, na und?«, erwiderte Hamish verärgert. »Wenn Sie sowieso alles wussten, warum haben Sie sie nicht verdächtigt?«

»Aber, aber, ich sage ja nicht, dass Sie nicht schlau waren. Doch wie sind Sie auf sie gekommen?«

»Das war, als ich erfuhr, dass sie Heather überredet hat zu lügen. Mir war nicht wohl bei Cheryls vermeintlichem Geständnis. Und ich habe erkannt, dass ich bei Miss Gunnery nicht klar gedacht habe. Da waren alle möglichen Kleinigkeiten: Ihre Geschichte, sie sei mit mir im Bett gewesen; dass sie mich zu ihrer Freundin nach Cheltenham geschickt hat, um nach ihrem Kater zu sehen, und hinterher gar nicht nach dem Tier gefragt hat; ihre Freundin, die andeutete, dass sie andere Sorgen hat als die Morde; und dann das Foto von ihr und ihrer Freundin im Tennisdress.

Ich erinnerte mich, Miss Gunnery im Badeanzug gesehen und bemerkt zu haben, dass sie sehr muskulöse Arme hatte, auch wenn ich es zu der Zeit nicht weiter beachtet habe. Mir wurde klar, dass sie, sofern sie verzweifelt genug war, die nötige Kraft gehabt hätte, MacPherson zu erstechen. Haben Sie die Schere gefunden?«

»Ja, genau da, wo sie geschrieben hatte. Wir haben sie ins Labor geschickt, um sie auf Fingerabdrücke untersuchen zu lassen. Aber was hätten Sie tun können, wäre sie bei ihrer Geschichte geblieben, dass sie unschuldig ist?«

»Dann hätte ich Doris einspannen und Miss Gunnery erzählen müssen, sie würde wegen Mordes angeklagt, weil sie nach einigen brutalen Verhören eingeknickt war, gestanden und angedeutet hatte, sich umbringen zu wollen.«

»Sie sind erbarmungslos, Macbeth. Würde man gar nicht denken, wenn man Sie sieht.«

»Mord kann ich nicht leiden«, sagte Hamish ernst. »Obwohl ich mir ziemlich blöd vorkomme. Ich habe mich mit einer Frau angefreundet und sie zum Essen ausgeführt, die vollkommen fehlgeleitet war, ohne dass ich etwas gemerkt habe.«

»Tja, aber Sie haben Ergebnisse erzielt.« Deacon nahm einen Brieföffner und drehte ihn hin und her. »Fahren Sie heute zurück nach Lochdubh?«

»Ja, nehme ich an.«

»Wann?«

»Weiß ich noch nicht«, antwortete Hamish gereizt. »Spielt es eine Rolle?«

Clay sah zur Tür herein. »Die Presse kommt.«

Grinsend lehnte Hamish sich auf seinem Stuhl zurück. »Geben Sie eine Pressekonferenz, Sir?«

»Ah, ja, ich habe eine einberufen«, antwortete Deacon mürrisch. »Wenn Sie mir dann Ihre Spesenabrechnung schicken, leite ich die weiter.«

»Ich habe sie bei mir.« Hamish reichte ihm ein Blatt.

»Dann auf Wiedersehen.« Deacon stand auf.

Doch Hamish blieb sitzen. »Och, ich bleibe vielleicht zu Ihrer Pressekonferenz.«

»Verschwinden Sie, Clay«, fuhr Deacon seinen Detective an. Johnny Clay zog sich zurück und schloss die Tür.

Nun setzte Deacon sich wieder, öffnete eine Schreibtischschublade und holte einen Umschlag heraus. »Da Ihr Urlaub durch die Arbeit für mich verdorben wurde, dachte ich, dies hier könnte Sie entschädigen.«

Hamish öffnete den Umschlag, in dem sich vier Fünfzig-Pfund-Scheine befanden. Wie kann der Mann es wagen, einen Polizisten zu bestechen?, war sein erster Gedanke. Ihm folgte sogleich ein pragmatischerer, dass ein Schmiergeld von einem Vorgesetzten an einen Untergebenen eigentlich nicht »Schmiergeld« genannt werden konnte … oder?

Er stopfte den Umschlag in seine Hosentasche und stand auf. »Dann bin ich mal weg, Sir.«

Detective Inspector Deacon lächelte erleichtert.

»Besuchen Sie uns gern jederzeit wieder, Macbeth.«

Als Hamish fort war, trat Deacon vor einen kleinen Spiegel in der Ecke, bürstete sich sorgfältig das Haar, richtete die Krawatte und ging hinaus, um der Presse zu erzählen, wie er die Morde aufgeklärt hatte.

Hamish kehrte zur Pension zurück. Alle waren im Salon versammelt. Andrew schien Tracey zu erklären, wie sie ihr Erbe einfordern konnte, und das Mädchen strahlte. Die anderen wirkten entspannt und erleichtert.

Arme Miss Gunnery! Niemand trauert um sie, ging es Hamish durch den Kopf, und dann fragte er sich, warum er so dachte. Miss Gunnery hatte zwei Menschen ermordet und war sowohl einem nahen, qualvollen Tod wie auch der vollen Härte des Gesetzes entgangen.

»Ich schätze, wir fahren alle nach Hause«, sagte Hamish.

»Oh ja«, antwortete Doris.

»Unterbrich mich nicht, Doris«, ermahnte Andrew sie streng und sah zu Hamish. »Ich erkläre Tracey gerade, wie wichtig es ist, dass sie weder Cheryl noch ihrer Familie von dem Erbe erzählt. Doris und ich nehmen sie mit nach Cheltenham und suchen ihr einen Anwalt.« Er blickte wieder Tracey an. »Sie können uns die Auslagen erstatten, wenn Sie Ihr Erbe haben. Schreiben Sie Ihrer Familie, wir haben Sie auf einen verlängerten Urlaub zu uns eingeladen.«

»Ah, klar, mach ich«, antwortete Tracey entzückt.

Hamish sah Doris an, deren Gesicht bei Andrews Schelte eben für einen Moment denselben verschlossenen Ausdruck angenommen hatte wie früher bei ihrem Mann.

Heather spielte leise mit ihren Geschwistern in einer Ecke. Sie schien sich erholt zu haben. Hamish fühlte sich sehr erschöpft und schmutzig.

Er entschuldigte sich und ging nach oben, wo er ein Bad nahm und sich umzog. Dann gönnte er sich ein

Abendessen in Dungarton, weil ihm nicht danach war, im Esszimmer gegenüber dem leeren Platz von Miss Gunnery zu sitzen.

Auf der Rückfahrt stellte er fest, dass es im schottischen Norden wieder richtig dunkel wurde. Als er sich Skag näherte, sah er ein Paar eng umschlungen am Straßenrand entlanggehen. Die Scheinwerfer seines Wagens leuchteten die beiden an – Deacon und Maggie. Das gibt's doch nicht!, dachte Hamish entsetzt. Diese junge Frau schreckt ja vor nichts zurück, um eine Beförderung zu bekommen!

Er parkte den Land Rover vor der Pension und fragte sich, ob die anderen schon abgereist waren. Er selbst wollte noch eine Nacht im *Friendly House* schlafen, schaltete den Motor aus und stieg aus dem Wagen

Da hörte er Hundegebell vom Strand, und sein Herz verkrampfte sich. Der Hund klang wie Towser! Rasch drehte Hamish sich um und lief zum Strand, stolperte über die Dünen auf das muntere Bellen zu.

Er konnte die vagen Umrisse eines großen blonden Mischlingshundes ausmachen, der am Wellensaum umhersprang.

»Towser!«, rief Hamish.

Und dann war dort nichts mehr außer den Wellen, die sich im Mondschein kräuselten, dem zischelnden Sand und dem leeren Strand.

Langsam trottete Hamish zurück. Er musste vor lauter Müdigkeit halluzinieren. Andererseits war es ein tröstlicher Gedanke, dass es eine andere Welt für tote Haustiere gab, in der sie glücklich waren, und dass er sie für einen kurzen Augenblick gesehen hatte.

Hamish ging ins Haus und stieg die Treppe hinauf, wo er sich im Bad die Zähne putzte. In seinem Zimmer zog er sich aus und fiel sogleich dankbar ins Bett.

Am nächsten Morgen schien die Sonne, als Hamish aufstand. Er wusch sich, zog sich an und ging nach unten ins Esszimmer.

Zu seiner Überraschung waren alle noch da. »Wir haben entschieden, dass wir am besten nach dem Frühstück aufbrechen«, sagte Andrew. »Hast du das Gepäck im Wagen verstaut, Doris?«

»Ja, Schatz.«

»Also, ich nehme Tracey mit, und du fährst hinter uns her.«

»Hoffentlich schaffe ich das«, meinte Doris kleinlaut. »Ich bin noch nie so eine weite Strecke allein gefahren.«

»Das kannst du«, versicherte Andrew.

Nach dem Frühstück verabschiedeten sie sich und tauschten Adressen aus wie normale Urlauber. Hamish fuhr als Erster los. Die anderen winkten ihm nach.

Er fragte sich, ob er je einen von ihnen wiedersehen würde.

Violette Heide leuchtete auf den Hügeln, als er die Straße nach Lochdubh hinunterfuhr. Willie polierte den Messingtürknauf des Restaurants, drehte sich um und winkte Hamish zu. Das Wasser des Lochs glitzerte im Sonnenlicht, die Fischerboote wippten auf den sanften Wellen, und Möwen kreisten am tiefblauen Himmel.

Endlich war Hamish zu Hause! Er hatte das Gefühl, jahrelang fort gewesen zu sein.

Er schloss die Wache auf, nahm das Schild von der Tür, das alle Anfragen an Sergeant Macgregor in Cnothan verwies, feuerte den Küchenherd an und begann, sich den drängendsten Gartenarbeiten und seinen Tieren zu widmen. Über den Tag kamen Dorfbewohner vorbei und blieben stehen, um ein wenig mit ihm zu plaudern.

Erst gegen Abend wurde Hamish bewusst, dass er sich nicht nach Priscilla erkundigt hatte. Ja, er war frei, wusste jedoch nicht, ob er sich darüber freute oder traurig war.

Kein Towser, keine Priscilla, der Beginn eines neuen Kapitels in seinem Leben.

Dr. Brodie und Angela kamen, um ihn zum Essen auszuführen. In dem italienischen Restaurant waren die Portionen wieder üppig wie früher, denn der Besitzer war aus Italien zurück und hatte Willie Lamonts Sparsamkeit einen Riegel vorgeschoben. Hamish erzählte von seinem Fall, aber er schien ihm weit weg und unwirklich.

»Sie haben sonst so eine gute Menschenkenntnis«, sagte Angela. »Mich erstaunt, dass Sie nicht gesehen haben, was für einen wahnsinnigen Charakter diese Miss Gunnery hatte.«

»Ja, mich auch«, gestand Hamish. »Sie schien so nett zu sein, und ich war erschüttert von Towsers Tod. Aber sie muss schon ziemlich krank gewesen sein. Allerdings ist Skag auch insgesamt sehr sonderbar – so flach, und dann dieser singende Sand.« Er verstummte. Er hatte so dringend nach Hause gewollt, dass er nicht einmal mehr wie versprochen bei der alten Miss Blane vorbeigeschaut hatte.

»Glauben Sie, diese Tracey findet wirklich auf die richtige Bahn? Was genau wurde ihr von Miss Gunnery hinterlassen?«

»Weiß ich nicht«, antwortete Hamish. »Andrew Biggar wollte sich darum kümmern. Eine hübsche Summe, würde ich vermuten. Und noch die Wohnung in Cheltenham. Vielleicht werden Andrew und Doris sie fallen lassen, ist die Euphorie, wieder zu Hause zu sein, erst mal verflogen.«

»Und sehen Sie ein Happy End für Andrew und Doris?«, fragte Angela.

»Keine Ahnung. Doris ist eine dieser Frauen, die Männer zu Tyrannen machen können, womit ich nicht meine, dass Harris kein Scheusal war. Aber wie wird Doris mit Andrews Mutter klarkommen? Sie ist eine herrische Frau. Solange sie nicht bei ihr wohnen, könnte es ganz gut laufen.«

Nach dem Essen dankte er den beiden und ging nach Hause. Prächtige Sterne funkelten am Himmel, und eine knisternde Kälte lag in der Luft.

Hamish würde die ganze Skag-Geschichte hinter sich lassen. Wahrscheinlich hörte er so oder so nie wieder von den anderen.

Im folgenden Februar kam Hamish vom Schneeschippen vor der Wache zurück ins Haus, als das Bürotelefon klingelte.

In der Hoffnung, dass es bei diesem grässlichen Wetter nicht draußen irgendwelche Verbrechen zu untersuchen gäbe, nahm er ab. Es war der Herausgeber der Zeitung in Worcester, den Hamish im letzten Sommer angerufen hatte, um Informationen über Andrew Biggar zu bekommen.

»Ich habe mich gefragt, ob Sie noch an diesem Fall arbeiten«, sagte der Zeitungsmann.

»Oh nein, der wurde letzten Sommer geklärt und abgeschlossen«, antwortete Hamish. Nicht zum ersten Mal erlebte er, wie etwas, was im hohen Norden Schottlands mächtige Wellen schlug, im Süden Englands kaum registriert wurde.

»Ach so, tja, mir flattern nur gerade Neuigkeiten zu diesem Andrew Biggar auf den Tisch.«

»Und welche?«

»Er heiratet.«

»Ah, ja, das war abzusehen … Doris Harris.«

»Ähm, warten Sie kurz. Das war nicht der Name, glaube ich. Wo ist dieser verdammte Zettel?« Am anderen Ende war Rascheln zu hören. »Hier ist es. Nein, er heiratet eine Tracey Fink. Aber das nützt Ihnen jetzt ja eh nichts mehr.«

»Nein, nicht mehr«, sagte Hamish langsam. Er dankte dem Zeitungsmann und legte auf.

Alles war vergebens gewesen. Zwei Morde, damit Romeo und Julia in Gestalt von Andrew und Doris ihre große Liebe leben konnten. Der vornehme Andrew und die verwahrloste Tracey. Sie würden Untertitel bei der Trauung brauchen, damit die englischen Gäste verstanden, was sie sagte, dachte Hamish spöttisch. Was in aller Welt war geschehen?

Wahrscheinlich hatte sich der nicht mehr ganz junge Andrew in der Rolle des Professor Higgins gefallen, der die *junge* Tracey zu seiner »Fair Lady« formte, während die schüchterne Doris langweilig wurde.

Gut möglich, dass der eigentliche Funke zwischen Doris und Andrew die Heimlichkeit ihrer Beziehung gewesen war. In dem Moment, in dem der Weg zur Heirat frei war, hatte Andrew vielleicht angefangen, Doris anstrengend zu finden.

Was für eine Vergeudung von Leben im Namen der Liebe!

Hoffentlich gibt es ein Leben nach dem Tod!, dachte Hamish ärgerlich, und hoffentlich sah und hörte Miss Gunnery dort alles!

Er goss sich ein Glas Whisky aus der Flasche in seiner Schreibtischschublade ein. In diesem Jahr sollte er mal irgendwohin in den Urlaub reisen. Doch wahrscheinlicher war, dass er einfach in Lochdubh blieb und viel angeln ging.

Die Welt da draußen war ein verdorbener Ort.

Lesejury